사르비아 총서 · 617

# 킬리만자로의 눈(외)

E. 헤밍웨이 지음/오미애 옮김

범우사

## 차 례

▨ 이 책을 읽는 분에게 · 5

킬리만자로의 눈 · 11

하루 동안의 기다림 · 53

노름꾼과 수녀와 라디오 · 59

아버지와 아들 · 90

이국에서 · 108

살인청부업자 · 117

5만 달러 · 134

프란시스 매코머의 짧고도 행복한 생애 · 175

☐ 연　보 · 230

### 이 책을 읽는 분에게

헤밍웨이(Ernest Miller Hemingway, 1899~1961)는 미국 문학사상 20세기의 소설을 대표할 만한 작가로서 가장 큰 영향력을 발휘하였으며, 오늘날에도 많은 애독자들을 갖고 있는 노벨문학상 수상(1954년) 작가이다.

그는 1899년 7월 21일, 미국 일리노이주의 시카고 교외에 위치한 오크파크에서 태어났다. 아버지는 사냥 등 야외 스포츠를 좋아하는 의사였고, 어머니는 음악을 사랑하고 종교심이 돈독한 여성이었다. 그는 이런 부모로부터 인생과 문학에 미묘한 영향을 받았다.

고등학교 시절의 헤밍웨이는 문학에 흥미를 갖고 학교 주간지의 편집 및 집필에 참여하였을 뿐만 아니라 계간지 등에도 기고하여, 1916년에서 17년에 걸쳐 '어니스트 M. 헤밍웨이'라는 필명으로 쓴 기사가 30편 이상이며 단편소설은 24편을 발표했다. 이런 문학적 활동 외에도 사냥, 축구, 수영 등 여러 스포츠에 탁월했던 그는 그야말로 남성적이고 활동적인 청년이었다.

고등학교 졸업 후 그는 대학에 진학하지 않고 캔자스 시티의 《스타》지(紙) 기자가 되었다. 단 7개월의 짧은 기자 생활이었지만, 당시 그 신문사에서는 신입 기자에게 엄격한 훈련을 시켰으므로, 그 동안에 그는 문장 수업을 충분히 할 수 있었을 뿐만 아니라 기자로서 객관적으로 냉정히 사물을 관찰하는 힘을 키울 수 있었다. 후일에 헤밍웨이 문학에 있어서 감정을 자제하며 냉정하게 비정적으로 묘사하는 태도는 이 시기에 움트기 시작한 듯하다.

유럽에서의 전쟁은 그를 가만 두지 않았다. 마침내 그는 제1차 세계대전 때인 1918년 의용병(義勇兵)으로 적십자 야전병원 수송차 운전병에 지원하여 이탈리아 전선에서 종군 중 다리에 중상을 입고 밀라노에 있는 미국 적십자병원으로 후송되어 치료를 받았다. 그가 전장에서 만난 사람들을 포함하여 전쟁의 경험들은 나중 발표되는 《무기여 잘 있거라》의 많은 세부적 사실 묘사에 도움이 되었다. 또 이 경험은 다섯 편의 단편 걸작품들을 쓰는 데도 많은 영감을 주었다.

헤밍웨이의 초기 단편들은 주로 북미시간을 배경으로 하고 있다. 그곳 월룬 호반에는 그의 가족들의 오두막 별장이 있었다. 그는 소년 시절과 청년 시절의 여름을 대부분 거기에서 보냈다. 그곳에서 사귄 많은 친구들 중에는 근처에 살던 인디언들도 포함되어 있었는데, 그들은 여러 단편 속에 실제로 등장하고 있으며, 많은 이야기들이 부분적으로는 사실에 근거하고 있다.

그후에 씌어진 이야기들도 남편과 아버지로서, 그리고 심지어는 병원 환자로서 자신의 경험과 관계가 있다. 따라서 등장 인물의 성격과 주제의 다양성은 저자 자신의 생활만큼이나 다양하였다.

헤밍웨이는 문학사에 등장한 지각력이 뛰어난 여행가 중의 한 사람임에 틀림없으며, 그의 이야기들은 전체적으로 볼 때 경험의 세계를 보여주고 있다.

1933년에 그의 아내 폴린의 부유한 숙부가 이들 부부에게 아프리카 사파리 여행을 할 수 있도록 재정 지원을 해주었다. 이 여행은 10주간이나 계속되었는데, 그때 그가 본 모든 것들은 그의 마음에 깊은 인상을 남긴 것 같다. 특히 〈프란시스 매코머의 짧고도 행복한 생애〉에 등장하는 백인 사냥꾼 로버트 윌슨의 모델이 된 필립 퍼시벌과도 이때 처음 만났는데, 그의 냉정성과 때때로 드러나는 교활하기까지 한 프로 정신 때문에 헤밍웨이는 그를 존경하게 되었다. 사파리 여행이 끝날 때 헤밍웨이는 여러 가지 실상과 사건들과 자신의 작품을 위한 독특한 가치를 지닌 특징 연구 등으로 생각이 넘치고 넘쳤다. 이 여행의 수확으로 그는 훌륭한 단편 몇 편을 썼는데, 이 단편들 중에 〈킬리만자로의 눈〉과 〈프란시스 매코머의 짧고도 행복한 생애〉 등이 있다.

이 밖에 이 책에 실린 단편들에는, 일찍이 강렬한 펀치력을 지닌 권투선수였고 대서양에서 대어를 낚는 낚시의 명수이기도 한, 그리고 스페인까지 가서 투우를 구경할 만큼 투우광이고, 두 차례나 세계대전에 자진해서 참전하여 활약한 헤밍웨이의 모험으로 가득 찬 인생 체험의 모든 것들이 알알이 정착·표현되어 있다.

따라서 그의 문학성이 응집되어 있는 작품 세계는 역시 단편 쪽이라는 평자(評者)의 의견도 그렇거니와, 이 책에 실린 단편들에서 헤밍웨이 문학의 압축된 주제와 절제된 표현, 간결한 문체의 진면목을 맛볼 수 있을 것이다.

이 책의 원본은 《The Snows of Kilimanjaro and Other Stories》(Charles Scribner's Sons, N. Y., 1970)를 사용하였음을 밝혀둔다.

옮긴이

# 킬리만자로의 눈(외)

## 킬리만자로의 눈

킬리만자로는 높이 5,895미터의 눈 덮인 산으로, 아프리카 대륙에서 가장 높은 산이라고 한다. 마사이족은 서쪽 봉우리를 가리켜 '느가이예 느가이'라 일컫는데, 그것은 신(神)의 집이라는 뜻이다. 그런데 이 서쪽 봉우리 근처에는 말라 얼어붙은 표범의 시체 하나가 나둥그러져 있다. 과연 표범은 그 높은 산봉우리에서 무엇을 찾고 있었던 것일까? 그것을 설명할 수 있는 사람은 아무도 없다.

"놀라운 일은 이게 전혀 고통스럽지 않다는 거야" 하고 그는 입을 열었다. "그래서 썩기 시작하는 걸 알 수 있는 거지."

"그게 정말이에요?"

"그렇고말고! 그런데 이렇게 냄새를 피워서 정말 미안하군. 틀림없이 당신에게 역겨울 거야."

"제발, 제발 그런 말씀은 하지 마세요."

"저것들 좀 보라구." 그가 말했다. "저것들이 모여드는 건 내 꼴을 보고 그러는 걸까, 아니면 이 몹쓸 냄새 때문일까?"

그가 누워 있는 간이침대는 미모사나무의 넓은 그늘 아래 있었다. 그 나무 그늘 너머로 그가 바라다보고 있는 눈부시게 반짝이는 평원에는 몸집이 큰 새 세 마리가 보기 흉한 꼴로 웅크리고 앉아 있었고, 하늘에는 열서너 마리의 새가 재빠르게 날면서 검은 그림자를 땅 위에 던지고 있었다.

"저 녀석들은 트럭이 고장나던 그날부터 줄곧 저기에 있었어." 그는 말했다. "오늘은 몇 놈이나마 처음으로 땅에 내려앉은 거야. 난 처음에는 저 녀석들의 날아다니는 모습을 유심히 지켜보았지. 언젠가는 저 녀석들을 소설에 써보고 싶을 것 같아서 말이야. 그것도 지금은 우습게 되어버렸지만."

"소설에 쓰지 않았으면 좋겠어요." 그녀는 말했다.

"그냥 해본 말이야." 그가 말했다. "무엇인가 지껄이는 게 훨씬 편하거든. 하지만 당신을 귀찮게 하고 싶지는 않아."

"제가 귀찮아하지 않는다는 것쯤은 알고 있잖아요." 그녀는 말했다. "아무것도 해드리지 못해 안타까울 뿐이에요. 비행기가 올 때까지 되도록 편안히 있도록 해요."

"아니면 비행기가 오지 않을 때까지거나 말야."

"제발 제가 할 수 있는 일이나 말해주세요. 무엇이든 제가 할 수 있는 일이 있을 거예요."

"그럼 이 다리를 잘라주구려. 그러면 모든 게 끝날 테니까. 깨끗이 끝나지 않을지도 모르는 일이지만. 아니면 나를 총으로 쏴주구려. 이젠 당신도 총을 잘 쏘지 않소? 내가 총 쏘는 법을 가르쳐주었잖아."

"제발 그런 말씀은 하지 마세요. 책을 읽어드릴까요?"
"무슨 책을?"
"가방 속에 든 책 중에서 아직 읽어보지 않은 걸로요."
"난 가만히 듣고 있을 수 없겠는걸." 그가 말했다. "지껄이는 게 제일 편해. 서로 다투고 있으면 시간 가는 줄도 모를 테니."
"전 말다툼 같은 건 안 해요. 그러고 싶지도 않고요. 우리 더 이상 다투지 말아요. 아무리 화가 나도 말이에요. 오늘쯤은 그들이 다른 트럭으로 돌아올지도 몰라요. 어쩌면 비행기도 올 거구요."
"난 꼼짝도 하기 싫어." 그는 말했다. "당신을 좀 편안하게 해줄 수 있는 걸 제외하고는, 이젠 움직인다는 게 내겐 아무 의미도 없어."
"그건 비겁해요."
"그렇게 악담일랑 퍼붓지 말고 마음 편히 죽게 내버려둘 수 없겠소? 내게 욕을 해봤자 무슨 소용이 있겠소?"
"당신은 죽지 않아요."
"어리석은 소리 그만 해. 난 지금 죽어가고 있어. 저 녀석들한테 가서 물어보라구." 그는 큰 몸집에 추악하게 생긴 새들이 구부린 날개 속에 벗겨진 대가리를 파묻고 앉아 있는 쪽을 바라보았다. 네 번째 새가 땅으로 미끄러지듯이 날아내려와 잰걸음으로 달려가다가 다시 새들이 모여 있는 쪽으로 어기적거리며 걸어갔다.
"저런 새들은 야영지 근처라면 어디에나 있는 거예요. 그 동안 당신 눈에 띄지 않았을 뿐이죠. 자포자기하지만 않으면 당신은 절대로 죽지 않아요."

"그런 건 또 어디서 읽었지? 바보 멍텅구리 같으니."

"다른 사람도 좀 생각해주세요."

"오, 맙소사" 하고 그는 말했다. "그게 다름 아닌 내 직업이란 걸 당신도 알잖아."

그러고 나서 그는 한동안 말없이 누워 있다가 타는 듯한 더위로 이글거리는 평원 건너편의 덤불 언저리를 바라보았다. 거기에는 누런 들판을 배경으로 조그맣고 하얗게 보이는 산양 몇 마리가 있었다. 또 멀리 저편에는 푸른 덤불을 배경으로 한 떼의 얼룩말이 하얗게 보였다. 이곳은 언덕을 등진 큰 나무 아래의 아주 좋은 야영지로, 신선한 물이 있었고, 근처에는 말라가는 물웅덩이가 있어서 들꿩들이 떼지어 날기도 했다.

"책이라도 읽어드릴까요?" 그녀는 물었다. 그녀는 그의 간이침대 옆에 있는 캔버스(홀이 굵은 삼베 또는 무명으로 두껍게 짠 직물) 의자에 앉아 있었다. "시원한 바람이 부는군요."

"아니, 괜찮아."

"아마 트럭이 올 거예요."

"난 트럭 따위는 생각지도 않아."

"전 그렇지 않아요."

"당신은 내가 전혀 흥미를 갖지 않는 너무 많은 일들에 괜히 신경을 쓴단 말이야."

"그렇게 많은 건 아니에요, 해리."

"술 한잔 할까?"

"당신 몸에 해로울 거예요. 블랙의 책에도 알코올류는 일절 금하라고 적혀 있어요. 술은 절대로 안 돼요."
"몰로!" 하고 그는 소리쳤다.
"예, 주인님."
"위스키 소다를 가져와."
"예, 주인님."
"안 돼요" 하고 그녀가 말했다. "제가 말한 자포자기가 바로 그거예요. 책에도 술은 해롭다고 적혀 있잖아요. 술이 당신에게 해롭다는 건 나도 잘 알고 있다구요."
"아니야" 하고 그는 잘라 말했다. "술은 내 체질에 맞아."
'이젠 모든 게 끝장이야' 하고 그는 생각했다. 이제 뭔가 끝맺음을 볼 기회는 결코 없을 것이다. 이렇게 술을 가지고 언쟁이나 하다가 죽는 거다. 오른쪽 다리가 썩기 시작한 후로 통증이 없어졌다. 그리고 통증과 함께 죽음에 대한 공포감마저 사라진 지금 그가 느끼는 것은 오직 격심한 피로와 이것이 삶의 종말이라는 데 대한 분노뿐이었다. 지금 자신에게 다가오고 있는 죽음이라는 것에 대해 그는 아무런 호기심도 없었다. 몇 해 동안 죽음에 대한 문제는 그를 사로잡고 있었으나 이제는 그 자체가 무의미했다. 지쳐버린다는 것이 죽음을 아주 쉽게 받아들일 수 있도록 만든다는 것은 참으로 이상한 일이었다. 좋은 글을 쓰기 위해 충분히 이해될 때까지 간직해왔던 생각들도 이젠 쓰지 못하게 될 것이다. 그러니 잘 써보려고 하다가 실패할 염려도 없게 되었다. 어쩌면 그건 처음부터 쓰지 못할 것이었는지도 모른다. 그래서 자꾸 미루면서 시작을 늦춘 것인지도. 어쨌든 지금 그로서는 그

중 무엇이 옳은 건지 알 수 없었다.

"차라리 여긴 안 왔더라면 좋았을걸" 하고 그녀는 말했다. 그녀는 유리잔을 들고 입술을 깨물며 그를 쳐다보고 있었다.

"파리에 있었으면 이런 일은 당하지 않았을 거예요. 당신은 늘 파리가 좋다고 말씀하셨죠. 우리는 파리에 계속 머무를 수도, 아니면 어디 다른 데를 갈 수도 있었는데. 전 어디든 갔을 거예요. 전 당신이 원하는 데는 어디든지 가겠다고 말했죠. 당신이 사냥을 원했으면 우리는 헝가리로 가서 즐겁게 지낼 수도 있었을 거예요."

"당신의 그 빌어먹을 돈으로 말이지." 그가 말했다.

"그런 말이 어딨어요" 하고 그녀는 말했다. "돈은 언제나 제 것인 동시에 당신 것이기도 했어요. 전 모든 걸 버리고 당신이 가자는 곳은 어디든지 갔어요. 그리고 당신이 원하는 것은 뭐든지 다 했구요. 그렇지만 여기엔 오지 말았어야 했어요."

"당신도 여기가 좋다고 했잖아."

"당신에게 아무 일이 없었을 때엔 그랬죠. 그렇지만 지금은 너무 싫어요. 어쩌다 당신 다리가 이렇게 되었는지 정말 알 수가 없어요. 우리가 뭘 잘못했기에 이런 꼴을 당한단 말예요?"

"내가 잘못한 거라면, 처음 긁혀서 상처가 났을 때 거기에 요오드제(劑) 바르는 걸 깜빡 잊은 일일 거야. 난 병에 감염되는 따위의 체질이 아니라고 믿었기 때문에 전혀 개의치 않았던 거지. 그러다 나중에 악화되고 나서야 다른 방부제가 떨어지는 바람에 묽은 석탄산액(石炭酸液)을 썼고, 그 때문에 모세관이 헐고 썩기 시작한 거라구." 그는 그녀를 쳐다보았다. "그 밖에 또 뭐가 있겠어?"
"제 말은 그런 뜻이 아니에요."
"그 풋내기 키쿠유족(케냐의 고지에 사는 반투계(Bantu系)의 농경 부족) 운전사 대신 기계에 대해 잘 아는 사람을 고용했더라면 트럭의 기름 상태를 살폈을 테고, 베어링도 태워먹진 않았을 거야."
"그런 뜻이 아니라니까요."
"당신이 가족들과 그 빌어먹을 올드 웨스트베리와 새라토가, 그리고 팜비치 녀석들을 버리고 나를 따라오지 않았더라면 ─."
"어머나, 전 당신을 사랑했어요. 정말 너무해요. 지금도 전 당신을 사랑해요. 언제까지나 사랑할 거예요. 당신은 절 사랑하지 않나요?"
"그래" 하고 그는 말했다. "사랑한다고 생각지 않아. 당신을 사랑한 적이 없어."
"해리, 그게 무슨 말이에요? 당신, 머리가 어떻게 된 거 아니에요?"
"아니, 난 어떻게 될 만한 머리도 없어."
"그렇게 마셔선 안 된다구요." 그녀가 말했다. "여보, 제발 그만 마셔요. 우린 할 수 있는 일은 다 해봐야 한다구요."
"당신이나 해" 하고 그는 대꾸했다. "난 지쳤다구."

지금 그는 마음속으로 카라가치역을 보고 있었다. 그는 짐꾸러미를 들고 서 있었다. 심플론 오리엔트(철도 회사 이름) 기차의 헤드라이트가 어둠을 뚫고 달려오고 있었다. 그때 그는 한동안 머무르고 있던 트라키아(에게해 동북안 지방)를 떠나려는 참이었다. 이것은 그가 글을 쓰게 되면 소재로 쓰려던 것 중의 하나였다. 아침 식사 때 창 너머로 불가리아 산정(山頂)의 눈을 바라보며, 난센의 비서가 노인에게 저것은 눈이냐고 묻는다. 그러자 노인은 그쪽을 바라보며 "아니, 저건 눈이 아니야. 눈이 오기엔 아직 일러" 하고 대답했다. 비서는 다른 여자들에게 똑같은 말을 되풀이한다. "아니에요. 당신들도 보다시피, 눈이 아닙니다." 그러자 그들은 다 같이 "눈이 아니구나, 우리가 잘못 보았어" 하고 말한다. 그러나 그것은 틀림없는 눈이었다. 그가 주민 이주 사업을 담당하고 있었을 무렵 그는 그들을 저 눈 속으로 내보냈다. 그리고 그해 겨울, 그들은 죽을 때까지 그 눈을 밟고 다녔다.

그해 가우엘탈 산지에는 크리스마스 주간 내내 눈이 퍼부었다. 그래서 그들은 네모꼴의 커다란 사기 난로가 방 절반을 차지하는 나무꾼의 집에 묵고 있었다. 그들은 너도밤나무 잎을 가득 넣은 요 위에서 잠을 잤다. 그때 탈주병 한 명이 피투성이가 된 발로 그 눈 속을 걸어왔다. 그는 헌병이 자기를 뒤쫓고 있다고 말했다. 그들은 그에게 털양말을 주었고, 그의 발자국이 눈에 묻혀 없어질 때까지 얘기를 늘어놓으며 헌병을 붙들어 두었던 것이다.

슈룬츠에서 맞은 크리스마스 날에는 눈이 어찌나 반짝이는지 술집에서 밖을 내다보면 눈이 아플 지경이었다. 거기서는 사람들이 교회에서 집으로 돌아가는 것이 보였다. 썰매로 반들반들 다져지고 오줌으로 노랗게 물든 눈길을, 무거운 스키를 어깨에 걸머지고 가파른 소나무 언덕으로 둘러싸인 강기슭을 따라 올라가던 곳이 그곳이었다. 그들은 마들렌느 산장 위쪽의 얼음 같은 눈 위를 기막히게 빨리 달려 내려왔다. 눈은 얼음 케이크처럼 매끄럽고 분가루처럼 가벼웠다. 그는 새처럼 날렵하게 스키를 타고 내려갈 때의 그 소리 없는 돌격의 쾌감을 지금도 기억하고 있었다.

그때 그들은 눈보라 때문에 마들렌느 산장에서 발이 묶인 채 일주일 내내 담배 연기가 자욱한 등불 아래서 카드놀이를 하고 있었다. 렌트 씨는 돈을 잃으면 잃을수록 더 많은 돈을 걸었고, 결국 그는 몽땅 털리고 말았다. 스키 교습으로 번 돈도, 그해 벌어들인 수익금도, 심지어는 밑천까지 모두 잃고 말았던 것이다. 코가 기다란 그가 카드를 집어들어 '보지도 않고 있다가' 펼쳐 보이던 모습이 눈에 선했다. 그때는 눈만 뜨면 노름을 했다. 눈이 안 온다고 노름을 하고, 눈이 너무 많이 오면 또 그 구실로 노름을 했던 것이다. 그는 지금까지 자신의 인생에서 노름으로 보낸 나날들을 떠올려 보았다.

그러나 그는 그런 일에 대해서는 한 줄도 쓴 적이 없었다. 뿐만 아니라, 바커가 전선 너머로 날아가 휴가에서 돌아오는 오스트리아 장교들을 태운 열차를 폭격하고 뿔뿔이 흩어져 도망치는 그들에게 기총소사를 가했던, 평원 너머로 산맥이 뚜렷이 보일 정도로 춥고 화창했던 그 크리스마스 날의 일에 대해서도 쓴 적이 없었다. 바커가 그후 식당에 들어와서 그때의 이야기를 시작하던 일이 생각났다. 쥐죽은 듯 듣고만 있다가 누군가가 말했다. "이 백정 같은 자식."

훗날 그와 함께 스키를 탄 사람들은 당시 그들의 군대가 죽인 그 오스트리아 사람들이었다. 아니, 정확히 그 사람들은 아니었다. 그해 내내 그와 함께 스키를 탄 한스는 전에는 카이저 기병대 소속이었다. 두 사람이 함께 제재소 위쪽의 작은 계곡으로 토끼사냥을 하러 갔을 때 그들은 파슈비오 전투 그리고 페르티카와 아살로네 공격에 대해 이야기를 나누기도 했다. 그러나 그런 것들에 대해서도 그는 한 줄도 쓰지 않았다. 몬테코르노, 시에테 코뮨, 아르시에도에 대해서도 마찬가지였다.

도대체 그는 포랄베르크와 아를베르크(오스트리아 서부 라인강과 다뉴브강의 분수계에 위치한 계곡. 둘 다 세계적으로 널리 알려진 스키장이 있음)에서 몇 번이나 겨울을 보냈던가? 아마도 네 번인 것 같았다. 그리고 그는 블루덴스로 도보 여행을 했을 때 여우를 팔러온 사나이가 생각났다. 그때 그들은 선물을 사러갔던 것인데, 고급 키르쉬주(酒)의 버찌씨 맛이란! "하이! 호! 롤리가 말했다네" 하고 노래를 부르면서 그들은 굳어진 눈 위에 쌓인 가루눈을 휘날리며 마지막으로 긴 주로를 달려 가파른 골짜기를 내려갔다. 그리고 직선 코스를 잡고 과수원을 세 바퀴나 돌고 나와 도랑을 가로질러 숙소 뒤의 빙판길로 나왔다. 스키를 얽어맨 끈을 쳐서 스키를 벗은 다음 숙소의 나무 판자벽에 세워놓고 나면 창에서 램프의 불빛이 새어나오고, 안에서는 자욱한 담배 연기와 새 포도주의 따스한 향기에 싸여 사람들이 아코디언을 켜는 모습이 보였다.

"우리 파리에선 어디에 머물렀었지?" 그는 지금은 그의 곁에 놓여 있는 캔버스 의자에 앉아, 아프리카의 오지 한 구석에 와 있는 그녀에게 물었다.

"크리용이었어요. 당신도 아시잖아요?"
"내가 그걸 어떻게 알아?"
"거긴 우리가 늘 머물곤 하던 곳이잖아요."
"아니 늘 머물진 않았어."
"거기하고 생 제르맹가(街)의 앙리 1세관(館)이었지요. 당신은 그곳이 맘에 든다고 하셨잖아요."
"맘에 들어하다니, 정말 똥무더기 같은 소리군" 하고 해리는 소리쳤다. "그리고 난 그 지저분한 똥무더기 위에 앉아 우는 수탉 같은 꼴이지."
"만일 당신이 죽는다 해도" 하고 그녀는 입을 열었다. "뒤에 남는 모든 것들을 모조리 부숴야만 속이 시원하겠어요? 당신이 모든 것을 다 가지고 떠나야만 되겠어요? 당신의 말과 아내도 죽이고, 안장과 갑옷도 모두 태워버려야 속이 시원하겠느냔 말이에요."
"그래." 그가 대꾸했다. "당신의 그 빌어먹을 돈이 바로 내 갑옷이었어. 그게 내 스위프트이고 아머(스위프트와 아머는 시카고 최고의 통조림 회사를 경영하는 거부(巨富)의 이름. 갑옷의 영문 발음이 '아머'라는 것을 이용한 말장난)이기도 했지."
"제발 그만둬요."
"좋아, 그만두지. 난 당신을 괴롭히고 싶진 않아."
"이젠 늦었어요."
"그렇다면 좋아. 당신을 좀더 괴롭혀주지. 그게 더 재미있으니까. 당신과 즐겨하던 유일한 장난도 지금은 할 수가 없잖아."
"아니에요, 그렇지 않아요. 당신은 여러 가지 일을 하기 좋아했어요. 그리고 전 당신의 말이라면 뭐든지 다 했잖아요."
"아, 제발 그런 자랑일랑 집어치워."
그는 그녀가 훌쩍거리면서 우는 모습을 쳐다보았다.
"이봐." 그가 말했다. "당신은 내가 장난 삼아 이러는 것 같아? 나도 내가 왜 이러는지 모르겠어. 당신을 살리고 싶은데 오히려 죽이려고 드는 것만 같은 생각이 드는군. 얘기를 시작했을 땐 나도 정신이 말짱했어. 이럴 생각은 없었는데, 지금은 얼간이처럼 돌아버려서 잔인할 정도로 당신을 괴롭히려 하고 있는 거요. 내 말에 신경쓰지 말라구. 난 정말 당신을 사랑하고 있어. 그건 당신도 알고 있을 거야. 난 지금까지 어느 누구도 당신만큼 사랑한 적이 없어."
그는 먹고살기 위해 해왔던 그 상습적인 거짓말을 또다시 해댔다.
"당신은 정말 좋은 사람이에요."
"이 암캐 같으니" 하고 그는 말했다. "이 돈 많은 암캐. 이건 시라구. 지금 내 머릿속엔 시구가 가득 차 있어. 헛소리와 시가. 헛소리 같은 시가 말이야."
"그만둬요, 해리. 어째서 당신은 지금 악마같이 굴어야 하는 거죠?"
"난 아무것도 남겨두고 싶지 않아." 남자는 말했다. "뒤에 무엇을 남겨놓고 떠나기 싫단 말이야."

어느덧 저녁이 되어 그는 잠이 들었다. 언덕 너머로 해가 지고 벌판에는 어둠이 깔렸다. 작은 짐승들이 야영지 가까이에서 풀을 뜯고 있었다. 그는 지금 작은 짐승들이 머리를 잽싸게 구부리고 꼬리를 휘휘 저으면서 숲에서 꽤 멀리 떨어진 이곳까지 나와 있는 것을 지켜보고 있었다. 이제 새들은 땅 위에 없었다. 그들은 모두 나무 위에 묵직하게 자리잡고 있었다. 새들의 무리는 더욱더 늘어났다. 심부름하는 소년이 그의 침대 옆에 앉아 있었다.

"마님은 사냥하러 가셨어요." 소년이 말했다. "주인님, 뭘 해드릴까요?"

"아무것도 필요 없어."

그녀는 식사에 쓸 고깃덩이를 장만하러 나간 것이다. 그녀는 그가 사냥 구경을 좋아한다는 것을 알고 있기 때문에 그의 시야에 들어오는 이 평원의 작은 구역만은 소란케 하지 않으려고 꽤 먼 곳까지 나갔다. 언제나 생각이 깊은 여자라고 그는 생각했다. 그녀가 알고 있는 어떠한 것, 또 책에서 읽은 것, 또는 어디선가 들은 적이 있는 것에 대해서는.

그가 그녀에게 접근했을 때 그가 이미 끝장난 상태였다는 것은 그녀의 잘못이 아니었다. 남자가 마음에도 없는 말을 해대고 있다는 것을 어찌 여자가 알 수 있단 말인가? 단지 습관적으로 지껄이는 허튼소리를 어떻게 알 수 있겠는가? 그가 마음에도 없는 말을 지껄이게 된 후로 그의 거짓말은 진심에서 우러나오는 말보다 여자들에게는 더욱 효과적이었다.

그는 거짓을 말했다기보다는 그에게는 말할 만한 진실이 없었다는 편이 옳을 것이다. 그는 인생을 마음껏 즐겼고, 그것이 끝나면 이번에는 좀더 많은 돈을 가진 다른 사람들과 즐겼다. 그 지역의 거물급들이거나 혹은 전혀 새로운 사람들과. 다른 인생을 생각을 하지 않게 되자 만사가 신기할 따름이었다. 마음을 단단히 먹었기 때문에 대개의 사람들의 경우처럼 갈피를 잡지 못하고 흐지부지하는 일은 없었다. 지금까지 해오던 일은 더 이상 할 수 없게 되었으니, 그런 것에는 아무런 관심도 없다는 태도를 취했다. 그렇지만 마음속으로는 이렇게 말하고 있었던 —— 이 사람들, 이 대단한 부자들에 대한 글을 써보리라. 사실 나는 그들과 한패가 아니라 그들의 사회를 정탐하는 스파이다. 따라서 그 사회를 벗어나 거기에 대한 글을 써보리라. 그리고 그가 쓰려는 것은 그걸 아는 어느 작가에 의해서 언젠가는 씌어지게 되리라.

그러나 그는 결코 쓰지 않았다. 그 이유는 날마다 아무것도 쓰지 않고 안일만을 일삼으며 자기 자신이 경멸하던 똑같은 인간이 되어버려, 그의 재능은 무디어지고 일에 대한 의욕마저 약화되었다. 결국 그는 아무것도 하지 못하게 된 것이다. 지금 그가 교제하고 있는 사람들은 모두 그가 일을 하지 않을 때 더 수월하게 사귈 수 있는 인물들이었다.

아프리카는 그의 인생의 전성기에서 가장 행복한 한때를 보낸 곳이었다. 그러기에 그는 인생의 새출발을 위해 이곳으로 온 것이다. 여기서 두 사람은 최소한의 안락함에 만족하면서 사냥 여행을 했다. 큰 고생도 하지 않았고, 그렇다고 사치를 누리지도 않았다. 그는 그렇게 생활함으로써 수련기의 생활로 되돌아갈 수 있으리라 생각했다. 그는 이런 방법으로 자기의 정신을 둘러싸고 있는 지방질을 벗겨버릴 수 있다고 생각했던 것이다. 마치 권투선수가 몸에서 지방질을 없애기 위해 산 속으로 들어가 운동을 하고 몸을 단련하듯이.
 그녀도 그것을 좋아했다. 그것을 정말 좋아한다고까지 말했다. 그녀는 자극적이고 변화가 따르는 것, 새로운 사람들이 있고 유쾌한 일이라면 무엇이든 좋아했던 것이다. 게다가 그는 글을 써야겠다는 의욕이 되살아나리라는 환상에 사로잡혀 있었다. 만일 지금 이 꼴로 삶을 마친다 하더라도 —— 물론 그도 그것을 알고 있었지만 —— 등뼈가 부러졌다 해서 제 몸을 물어뜯는 뱀처럼 자신의 몸에 이빨을 대어서는 안 될 것이다. 이렇게 된 것이 그녀의 탓은 아니었다. 그녀가 아니었더라도 다른 어느 여자가 있었을 것이다. 거짓에 의해 살아왔다면 거짓에 의해 죽어야 하는 것이다. 언덕 너머에서 한 방의 총소리가 들렸다.
 그녀의 총 솜씨는 기가 막혔다. 이 착하고 돈 많은 암캐, 친절하기 이를 데 없는 시중꾼, 그리고 그의 재능의 파괴자. 하지만 이 무슨 당치 않은 소리인가. 그의 재능은 그 자신이 파괴하지 않았던가. 그녀가 자기를 그렇게 잘 돌보아주었다고 해서 그녀를 배반해야 할 이유가 무엇이란 말인가? 그는 자신의 재능을 사용하지 않았기 때문에 그 재능을 파괴한 것이다. 또한 그 자신과 자신이 믿는 바를 배반했기 때문이다. 감수성이 무디어질 정도로 술을 마셔댔기 때문이다. 게으름과 타성(惰性)과 속물 근성, 자만심과 편견, 그리고 다른 모든 방법을 동원해서 자신의 재능을 파괴한 것이다. 도대체 이게 뭐란 말인가? 헌책들의 목록인가? 어쨌든 그의 재능이란 어떤 것이었던가? 그것은 틀림없이 재능이긴 했으나 그는 그것을 이용하기보다는 팔아버린 것이다. 그의 재능은 결코 무엇인가 성취한 것이 아니라 언제나 무엇인가 성취할 수 있는 것을 의미했다. 그리고 그가 생계를 유지하기 위해 택한 것은 펜과 연필이 아닌 다른 그 무엇이었다. 그런데 그가 새로운 여자와 사랑을 하게 되면 그 여자는 반드시 먼젓번 여자보다 돈이 많다는 것 또한 이상한 일이 아닌가? 그러나 그가 지금 이 여자에게 대하듯 더 이상 사랑을 느끼지 않고 거짓말만을 일삼게 되었을 때, 누구보다도 돈 많은, 정말 돈이 많은 이 여자, 과거에는 남편과 자식이 있었고 애인도 있었지만 그들에게는 만족하지 못하고 지금은 자기를 작가로서, 남자로서, 반려자로서, 자랑스러운 소유물로서 지극히 사랑하고 있는 이 여자를 전혀 사랑하지도 않으면서 거짓말만 하고 있는 이때, 이전에 그가 진실로 사랑을 하던 그때보다 여자의 돈에 값하는 더 많은 일을 할 수 있다니, 참으로 이상한 일이었다.

인간은 누구나 자기가 하는 일에 적응하게 되어 있는 모양이라고 그는 생각했다. 어떠한 방식으로 생계를 꾸려가든 거기에는 각자의 재능이 나타나는 것이다. 그는 전 인생을 통해 어떠한 방식으로든 자신의 능력을 팔아왔다. 애정에 너무 깊이 빠지지 않았을 때 인간은 무엇보다도 돈에 가치를 두는 법이고, 그는 지금 그 사실을 깨달았지만 그것을 소설로 쓰지 않을 것이다. 그렇다. 그것이 써볼 가치가 충분히 있다 하더라도 결코 쓰지 않을 것이다.

그때 탁 트인 평야를 가로질러 캠프 쪽으로 걸어오고 있는 그녀의 모습이 보였다. 그녀는 승마용 바지를 입고 라이플총 (탄환에 회전성을 주어 나가는 힘을 강하게 하기 위하여 총신의 안벽에 나선상의 홈을 파놓은 총. 명중도가 높고 관통력도 강함)을 들고 있었다. 두 소년이 숫양 한 마리를 끈으로 묶어 어깨에 둘러메고 그녀 뒤를 따라오고 있었다. '아직은 그래도 아름다운 여자야' 하고 그는 생각했다. 게다가 몸매도 뛰어났다. 잠자리에서는 멋진 기교와 감상력을 갖고 있었다. 뛰어난 미인은 아니지만 그 여자의 얼굴은 그의 마음에 들었다. 그녀는 독서광이었고 승마와 사냥 또한 즐겼다. 그리고 술은 분명 지나치게 많이 마셨다. 그녀의 남편은 그녀가 비교적 젊었을 때 세상을 떠났다. 한동안 그녀는 이제 겨우 어린애 티를 벗은 두 아이에게 마음을 쏟았지만, 자식들은 어머니를 필요로 하지 않았고 그녀가 곁에 있는 것을 귀찮게 여겼다. 그래서 그녀는 승마와 독서, 그리고 술 마시는 것으로 소일했다. 그녀는 저녁 식사 전에 독서하기를 좋아했고, 책을 읽으면서 스카치 소다를 마셨다. 그래서 저녁 식사 때까지는 제법 취하게 되는데, 식사 때 포도주 한 병을 더 마시고 나면 대체로 잠이 들 수 있을 정도로 취하곤 했다.

그것은 애인들이 생기기 전의 일이었다. 애인들이 생긴 뒤로는 그다지 많이 마시지 않았다. 잠을 자기 위해 술에 취할 필요가 없었기 때문이다. 그러나 애인들은 그녀를 지루하게 만들었다. 그녀의 남편은 결코 그녀를 지루하게 내버려두지 않는 사람이었는데, 그 사람들은 너무나 지겹게 굴었다.

그러다가 아이 하나가 비행기 추락 사고로 죽은 이후로 그녀는 애인을 원하지 않았다. 술도 마취제가 되지 않았으므로, 그녀는 이제 새로운 생활을 하지 않을 수 없었다. 갑자기 그녀는 혼자라는 느낌에 소스라치게 놀랐다. 그녀에게는 자신이 존경하고 같이 있고 싶은 누군가가 필요했다.

일은 아주 단순하게 시작되었다. 그녀는 그의 작품을 좋아했고, 그가 누리고 있는 생활을 늘 부러워했다. 그녀는 그 사람이야말로 바로 자기가 하고 싶은 일을 하는 사람이라고 생각했다. 그녀가 그를 얻게 된 과정과 마침내 그와 사랑에 빠지게 된 경위는 그 전부가 일종의 자연스런 진행으로 그녀는 이를 통해 자기 자신을 위한 새생활을 이룩한 것이고, 그로서는 자신의 예전의 삶에서 남은 나머지 것들을 모두 팔아치울 수 있었던 것이다.

그는 안정되고 안락한 생활을 얻기 위해 예전의 삶을 팔아치웠다. 그것은 부인할 수 없는 일이었다. 그 밖에 또 무슨 이유가 있단 말인가? 그로서는 알 수 없는 노릇이었다. 그가 원하는 것이라면 그녀는 무엇이든 사주었을 것이다. 그는 그것을 잘 알고 있었다. 게다가 그녀는 너무나 멋진 여자였다. 그는 어느 누구에게나 하던 것처럼 즉시 그녀와 잠자리를 같이했다. 같은 값이면 다홍치마라고, 그녀는 누구보다도 돈이 많고 상냥한 데다 감상력이 있고 결코 소동을 피우는 일이 없었다. 그런데 그녀가 새로이 이룩한 이 생활이 종말에 가까워지고 있었다. 그것은 두 주일 전 그들이 한 떼의 영양(羚羊)이 머리를 치켜들고 콧구멍으로 공기를 들이마시면서 귀를 쫑긋 세우고 무슨 소리가 나기만 하면 수풀 속으로 도망쳐 들어갈 태세로 서 있는 모습을 사진에 담기 위해 앞으로 나아가다가 그의 무릎이 가시에 긁혔고, 그때 그가 상처에 요오드제를 바르지 않았다는 실수 때문이었다. 게다가 사진을 찍기도 전에 영양들은 도망치고 말았다.

이제 그녀는 그의 곁에 와 있었다.
그는 침대에서 머리를 돌려 그녀를 보았다. "안녕." 그는 말했다.
"숫양 한 마리를 잡았어요." 그녀는 그에게 말했다. "당신에게 좋은 수프거리가 될 거예요. 그리고 감자에 크림을 섞어 으깨 드릴게요. 기분은 좀 어떠세요?"
"아주 좋아졌어."
"얼마나 좋은 일이에요? 전 분명 당신 기분이 좋아지리라 생각했어요. 제가 나갈 때 당신은 잠을 자고 있었어요."
"아주 달게 잤어. 멀리까지 갔었나?"
"아니에요. 바로 저 언덕 너머로 돌아갔었죠. 숫양 한 마리를 멋지게 쏘았다구요."
"그래, 당신의 총 솜씨는 정말 대단해."
"전 사냥을 좋아해요. 또 아프리카도 좋구요. 정말이에요. 당신이 다치지만 않았다면 어느 때보다도 즐거웠을 거예요. 당신과 함께 사냥하러 다닐 때 얼마나 즐거웠는지 당신은 모르실 거예요. 전 정말 이곳이 좋아졌어요."
"나 역시 그래."
"여보, 당신 기분이 좋아진 걸 보는 게 저로선 얼마나 기쁜지 모르실 거예요. 당신이 아까처럼 그런 기분으로 있을 때면 전 견딜 수가 없다구요. 이제 그런 식으로 얘기하지 않겠죠? 약속하는 거죠?"
"아니." 그는 말했다. "난 내가 뭐라고 말했는지 모르겠는데."
"절 그렇게까지 괴롭힐 필요는 없잖아요. 안 그래요? 전 그저 당신을 사랑하고 당신이 하자는 대로 하는 중년 부인일 뿐이에요. 전 이미 두세 번이나 망가진 적이 있어요. 또다시 저를 망가뜨리려는 건 아니겠죠, 네?"

"당신을 잠자리에서 몇 번 더 망가뜨리고 싶은데." 그는 말했다.

"그러세요. 그렇게 망가뜨리는 건 괜찮아요. 그건 당연한 거니까요. 내일쯤은 비행기가 올 거예요."

"그걸 어떻게 알지?"

"틀림없어요. 오게 되어 있어요. 아이들은 벌써 연기를 올릴 나무와 마른 풀을 준비해놓았어요. 오늘도 내려가보고 온 걸요. 비행기가 착륙할 공터도 충분하고, 양끝에는 연기를 올릴 준비도 다 되어 있어요."

"왜 내일 비행기가 온다고 생각하지?"

"꼭 올 거예요. 이미 올 날이 지났어요. 그러면 도시로 가서 당신 다리도 치료하고 우리 멋지게 망가지도록 해요. 지긋지긋한 말다툼 같은 거 말고요."

"우리 술이나 한잔 할까? 해도 졌으니."

"그렇게 마시고 싶으세요?"

"한잔 하고 싶어."

"그럼 같이 한잔 하기로 해요. 몰로, 위스키 소다 두 잔 가져와요." 그녀는 소리쳤다.

"모기에 물리지 않도록 장화를 신는 게 좋을 거야." 그가 그녀에게 말했다.

"목욕하고 나서 신겠어요……."

어둠이 점점 짙어지는 동안 그들은 술을 마셨다. 아주 어두워지기 바로 직전, 이젠 총을 쏠 수 없을 만큼 어두워졌을 무렵 하이에나(성질이 난폭하고 가축을 습격하여 사육(死肉)을 먹음. 몸통은 개와 비슷하며 짖는 소리는 악마의 웃음소리 같다고 함) 한 마리가 언덕을 돌아나와 평원을 가로질러갔다.

"저놈은 밤마다 저곳을 지나가는군." 그가 말했다. "2주 동안 매일 밤마다 말이야."

"밤이면 소리를 지르는 게 바로 저놈이군요. 전 별로 신경 쓰이진 않아요. 하지만 기분 나쁜 짐승이에요."

함께 술을 마시면서, 같은 자세로만 누워 있어야 하는 것이 불편할 뿐 지금 그는 아무런 고통도 느끼지 않았다. 소년들이 불을 피우자 그 그림자가 텐트 위에 어른거렸다. 그는 이 기분 좋은 굴종의 생활에 묵묵히 따르고 싶은 심정이 되살아나는 것을 느낄 수 있었다. 그녀는 그에게 정말 잘해주었다. 그런데 그는 오늘 오후 그녀에게 잔인했고 온당치 못했다. 그녀는 좋은 여자였다. 기가 막힐 정도로. 바로 그 순간, 그는 지금 자기가 죽어가고 있다는 생각이 불현듯 떠올랐다.

그 생각은 너무나도 갑자기 떠올랐다. 그것은 급류나 돌풍 같은 것이 아니라 갑작스럽게 악취를 풍기기 시작하는 공허함 같은 것이었다. 그런데 이상한 일은 하이에나가 그 공허함의 주변을 슬그머니 미끄러져 들어왔다는 것이다.

"왜 그래요, 해리?" 그녀가 물었다.

"아무것도 아니야." 그는 말했다. "당신 이쪽으로 옮겨 앉는 게 좋겠어. 바람부는 쪽으로 말이야."

"몰로가 붕대를 갈아드리던가요?"

"응, 지금은 붕산만 쓰고 있어."
"기분은 좀 어때요?"
"약간 어지럽군."
"목욕을 해야겠어요." 그녀가 말했다. "곧 나올게요. 같이 식사를 하고 나서 침대를 안으로 들여놓기로 해요."
그래, 싸움을 그만두길 잘했어. 그는 속으로 중얼거렸다. 그는 이 여자와는 그다지 싸우지 않았다. 그러나 그가 사랑했던 다른 여자들과는 싸움이 너무 잦았던 탓으로 마침내 그 싸움에 따른 부식 작용으로 그들이 공유하고 있던 것까지 죽여 없애버렸던 것이다. 그는 너무 많이 사랑했고, 요구 또한 너무 많았다. 그래서 그 모든 것을 닳아 없어지게 만들었던 것이다.

그는 그 당시 파리에서 싸움을 벌인 뒤 콘스탄티노플로 혼자 갔던 일을 생각했다. 그 동안 그는 줄곧 많은 여자를 만났고, 그것이 모두 끝장나자 고독감을 억누를 길이 없었다. 상황을 더욱 나쁘게 만든 건 그가 첫 번째 여자, 자기를 버리고 떠난 그 여자에게 고독해서 참을 수 없다는 사연의 편지를 보냈다는 것이었다. 언젠가 한 번 르장스 교외에서 그녀를 본 것처럼 생각되었을 땐 정말 정신이 아찔하고 속이 타는 듯했다느니, 또 어딘지 그녀와 닮은 여자를 보고 대로를 따라 뒤를 좇으려 했지만 혹시 그녀가 아니면 어쩌나 하는 두려움과 그가 그 순간 느끼고 있던 그 감정을 잃지나 않을까 하는 두려움이 들었다느니, 어떤 여자와 같이 자더라도 그것은 그녀를 더욱더 생각나게 할 뿐이었다느니, 그녀에 대한 사랑을 좀처럼 지울 수 없다는 것을 안 지금 그녀의 지난날의 처사는 아무 문제가 되지 않는다는 등의 내용이었다. 그는 이 편지를 냉정하고 진실된 마음으로 클럽에서 써서 뉴욕으로 부치고, 파리에 있는 사무실로 답장을 보내달라고 했다. 그렇게 하는 게 안전할 것으로 생각했던 것이다.

그날 밤은 그녀가 너무 그리워서 가슴속이 텅빈 것처럼 허전해 택심(Taxim : 술집 이름) 앞을 서성거리다가 어떤 여자를 붙잡아 저녁이나 같이 하자고 하며 데리고 갔다. 저녁 식사를 한 다음 어딘가로 춤을 추러 갔는데, 그녀는 춤 솜씨가 형편없었다. 그래서 그 여자를 버리고 정열적인 아르메니아 매춘부로 바꾸었더니 이 여자는 자기의 배를 그의 배에 맞대고 불이 날 지경으로 비벼대며 흔들었다. 그녀는 그가 영국 포병 중위와 싸움 끝에 빼앗은 여자였다. 그 포병 중위는 그에게 밖으로 나오라고 했다. 그리고 그들은 어두컴컴한 자갈길 위에서 격투를 벌였다. 그는 그 포병 중위의 턱을 두 번이나 세차게 갈겼는데도 나가떨어지지 않는 것을 보고 이제부터 정말 본격적인 싸움이 시작되리라는 걸 알았다. 중위는 그의 가슴팍을 치더니, 다음엔 눈언저리를 갈겼다. 그는 다시 왼손으로 중위를 한 대 갈겼다. 그러자 그자는 그의 위에 엎어지면서 그의 코트를 움켜잡고 소매를 찢어놓았다. 그는 포병 중위의 뒤통수를 두 번 후려치고 떠다밀면서 오른손으로 냅다 갈겼다. 그자는 머리를 부딪치며 나가떨어졌다. 그때 헌병이 달려오는 소리가 들려서 그는 여자를 데리고 도망쳤다. 택시를 잡아타고 보스포러스 해협을 따라 리밀리힛사를 향해 달렸다. 그리고 그곳을 한 바퀴 돈 다음 시원한 밤공기를 마시며 돌아와 잠자리에 들었다. 그녀의 몸은 외모와 마찬가지로 너무 풍만한 감이 없지 않았으나 살결은 장미 꽃잎처럼 부드럽고 감미로웠으며, 매끄러운 배와 커다란 가슴, 탄력 있는 엉덩이를 지니고 있었다. 아침에 그는 여자가 잠이 깨기 전에 그곳을 나왔다. 그녀는 아침 햇살 속에서 정말 꼴불견인 모양을 하고 있었다. 그는 한쪽 소매가 없어졌으므로 코트를 손에 든 채 퍼렇게 멍든 눈으로 페라 팰리스에 나타났다.

같은 날 밤, 그는 아나톨리아를 향해 떠났다. 그 여행의 마지막 무렵에는 아편을 채취하기 위해 기르는 양귀비밭을 온종일 말을 타고 달렸던 일이 생각났다. 그때 그는 이상한 체험을 했었다. 거리 감각에 혼란이 있었고, 그가 다다른 곳은 그들이 새로 온 콘스탄틴 장교들과 합세하여 공격을 했던 장소였다. 그런데 그 장교들은 전투가 무엇인지 아무것도 모르는 사람들이었다. 포병대는 포격을 퍼붓고 있었고 영국의 관전무관(觀戰武官)은 어린애처럼 소리를 질러댔었다.

그날 처음으로 그는 흰 발레용 스커트 같은 것을 입고 앞축이 위로 젖혀진 술 달린 단화를 신은 전사자들을 보았다. 터키군이 쉴새없이 떼를 지어 들어왔다. 스커트를 입은 병사들이 도망치자 장교들은 그들에게 사격을 가했지만, 연이어 그 장교들도 도망치기 시작했다. 그도 관전무관과 함께 숨이 꽉 막히고 입 안에서는 동전 냄새 같은 쓴 맛이 날 때까지 도망치다가 바위 뒤에 숨었다. 터키군은 끊임없이 떼를 지어 쳐들어왔다. 그후 그는 상상도 못했던 끔찍한 광경을 보았고, 그후에는 더 끔찍한 광경을 목격했다. 그래서 당시 파리에 돌아왔을 때도 그런 이야기는 누구에게도 하지 않았으며, 말을 꺼내기조차 싫었다. 그가 자주 드나들던 카페에는 미국인 시인이 있었다. 그 시인은 자기 앞에다 찻잔 접시를 잔뜩 쌓아놓고 감자처럼 생긴 얼굴에 멍청

한 표정을 짓고서 어떤 루마니아인과 다다이즘 운동에 대해 이 야기하고 있었다. 그 루마니아인의 이름은 트리스탄 차라였는 데, 언제나 외알 안경을 쓰고 두통을 앓고 있었다.

그는 이제 싸움도 끝나고 미친 짓도 다 떨쳐버리고 다시 사랑 하게 된 아내와 함께 아파트로 돌아가서 안락한 가정 생활을 즐 겼다. 사무실에서는 그의 우편물을 아파트로 보내주었다. 그런 데 어느 날 아침 그가 편지를 보냈던 여자한테서 온 답장이 쟁 반에 얹혀 들어왔다. 그녀의 필적을 알아본 그는 가슴이 서늘해 져 그 편지를 다른 편지 밑으로 밀어넣으려 했다. 그러자 아내 가 말했다. "여보, 그 편지 누구한테서 온 거예요?" 그렇게 해 서 새생활의 시작은 끝나고 말았다.

그는 여자들과 함께 지낸 즐거웠던 시절과 다툼들을 돌이켜 보았다. 그들은 언제나 싸우기 좋은 장소를 찾아냈다. 그런데 왜 그의 기분이 제일 좋을 때마다 꼭 싸움이 벌어졌을까? 그는 그런 것에 대해서도 한 줄도 쓴 적이 없었다. 왜냐하면 우선 남 을 다치게 하고 싶지 않았고, 다음으로는 그것 아니라도 얼마든 지 쓸 게 있을 것 같았기 때문이었다. 그러나 거기에 대한 글을 언젠가는 쓰게 되리라 생각하고 있었다. 쓸 것은 참 많았다. 그 는 세상의 변화를 보아왔다. 겉으로 드러난 사건뿐이 아니었다. 사건도 많이 보아왔고 사람도 많이 관찰해왔지만, 그보다는 미 묘한 사회의 변화를 더 많이 보아왔던 것이다. 그리고 시대의 변천에 따라 인간이 어떻게 변하는지 알 수 있었다. 그는 변화 하는 세상을 살아왔고 그것을 관찰해왔으므로 이제 거기에 대 해 쓰는 것이 그의 의무였다. 그러나 이제 그는 다시는 글을 쓰 지 못할 것이다.

"기분은 좀 어떠세요?" 하고 그녀가 말했다. 그녀는 막 목욕을 마치고 텐트에서 나오는 참이었다.

"좋아."

"그럼 이제 식사를 하실까요?"

그는 그녀의 뒤로 접는 테이블과 접시를 들고 서 있는 몰로와 또 다른 소년을 보았다.

"글을 좀 쓰고 싶군" 하고 그는 말했다.

"기운을 차리시려면 수프를 좀 드셔야 해요."

"난 오늘밤에 죽을 거야" 하고 그는 대꾸했다. "그러니 기운을 차릴 필요도 없다구."

"제발 그 신파조 같은 소리일랑 그만둬요, 해리" 하고 그녀가 말했다.

"코는 뒀다 뭘 하는 거야? 허벅지가 절반이나 썩었는데 도대체 뭣 때문에 내가 수프 따위나 먹으면서 바보 짓을 한단 말인가? 몰로, 위스키 소다 가져와."

"제발 수프를 좀 드세요" 하고 그녀는 부드럽게 말했다.

"알았어."

수프는 뜨거웠다. 먹기 알맞게 식을 때까지 기다렸다가 그는 군소리 없이 그걸 다 먹었다.

"당신은 좋은 여자야" 하고 그는 말했다. "이제 내게 마음 쓰지 말라구."

그녀는 《스타》나 《타운 앤드 컨트리》 같은 잡지에 흔히 나오던 그 유명하고 누구에게나 호감을 받는 얼굴로 그를 쳐다보았다. 다만 술과 잠자리 때문에 얼굴이 좀 안됐을 뿐, 《타운 앤드 컨트리》에도 그토록 탐스러운 젖가슴, 그토록 훌륭한 넓적다리, 그리고 허리를 부드럽게 어루만져주는 그런 귀여운 손은 결코 실린 일이 없었으리라. 그는 눈에 익은 그녀의 애교 있는 미소를 쳐다보고 있다가 또다시 죽음이 다가오고 있다는 생각이 들었다. 이번에는 갑작스런 감정이 아니었다. 그것은 촛불을 깜박이게 만들고 불꽃을 높이 불어올리는 바람처럼 훅 하고 불어오는 것이었다.

"나중에 하인들을 시켜서 모기장을 밖으로 내다 나뭇가지에 매달게 하고 불을 피워놓게 해요. 난 오늘밤엔 텐트에 들어가고 싶지 않아. 움직인댔자 별수없어. 오늘밤은 맑으니 비도 오지 않을 것 같구려."

그래, 사람은 이렇게 죽어가는 것이다. 전혀 들리지 않는 속삭임 가운데에서. 그렇다. 이젠 싸울 일도 없을 것이다. 그것만은 확신할 수 있다. 한 번도 겪어보지 못한 이 경험만은 결코 망치지 않을 것이다. 혹 그는 그것마저 망칠지 모른다. 무엇이든 파괴해버리는 위인이니까. 그러나 아마 그러진 않을 것이다.

"당신, 내 말을 받아쓸 수 있겠어?"

"그런 건 해본 적이 없는데요" 하고 그녀는 대답했다.

"그럼 됐어."

물론 이젠 시간이 없다. 하긴 망원경의 초점을 맞추는 것처럼 정확히 잘할 수만 있다면 그것을 한 단락으로 압축해 쓸 수도 있을 것 같지만.

호수 위 언덕에는 벌어진 틈 사이를 회반죽으로 하얗게 칠한 통나무집 한 채가 있었다. 문 옆 장대 위에는 식사 시간을 알리는 종이 매달려 있었다. 집 뒤는 들판이었고, 들판 뒤는 숲이었다. 롬바르디아종(種) 포플러가 그 집에서부터 부두까지 한 줄로 쭉 늘어서 있었다. 다른 포플러들은 곶(岬)을 따라 늘어서 있었다. 길 하나가 숲가를 따라 언덕까지 뻗어 있었는데, 그는 그 길을 따라가면서 검은딸기를 따곤 했다. 그 뒤 그 통나무집은 불타버렸고, 벽난로 위의 사슴 발로 만든 총걸이에 걸어두었던 총도 다 타버리고 말았다. 나중에 보니 탄창(彈倉)의 총알은 녹아버렸고 개머리판도 타서 총신(銃身)만 잿더미 위에 나둥그러져 있었다. 그 재는 세탁용의 큰 가마솥에 넣어 쓰는 잿물을 만드는 데 사용되었다. 할아버지에게 타다 남은 총을 갖고 놀아도 좋으냐고 물었더니 안 된다고 했다. 타버리긴 했어도 역시 자기 총이란 것이었겠지. 할아버지는 그후 다시는 총을 사지 않았다. 뿐만 아니라 사냥도 하지 않았다. 그 집터에 이번에는 판재로 집을 다시 짓고 하얗게 칠을 했다. 현관에서는 포플러와 그 너머로 호수가 보였다. 그러나 이제 집 안에 총이라곤 없었다. 한때 통나무집 벽에 사슴발로 만든 총걸이에 걸려 있던 총신은 잿더미 위에 나둥그러져 있었으나 손대는 사람이 없었다.

 전쟁 후 그들은 블랙 포레스트에서 송어 낚시터를 빌린 일이 있었는데, 그곳까지 가는 데는 두 갈래 길이 있었다. 하나는 트리베르크에서 골짜기로 내려가 하얀 길 옆의 나무 그늘이 진 골짜기 길을 돌아 언덕으로 뻗은 샛길을 올라가서, 슈바르츠발트 풍(風)의 큰 집들이 있는 작은 농장들을 몇 개 지나면 마침내 개울을 건너는 곳까지 오게 된다. 그곳이 바로 낚시질을 시작하는 곳이다.

또 하나의 길은 숲가까지 험한 언덕길을 올라가 소나무숲을 지나 언덕배기를 넘어서 초원 언저리로 나온 뒤 다시 그 초원을 가로질러 다리까지 내려가는 길이었다. 거기 개울가를 따라 자작나무가 자라고 있었는데, 개울은 폭이 좁고 크지 않았지만 물은 맑고 물살이 빨랐다. 자작나무 뿌리 밑은 물결에 패어 웅덩이를 이루고 있었다. 트리베르크의 호텔 주인에게는 경기가 좋은 계절이었다. 거기는 매우 즐거운 곳이었고, 우리들은 사이좋게 지냈다. 하지만 그 이듬해에 인플레가 닥쳐 그 전해에 벌어놓은 돈으로는 호텔을 경영하는 데 필요한 물자를 사들일 수가 없어 주인은 목을 매어 죽고 말았다.

여기까지는 받아쓰게 할 수 있겠지만, 콩트르스카르프 광장에 대한 일은 받아쓰게 할 수 없을 것이다. 그곳에는 꽃을 파는 아낙네들이 길거리에서 꽃에 물감을 들이고 있었고, 버스가 출발하는 부근의 포장길 위에는 물감이 흘러내리고 있었다. 노인과 여자들은 포도주와 술찌꺼기로 만든 싸구려 술에 늘 취해 있었고, 아이들은 추워서 콧물을 흘리고 있었다. '카페 데자마퇴르'에서는 더러운 땀 냄새와 가난뱅이와 주정뱅이의 냄새가 풍기고 있었고, 그들이 살던 발 뮈제트의 아래층에는 매춘부들이 있었다. 관리인 여자는 프랑스 공화국의 기병을 자기 방에서 접대하고 있었고, 말총으로 장식한 그의 헬멧은 의자 위에 놓여 있었다. 복도 맞은편 방에 세들어 있는 여자의 남편은 자전거 선수였다. 그날 아침 우유 가게에서 《로토》지를 펴들고 남편이 처음 출전한 파리-투르간의 대경주에서 3위를 했다는 기사를 읽었을 때의 그 여자의 기쁨이란. 그녀는 얼굴을 붉히며 깔깔 웃더니 노란색의 스포츠 신문을 들고 뭐라 소리치며 이층으로 뛰어 올라갔다. 발 뮈제트를 경영하는 여자의 남편은 택시 운전사였다. 해리가 아침 일찍 비행기로 떠나야 했을 때 그 택시 운전사는 문을 두드려 그를 깨워주었다. 출발하기 전에 그들은 술집의 양철로 된 카운터에서 백포도주를 한 잔씩 했다. 당시 그 부근의 사람들은 모두 가난했기 때문에 그는 그의 이웃들과 친하게 지내고 있었다.

그 광장 주위에는 두 종류의 인간이 있었다. 주정뱅이와 스포츠광이다. 주정뱅이는 술에 취함으로써 자기의 가난을 잊었고, 스포츠광은 자기의 가난을 잊기 위해 운동에 몰두하는 것이었다. 그들은 코뮌 당원의 자손들이었지만 정치를 갖고 문제 삼는 일은 없었다. 그들은 자기들의 아버지, 친척, 형제, 그리고 친구들을 누가 죽였는지 잘 알고 있었다. 그 당시는 베르사이유 군대가 쳐들어와서 코뮌 정부의 뒤를 이어 파리를 점령한 뒤 손에 못이 박인 사람과 테 없는 모자를 쓴 사람, 그 밖에 노동자라는 표시가 있는 사람은 누구나 잡아다 죽였던 것이다. 말고기 푸줏간과 포도주 협동조합 앞의 길 건너편에 있는 그 가난에 찌든 숙소에서 그는 그가 쓰고자 했던 모든 것의 첫부분을 썼다. 파리에서는 그곳만큼 그의 마음에 드는 곳이 없었다. 가지가 쭉 뻗은 나무들, 하얀색으로 회칠을 한 데다 아래에는 갈색으로 페인트 칠을 한 오래된 집들, 둥근 광장에 서 있던 초록색의 긴 버스, 포도(鋪道) 위에 흐르던 자줏빛 꽃 물감, 카르디날 르므와느로(路) 언덕길에서 세느강으로 내려가는 가파른 비탈길, 그리고 무프타르로의 비좁고 혼잡한 세계로 통하는 또 다른 길을 그는 좋아했다. 팡테옹 쪽으로 올라가는 길이 있었고, 그가 늘 자전거를 타고 다니던 또 하나의 길이 있었는데, 그 길은 그 지역에서는 단 하나뿐인 아스팔트길이었다. 자전거 바퀴는 매끄럽게 굴러갔다. 높고 폭이 좁은 집들이 쭉 들어서 있고, 폴 베를렌느가 숨을 거두었다는 높다란 싸구려 호텔도 있었다. 그들이 살던 아파트에는 방이 둘밖에 없었다. 그래서 그는 그 호텔 맨 위층의 방 하나를 월 60프랑에 빌려 거기서 글을 썼다. 그 방에서는 파리의 지붕과 굴뚝, 그리고 모든 언덕을 내다볼 수 있었다.

아파트에서는 장작과 석탄을 파는 가게밖엔 안 보였다. 그 가게에서는 포도주도 팔았지만 질이 떨어지는 포도주였다. 말고기를 파는 집의 바깥에는 황금색의 말 대가리 상이 걸려 있었고, 열려진 창문에는 황금빛을 띤 붉은색 말고기가 걸려 있었다. 녹색 페인트칠을 한 협동조합은 그들이 늘 포도주를 사는 곳이었는데, 술맛도 좋고 값도 쌌다. 그 밖에는 벽토를 칠한 벽과 이웃집 창문들뿐이었다. 밤에 누군가 술에 취한 채 길에 쓰러져 사람들이 실제로 볼 수 있으리라고 좀처럼 믿지 못하는 그 전형적인 프랑스식 열정으로 한탄과 푸념을 늘어놓으면, 이웃 사람들은 창문을 열고 뭐라고 지껄여대는 것이었다.

"경찰은 어디 갔어? 필요 없을 땐 잘도 나타나더니 어느 계집하고 나자빠져 있겠지. 경찰을 불러와."

그러다가 누군가가 창 밖으로 물을 한 양동이 갖다 퍼부으면 그 주정하는 소리가 뚝 그쳤다.

"저게 뭐야? 물을 퍼부었군. 야, 잘 생각했다." 그러면 창문들은 닫힌다. 그가 데리고 있던 하녀 마리는 여덟 시간 노동제에 대한 항변을 늘어놓았다. "만약 남편들이 오후 6시까지 일을 한다면 집으로 돌아오는 길에 가볍게 한잔 할 테니 돈도 그다지 낭비하지 않을 거예요. 그러나 5시까지만 일을 한다면 매일 밤

취하게 될 테니 돈이 남을 리가 있겠어요. 노동 시간 단축으로 골탕먹는 건 노동자의 아낙네뿐이에요."

"수프를 좀더 드시겠어요?" 하고 여자가 권했다.
"아니, 고마워. 참 맛있군."
"조금 더 드세요."
"위스키 소다를 마시고 싶은데."
"그건 당신에게 좋지 않아요."
"맞아. 내 몸에 좋지 않지. 콜 포터는 그런 가사를 써서 작곡을 하기도 했어. 당신이 내게 미친 듯이 신경을 쓰는 것을 잘 아는 모양이야."
"저도 당신에게 술을 드리고 싶다는 건 잘 아시잖아요."
"오, 그렇지. 다만 내게 해롭다는 거겠지."
그녀가 가버리면, 하고 그는 생각했다. 나는 원하는 걸 모두 가지리라. 내가 원하는 것 전부는 아닐지라도 여기 있는 것 모두를. 아, 피곤하다. 너무 피곤해. 그는 잠시 눈을 좀 붙여보려 했다. 그는 죽은 듯이 누워 있었다. 죽음은 아직 가까이 오지 않았다. 아마도 죽음은 다른 길로 가버렸나보다. 죽음은 짝을 지어 자전거를 타고 포도 위를 아무 소리도 내지 않고 달려가고 있겠지.

아니, 그는 파리에 대해서는 아직 한 번도 써본 일이 없었다. 언제나 마음속 깊이 간직하고 있는 그 파리에 대해서. 그러면 아직 한 번도 써본 일이 없는 다른 것에 대해선 어떠한가?
그 목장과 은회색의 샐비어 덤불, 관개용 수로에 흐르던 맑은 급류, 짙은 초록색의 자주개자리(풀 이름)는 어떠했던가? 오솔길은 언덕에서 언덕으로 이어졌다. 여름에는 소들이 사슴처럼 부끄럼을 탔다. 가을이 되어 소들을 산에서 몰아 내려올 때면 그 울음소리와 아우성, 그리고 먼지를 일으키며 느릿느릿 움직이는 한 떼의 소들. 그리고 서산 너머로 석양빛에 뚜렷이 드러난 산봉우리, 건너편 골짜기까지 환하게 비쳐주는 달빛 아래 오솔길로 말을 타고 내려오던 일, 어두워서 앞이 보이지 않아 말꼬리를 잡고 숲 속을 내려오던 일도 생각났다. 그 밖에 써보려고 했던 이야기 모두가.

생각나는 것은 그때 목장에 남아서 아무도 건초를 가져가지 못하도록 지키고 있던 바보 얼간이 같은 일꾼 소년과 사료를 좀 얻어가고 싶어서 왔던 포크스가(家)의 그 고약한 영감에 관한 얘기도 있다. 이 늙은이는 소년을 자기가 부리고 있던 때엔 몹시 매질을 해댔었고, 소년이 이번에 그의 부탁을 거절하자 소년을 다시 때려주겠다고 위협했다. 소년은 부엌에서 라이플총을 가지고 나와 영감이 헛간으로 들어가려 할 때 쏘아버렸다. 사람들이 목장으로 돌아왔을 땐 영감이 죽은 지 이미 일주일이나 지나 있었고, 그 시체는 가축 우리 속에서 얼어버린 채 개들이 일부를 뜯어먹은 상태였다. 그는 시체의 남은 부분을 모포에 싸서 썰매 위에 싣고 밧줄로 동여맨 다음 소년에게 거들게 하여 그것을 끌고 갔었다. 소년과 그는 스키를 타고 그것을 도로로 끌고 나와 60마일이나 멀리 떨어져 있는 마을로 내려갔다. 그는 그 소년을 경찰에 넘겼다. 소년은 자기가 체포되리라는 걸 꿈에도 생각지 못했다. 자기는 의무를 다했으며 그와는 친한 사이였으니 무슨 상(賞)이라도 받을 줄 알았던 것이다. 소년은 영감의 시체 운반을 거들며 영감이 무척 고약한 사람이었다는 것, 그리고 자기 것도 아닌 사료를 슬쩍 가져가려 했다는 것을 누구나 다 알고 있겠거니 하고 생각했다. 따라서 경찰관이 수갑을 채우자 소년은 믿을 수가 없었다. 소년은 흐느껴 울기 시작했다. 이 이야기가 그가 쓰려고 간직해둔 것 가운데 하나였다.

그는 그 마을에 관해서라면 쓸 만한 이야기를 적어도 스무 개 정도 알고 있었지만, 실제로는 하나도 써본 적이 없다. 왜 그랬을까?

"당신 그 이유를 좀 말해봐." 그가 말했다.
"무슨 이유를요?"
"아무것도 아니야."

그녀는 그를 손에 넣은 후로는 술을 지나치게 많이 마시지는 않았다. 그러나 그는 다행히 살아나더라도 그녀에 대해서는 쓰지 않을 것이다. 그것은 지금 그 자신도 잘 알고 있었다. 다른 어떤 여자에 대해서도 쓰지 않을 것이다. 부자들은 원래 재미가 없고, 과음을 하거나 혹은 주사위 놀이를 지나칠 정도로 즐긴다. 그들은 재미없기 이를 데 없으며 같은 일만 되풀이한다. 그는 가난한 줄리앙이 생각났다. 줄리앙은 부자들에 대해 낭만적인 존경심을 품어, 언젠가는 '부자들은 당신이나 나와는 다른 족속이다' 라는 구절로 시작되는 소설을 쓰기 시작했다. 그때 누군가가 줄리앙에게 그래, 그들은 우리보다 많은 돈을 갖고 있지 하고 농담을 했다. 그런데 줄리앙에게는 그 말이 농담으로 들리지 않았다. 그는 부자들은 특별한 매력을 지닌 족속이라 생각하고 있었고, 사실은 그렇지 않다는 것을 깨닫게 되었을 때, 그것은 그에게 좌절감을 느끼게 한 다른 어떤 것 못지않게 그를 좌절하게 만들었던 것이다.

그는 좌절한 인간들을 경멸해왔다. 그 무엇을 이해했다고 해서 그것을 좋아할 필요는 없지 않은가. 그는 자기가 무슨 일이든 해낼 수 있을 거라고 생각했다. 왜냐하면 자기가 개의치만 않는다면 어떤 일이라도 자기를 괴롭힐 수는 없기 때문이다.

그렇다. 이젠 죽음도 개의치 않겠다. 그가 언제나 두려워한 것은 바로 고통이었다. 고통이 너무 오래 계속되어 마침내 그를 지쳐버리게 하지 않는 한 그도 누구 못지않게 고통을 잘 견뎌낼 수 있을 것이다. 그러나 지금 그에게 엄청난 고통을 주는 것이 여기에 있다. 그것이 그를 파멸시키리라고 느낀 순간 고통은 멎어버렸다.

그는 오래 전에, 척탄병(擲彈兵) 장교인 윌리엄슨이 밤에 철조망을 뚫고 참호로 들어가다가 독일군 순찰병이 던진 수류탄에 맞은 일이 기억났다. 그는 비명을 지르면서 누구라도 좋으니 제발 자기를 죽여달라고 애원했다. 그는 약간 말도 안 되는 허풍을 치는 면이 있었지만, 뚱뚱한 몸에 매우 용감하고 뛰어난 장교였다. 그러나 그날 밤 그는 철조망에 걸려, 탐조등에 노출되었던 것이다. 그의 내장이 쏟아져 철조망에 걸려 있었다. 그래서 아직 숨이 붙어 있는 그를 데려올 때 전우들은 그의 내장을 끊지 않을 수 없었다. 해리, 나를 쏴줘. 제발 나를 쏴달라구. 언젠가 그들은, 하느님은 우리에게 견뎌낼 수 없는 시련은 결코

주시지 않는다는 문제로 토론을 벌인 적이 있었다. 그것은 어느 정도 시간이 흐르면 고통은 저절로 사라진다는 뜻이라고 주장하는 사람도 있었다. 그러나 그는 결코 그날 밤의 윌리엄슨를 잊을 수 없었다. 그가 자신을 위해 간직하고 있던 모르핀 알약을 전부 다 먹일 때까지 윌리엄슨의 고통은 좀처럼 사라지지 않았다. 게다가 모르핀도 즉각 효력을 나타내지 않았다.

그러니까 지금 그가 겪고 있는 이 고통은 아주 견디기 쉬운 것이었다. 지금 이 상태가 더 이상 악화되지만 않는다면 조금도 걱정할 것이 없다. 다만 좀더 좋은 사람이 옆에 있었으면 하는 심정 이외에는.
 그는 같이 있었으면 하는 사람에 대해 잠시 생각해보았다. 아니지, 무슨 일을 하든 너무 오래 끌거나 너무 늦은 감이 있을 때 아직도 거기에 누군가가 남아 있으리라 기대할 수는 없다. 사람들은 모두 가버렸다. 파티는 끝나고 이젠 그와 여주인만이 남았을 뿐이다.
 다른 모든 것이 지겨운 것처럼 죽음도 지겨워져간다고 그는 생각했다.
 "지겨운 일이야" 하고 그는 큰소리로 말했다.
 "뭐가요, 여보?"
 "뭐든 너무 오래 하면 그렇다는 거야."
 그는 그녀의 얼굴을 쳐다보았다. 그녀는 의자에 기대앉아 있었다. 불빛이 그녀의 부드러운 얼굴 윤곽을 비추고 있었다. 그는 그녀가 졸음에 겨워한다는 것을 알았다. 모닥불 주위의 가까운 곳에 하이에나가 울고 있는 소리가 들렸다.

"난 글을 써왔어" 하고 그는 말했다. "그렇지만 난 이제 지쳤어."

"좀 잘 수 있을 것 같아요?"

"물론이지. 당신은 왜 안 자는 거야?"

"난 당신과 함께 여기 앉아 있고 싶어요."

"당신 뭔가 이상한 느낌이 들지 않나?" 하고 그는 그녀에게 물었다.

"아뇨. 좀 졸릴 뿐이에요."

"난 이상한 느낌이 들어."

그는 죽음이 다시 다가온 것을 직감했다.

"내가 지금까지 한 번도 잃은 적이 없는 건 호기심뿐이라는 걸 당신도 알지?" 하고 그는 그녀에게 말했다.

"당신은 아무것도 잃어본 적이 없어요. 당신은 내가 만난 사람 가운데 가장 완벽한 남자예요."

"이런!" 그는 말했다. "여자들은 왜 이렇게도 모를까. 그게 무슨 소리지? 당신 직관에 의한 건가?"

왜냐하면 바로 그때 죽음이 다가와 침대 다리에 그 머리를 기대었고 그는 죽음의 입김을 맡을 수 있었던 것이다.

"죽음이란 큰 낫과 두개골을 갖고 있다는 말을 믿어선 안 돼" 하고 그는 그녀에게 말했다. "죽음이라는 건 곧잘 자전거를 타고 오는 두 명의 경찰이 되고 한 마리 새가 되기도 하지. 아니면 하이에나처럼 커다란 코를 가진 놈이 될 수도 있고."

죽음은 이제 그를 덮치려 하고 있으나 그것은 아무런 형상을 갖고 있지 않았다. 다만 공간을 차지하고 있을 뿐이었다.

"저리 가라고 해."

죽음은 가지 않았고 오히려 좀더 다가왔다.

"너 지독한 냄새를 피우는구나" 하고 그는 말했다. "이 고약한 냄새를 풍기는 놈 같으니."

죽음은 그에게 더욱더 다가왔다. 이젠 죽음에게 말을 할 수도 없었고, 그가 말을 할 수 없다는 것을 알자 죽음은 점점 더 다가왔다. 그는 이제 아무 말 없이 죽음을 쫓아내려고 했다. 그러나 죽음은 그에게 덤벼들어 그 무게 전체로 그의 가슴을 짓눌렀다. 죽음이 거기에 웅크리고 있어서 그는 움직일 수도, 말을 할 수도 없는데 여자의 말소리가 들려왔다.

"주인어른은 지금 잠이 드셨어. 침대를 조심스럽게 들어서 텐트 안으로 옮겨요."

그녀에게 죽음을 쫓아달라고 말을 하려 해도 말이 나오지 않았다. 이제 죽음은 점점 더 무겁게 짓눌러 그는 숨을 쉴 수도 없었다. 그러나 침대가 들려지자 갑자기 모든 것이 정상적으로 되고 가슴을 짓누르던 무게도 사라졌다.

아침이었다. 날이 밝은 지 꽤 오래되었고, 그는 비행기 소리를 들었다. 비행기는 처음에 아주 조그맣게 보이더니 점점 큰 원을 그렸다. 소년들이 뛰어나가 등유로 불을 지르고 그 위에 건초를 쌓아올렸다. 그러자 들판 양쪽에서 두 줄기의 연기가 올라가고, 연기는 아침 산들바람에 날려 캠프 쪽으로 밀려왔다. 이번엔 비행기가 저공으로 두 번 돌며 내려오더니 수평을 유지하면서 사뿐히 내려앉았다. 그리고 그를 향해 걸어온 사람은 헐렁한 바지에 트위드 자켓을 입고 갈색 펠트 모자를 쓴 옛친구 컴프튼이었다.
"이봐, 어떻게 된 거야?" 하고 컴프튼이 물었다.
"다리를 다쳤어" 하고 그는 대꾸했다. "아침 식사 해야지?"
"고마워. 차나 한잔 들겠네. 보다시피 퍼스모드기(機)야. 그러니 부인은 함께 모시고 갈 수가 없어. 한 사람 좌석밖에 없으니까. 트럭이 오고 있어."
헬렌이 컴프튼을 옆으로 데리고 가서 뭐라 이야기를 했다. 컴프튼은 전보다 더 명랑한 얼굴로 돌아왔다.
"우선 자네부터 태우고 가야겠어" 하고 그는 말했다. "그리고 부인을 모시러 다시 오겠네. 그런데 연료를 보급하기 위해 아루샤에 들러야 할지도 몰라. 아무튼 곧 출발하는 게 좋겠네."
"차는 어떻게 하고?"
"자네도 알다시피 나는 차 따위는 어떻게 되든 상관없다네."
시중들던 소년들이 침대를 들고 녹색 텐트를 돌아서 바위를 따라 내려가 평지로 나왔다. 그리고 쌓아올린 건초가 다 타버리고 바람이 불꽃을 부채질하여 한창 타오르고 있는 모닥불 옆을 지나 소형 비행기가 있는 곳에 이르렀다. 그를 비행기에 태우는 데는 힘이 들었다. 그러나 일단 탄 뒤에 그는 가죽으로 된 좌석에 몸을 기대고 컴프튼의 좌석 한쪽 옆으로 다리를 쭉 펴 고정시켰다. 컴프튼은 발동을 걸고 올라탔다. 그는 헬렌과 소년들에게 손을 흔들었다. 덜컥거리는 소리가 귀에 익은 엔진 소리로 변하자 기체(機體)가 빙글 돌았다.

컴프튼은 산돼지 구멍이 없나 하고 주위를 조심스럽게 살폈다. 비행기는 소리를 내고 덜커덩거리며 모닥불 사이의 평지를 달리다가 마침내 공중으로 떠올랐다. 밑에서 사람들이 손을 흔들며 서 있는 것이 보였다. 언덕 옆의 캠프가 납작하게 보였고, 벌판이 멀리 펼쳐져 있었다. 나무가 울창했으며 덤불도 납작하게 보였다.
 그런가 하면 몇 개의 사냥길이 말라붙은 웅덩이까지 쭉 뻗어 있고 여지껏 한 번도 본 적이 없는 시냇물이 보였다. 얼룩말은 조그맣게 동그란 등만 보이고, 누우(아프리카산 작은 영양) 떼가 긴 손가락 모양으로 벌판을 질주하고 있었는데, 그 커다란 머리 부분은 마치 점점이 하늘로 오르는 것처럼 보였다. 비행기 그림자가 그들에게 다가가자 이리저리 뿔뿔이 흩어져 조그맣게 보이는 모습은 달리는 것 같지도 않았다. 이제 시야에 들어오는 벌판은 희뿌연 황색뿐이었다. 그리고 눈앞에는 트위드 자켓을 입은 컴프튼의 등과 갈색 펠트 모자가 보였다. 그때 그는 첫 번째 언덕을 넘고 있었다. 누우 떼가 그들의 뒤를 따랐다. 그리고 갑자기 진한 녹색의 숲으로 울창한 산맥을 넘고 대나무가 무성한 비탈진 산 위를 날았다. 다시 산봉우리와 골짜기가 울창한 숲을 지나자 언덕이 비스듬히 낮아지고 또 다른 벌판이 나타났다. 그러자 열기로 인해 이젠 아주 더웠고, 벌판은 자줏빛 갈색으로 보이고 비행기의 요동도 심해졌다. 컴프튼은 해리가 타고 있는 모습을 살피려 뒤를 돌아보았다. 그때 거무스름한 산맥이 눈앞에 나타났다.
 그러자 비행기는 아루샤로 가지 않고 왼쪽으로 돌았다. 연료가 충분한 게로군, 하고 그는 생각했다. 아래를 내려다보니 체로 친 듯한 분홍빛 실구름이 땅 위, 공중에 떠돌고 있었다. 그건 어디서 불어온 것인지 모를 눈보라 속의 첫눈 같았다. 그는 그것이 남쪽에서 날아온 메뚜기 떼라는 것을 알았다. 비행기는 곧 상승하기 시작했다. 동쪽으로 날아가는 듯했다. 그러자 바깥이 어두워지더니 비행기는 폭풍 속으로 말려들어갔는데, 비가 억수같이 퍼부어 마치 폭포 속을 날아가는 듯했다. 거기를 빠져나오자 컴프튼은 고개를 돌려 싱긋 웃으면서 손가락으로 앞을 가리켰다. 그의 눈에 들어온 것은, 온세상만큼 넓고 거대하며 높은, 그리고 햇빛을 받아 믿을 수 없을 만큼 새하얀 킬리만자로의 네모난 봉우리였다. 그 순간 그는 자기가 가는 데가 바로 그곳이라는 것을 알았다.

바로 그때 하이에나가 밤에 울던 울음소리를 그치고 이상하게도 사람과 거의 비슷한 울음소리를 내기 시작했다. 여자는 그 소리를 듣자 불안한 듯이 몸을 꿈틀거렸다. 그녀가 잠이 깬 건 아니었다. 꿈속에서 그녀는 롱 아일랜드의 집에 있었는데, 그날은 그녀의 딸이 사교계에 첫발을 내딛는 전날 밤이었다. 어찌된 일인지 그녀의 아버지가 거기에 있었고, 그는 상당히 난폭했다. 그때 하이에나가 울부짖는 소리가 너무나 컸기 때문에 그녀는 눈을 떴다. 잠시 그녀는 자기가 있는 곳이 어디인지 알 수 없었고 너무나 불안했다. 그래서 회중전등을 들고 해리가 잠든 뒤 들여놓은 침대 위를 비춰보았다. 모기장 안에 그의 몸뚱이는 보였으나 어찌 된 일인지 다리는 모기장 밖으로 내밀어져 침대 아래로 축 늘어져 있었다. 붕대가 모두 풀어헤쳐져 있어 그녀는 차마 그 광경을 볼 수가 없었다.

"몰로" 하고 그녀는 소리쳤다. "몰로! 몰로!"

그런 다음 그녀는 "해리, 해리!" 하고 불렀다. 곧 그녀의 소리는 높아졌다. "해리! 제발, 오, 해리!"

아무 대답이 없었다. 그리고 그의 숨소리도 들을 수 없었다.

텐트 밖에서는 하이에나가 그녀를 깨웠을 때와 똑같은 이상한 소리로 울고 있었다. 그러나 그녀는 가슴이 철렁 내려앉아 하이에나의 울음소리도 귀에 들어오지 않았다.

## 하루 동안의 기다림

우리가 아직 자리에서 일어나기도 전에 아이는 창문을 닫기 위해 방으로 들어왔다. 아이는 몸이 불편한 것 같았다. 그는 몸을 떨고 있었고 얼굴이 창백한 데다 움직이는 게 고통스러운 듯 천천히 걸었다.
"어떻게 된 거니, 스와츠?"
"머리가 아파요."
"그럼 누워 있어야지."
"아니에요. 괜찮아요."
"가서 누워 있어. 내가 옷 입고 가볼게."
그런데 내가 아래층에 내려갔을 때 그는 옷을 입고 난롯가에 앉아 있었다. 아홉 살의 아이치곤 너무나 병약하고 측은해 보였다. 나는 그의 이마를 만져보고 열이 있다는 것을 알았다.
"올라가서 누워 있어" 하고 내가 말했다. "병이 났구나."
"괜찮아요." 아이가 말했다.

의사가 와서 아이의 체온을 쟀다.

"몇 도죠?" 내가 의사에게 물었다.

"화씨 102도입니다."

아래층으로 내려와서 의사는 각각 다른 색의 캡슐에 들어 있는 세 종류의 약과 복용법을 알려주었다. 하나는 열을 내리게 하는 약, 하나는 설사약, 또 하나는 산(酸)이 많아지는 것을 억제하는 약이었다. 의사의 말에 의하면 독감균은 산성 상태에서만 존재할 수 있다는 것이었다. 그는 독감에 대해서는 도통한 듯이 보였는데, 열이 104도만 넘지 않으면 걱정할 것 없다고 말했다. 이번 경우는 가벼운 유행성 감기니까 폐렴으로 번지지 않으면 걱정할 것이 없다고 했다.

나는 방으로 돌아와서 아이의 체온을 적어놓고 약 먹일 시간을 적어두었다.

"책이라도 읽어줄까?"

"전 좋아요. 읽어주시고 싶으면 읽어주세요" 하고 아이는 말했다. 그의 얼굴은 너무나 창백했고 눈 밑이 거무스레했다. 그는 침대에 가만히 누운 채 아무 일에도 관심이 없는 것 같았다.

나는 하워드 파일의 《해적 이야기》를 소리 높이 읽어주었지만, 아이가 그것을 듣고 있지 않다는 것을 알 수 있었다.

"좀 어떠니, 스와츠?" 나는 물었다.

"조금 전과 똑같아요" 하고 그가 말했다.

나는 침대 발치에 앉아 혼자 책을 읽으면서 약 먹일 시간을 기다렸다. 아이는 잠이 들었음직했지만 내가 눈을 들어보니 아주 이상한 눈초리로 침대 발치를 바라보고 있었다.

"잠을 좀 청해보련? 약 먹을 시간이 되면 깨워줄게."
"전 오히려 깨어 있고 싶은걸요."
잠시 후 그는 내게 말했다. "아빠, 귀찮으시면 이렇게 제 곁에 계시지 않아도 돼요."
"귀찮지 않아."
"그게 아니라, 귀찮아지면 계시지 않아도 된다는 말이에요."

나는 이 아이의 정신이 약간 이상하다는 생각이 들었다. 그래서 처방된 약을 11시에 먹이고 잠시 밖으로 나왔다.

맑고 싸늘한 날이었다. 땅엔 진눈깨비가 얼어붙어서 헐벗은 나무들, 덤불, 베어버린 관목, 그리고 모든 풀과 맨땅이 모두 얼음으로 발라놓은 것 같았다. 나는 길로 나가 개울을 따라서 잠시 산책을 하기 위해 어린 아일랜드산(産) 세터(개의 한 품종. 헤엄을 잘 치며 사냥개나 애완견으로 사육함)를 데리고 나섰다. 그런데 털이 붉은 그 개는 빙판 위를 걷거나 서 있기가 힘들어 넘어지고 미끄러졌으며, 나도 두 번이나 호되게 넘어졌다. 한 번은 총을 떨어뜨려서 그것이 빙판 위로 미끄러져나가기까지 했다.

우리는 덤불로 뒤덮인 높은 진흙 제방 아래에서 메추라기 한 떼를 날아오르게 하여 그것들이 제방 꼭대기 너머로 사라져갈 때 두 마리를 쏘아 떨어뜨렸다. 몇 마리는 나무 위에 앉았으나 거의 풀더미 속으로 흩어져 날아갔기 때문에 우리는 그것들이 날아오르기 전에 몇 번이나 얼음이 뒤덮인 풀더미 위로 뛰어올라야만 했다. 미끈거리고 푹푹 빠지는 풀더미 위에서 불안정한 자세로 총을 겨누고 있을 때 메추라기들이 불쑥 튀어나와 사격을 어렵게 하는 바람에 두 마리를 잡고 다섯 마리를 놓쳤다. 그러나 나는 집 근처에서 새 떼를 발견한 것에 만족해하며 돌아왔다. 그리고 그 다음에도 사냥할 메추라기가 많이 남아 있다는 생각에 기분이 좋았다.
　집에 돌아와보니 아이가 아무도 방에 들어오지 못하게 하고 있었다.
　"들어오지 마세요" 하고 아이는 말했다. "내가 앓고 있는 병에 걸리면 안 된단 말이에요."
　나는 아이의 방으로 올라갔다. 아이는 창백한 얼굴로 내가 나갈 때와 똑같은 자세로 누워 있었다. 그러나 양볼은 열이 나서 벌겋게 달아올라 있었고, 여전히 침대 발치를 빤히 바라보고 있었다.
　나는 아이의 체온을 재어보았다.
　"몇 도예요?"
　"100도쯤 되는구나" 하고 나는 대답했다. 사실은 102도 4분이었다.
　"조금 전에는 102도였는데" 하고 아이가 말했다.
　"누가 그러든?"
　"의사가요."
　"그 정도의 열은 괜찮아" 하고 나는 말했다. "걱정할 것 없다."
　"걱정은 안 하지만" 하고 아이가 말했다. "생각을 안 할 수는 없어요."
　"생각하지 마라" 하고 나는 말했다. "그저 마음을 편히 먹고 있으면 돼."

"그러고 있어요." 아이는 이렇게 말하면서 앞을 똑바로 쳐다보았다. 무엇인가를 깊이 생각하고 있는 게 틀림없었다.

"이 약, 물 줄 테니 먹어라."

"그걸 먹으면 나을까요?"

"물론 낫구말구."

나는 앉아서 《해적 이야기》를 펴들고 읽기 시작했으나 아이가 듣고 있지 않다는 걸 알고 그만두었다.

"내가 언제쯤 죽을 것 같아요?" 하고 아이가 물었다.

"뭐라고?"

"얼마나 더 살 수 있을 것 같느냐구요?"

"죽긴 왜 죽니. 도대체 그게 무슨 소리냐?"

"아녜요, 난 죽어요. 의사가 102도라고 하는 걸 들었어요."

"102도라고 해서 죽는 건 아니야. 그런 바보 같은 소리가 어디 있니."

"난 알아요. 프랑스 학교에서 애들이 44도가 되면 사람은 죽는다고 했어요. 난 지금 102도예요."

아이는 아침 9시부터 하루 종일 죽기만 기다리고 있었던 것이다.

"이 못난 스와츠야!" 하고 내가 말했다. "이 못난 녀석 같으니, 그건 마일과 킬로미터 같은 거야. 너는 죽지 않아. 그건 체온계가 다른 거야. 그 체온계로는 37도가 정상이야. 그리고 너를 잰 체온계는 98도가 정상이고 말이야."

"정말이에요?"

"그럼!" 하고 내가 말했다. "그건 마일과 킬로미터 같은

하루 동안의 기다림 57

거라니까. 차를 타고 70마일을 달리면 몇 킬로미터나 되겠니?"
"아!" 아이가 말했다.
침대 발치를 빤히 바라보던 아이의 시선이 점차 부드러워졌다. 그리고 마침내 몸의 긴장도 풀어졌다. 그리고 다음날에는 긴장이 완전히 풀려, 대단치 않은 일에도 걸핏하면 소리를 지르곤 했다.

## 노름꾼과 수녀와 라디오

 그들은 한밤중에 실려왔다. 그리고 복도 양쪽 병실에서 러시아어로 지껄이는 소리가 밤새도록 들렸다.
 "어디를 맞은 겁니까?" 하고 프레이저 씨가 야근 근무 간호원에게 물었다.
 "허벅지인 것 같아요."
 "또 한 사람은 어떤가요?"
 "아, 그 사람은 죽을 것 같아요."
 "그는 어디를 맞았는데요?"
 "복부에 두 발이나 맞았어요. 그런데 총알은 하나밖에 못 찾아냈어요."
 그들은 둘 다 사탕무밭 일꾼으로 한 사람은 멕시코인이고 또 한 사람은 러시아인이었다. 그런데 그들이 밤새도록 영업하는 식당에서 커피를 마시며 앉아 있는데, 어떤 사람이 문을 열고 들어오더니 멕시코인을 향해 총을 쏘기 시작했다. 러시아인은 식탁 밑으로 기어 들어갔으나, 복부에 두 발을 맞고 바닥에 쓰러진 멕시코인을 향해 쏜 총알이 결국 그에게 빗맞았던 것이다. 신문의 보도 내용은 그러했다.
　멕시코인은 경찰에게 자기를 쏜 사람이 누군지 전혀 짐작이 가지 않는다고 말했다. 그는 그것을 우연한 사고로 믿고 있었다.
　"당신을 향해 여덟 발을 쏘아서 두 발이나 맞았는데 그게 우연한 사고란 말입니까?"
　"네, 선생" 하고 멕시코인이 말했다.
　그의 이름은 카예타노 루이스였다.
　"그가 날 쏜 것은 정말 우연이에요" 하고 그는 통역에게 말했다.
　"이 사람이 뭐라고 합니까?" 하고 형사반장이 침대 너머로 통역을 쳐다보면서 물었다.
　"그건 우연한 사고라는군요."
　"그는 이미 죽어가고 있으니 진실을 말하라고 해주시오" 하고 형사가 말했다.
　"아니에요" 하고 카예타노가 말했다. "그러나 난 지금 너무 아파서 자꾸 말하고 싶지 않다고 해주십시오."
　"지금 자기는 진실을 말하고 있답니다" 하고 통역이 말했다. 그런 다음 형사에게 자신 있게 말했다. "그는 누가 쏘았는지 모른답니다. 등 뒤에서 쏘았다는군요."
　"알아요" 하고 형사가 말했다. "그건 아는데, 왜 총알은 모두 앞에서 맞았을까요?"
　"아마 그가 빙그르르 돌았나보죠" 하고 통역이 말했다.
　"이봐요." 형사는 손가락을 카예타노의 코에 닿을 정도로

흔들며 말했다. 그의 코는 밀랍으로 된 것처럼 노랗게 죽어
가는 남자의 얼굴로부터 솟아 있었는데 그의 눈만은 매의 눈
처럼 날카롭게 반짝거렸다. "누가 당신을 쏘았든 그건 아무
래도 좋지만, 난 이 사건을 해결해야 한단 말이오. 당신을 쏜
사람을 벌주고 싶지 않소? 이 사람에게 그렇게 말해주시오"
하고 그는 통역에게 말했다.
"누가 당신을 쏘았는지 말하랍니다."
"난 못 봤어요." 카예타노가 말했다. 그는 매우 피곤해 보
였다.
"그자를 전혀 못 봤다는데요" 하고 통역이 말했다. "곧이
곧대로 말하지만 등 뒤에서 쏘았답니다."
"러시아인은 누가 쏘았는지 물어보시오."
"불쌍한 러시아 녀석" 하고 카예타노가 말했다. "그는 두
팔로 머리를 감싸고 바닥에 엎드려 있었어요. 그놈들이 총을
쏘니까 비명을 지르기 시작하더니 계속해서 질러대더군요.
불쌍한 녀석 같으니."
"자기는 모르는 사람이라는군요. 아마 자기를 쏜 사람과
같은 사람일 거래요."
"이것 보시오" 하고 형사가 말했다.
"여긴 시카고가 아니오. 당신은 갱이 아닙니다. 그렇게 영
화에서처럼 행동할 필요 없어요. 누가 쐈는지 말해도 괜찮다
구요. 자기를 쏜 사람이 누군지 말하지 않는 사람은 없어요.
그래도 아무 일도 일어나지 않는다구요. 누군지 말하지 않았
다가 그자가 또 다른 사람을 쏘면 어쩝니까? 아니, 여자나
아이를 쏘면 어쩌겠소. 그를 도망치게 내버려둘 순 없잖아

노름꾼과 수녀와 라디오 61

요? 저 사람에게 그렇게 말해봐요" 하고 그는 프레이저 씨에게 말했다. "난 이런 식의 빌어먹을 통역은 믿지 않소."
"난 정말 믿어도 됩니다" 하고 통역이 말했다.
그러자 카예타노가 프레이저 씨를 쳐다보았다.
"이봐요" 하고 프레이저 씨가 말했다. "경찰관 말이, 우리는 시카고에 있는 게 아니라 몬태나주의 헤일리에 있다는 겁니다. 당신은 악한이 아니고, 이건 영화와는 아무 상관도 없다는 거예요."
"그 말은 옳아요" 하고 카예타노는 조용히 말했다. "얄 로 크레오(Ya lo creo. 서반아어로, '그것은 옳아요', '그걸 믿어요'의 뜻)."
"누구나 자기에게 해를 입힌 사람을 고발할 수 있답니다. 여기서는 누구나 다 그런다는군요. 경찰관 말이, 그자가 당신을 쏜 뒤로 여자나 아이를 쏘면 어쩌겠냐는 거예요."
"난 결혼하지 않았어요" 하고 카예타노가 말했다.
"어떤 여자든지, 어떤 아이든지를 말하는 겁니다."
"그자는 미치지는 않았다구요" 하고 카예타노가 말했다.
"경찰관의 말은, 당신이 그자를 고발해야 한다는 거예요" 하고 프레이저는 끝을 맺었다.
"고맙습니다" 하고 카예타노가 말했다. "당신은 정말 훌륭한 통역이시오. 나도 영어를 합니다, 형편없긴 하지만. 알아듣긴 다 알아듣죠. 그런데 다리는 어떡하다 부러졌습니까?"
"말에서 떨어졌어요."
"운이 나빴군요. 안됐습니다. 많이 아프십니까?"
"지금은 괜찮아요. 처음엔 물론 그랬죠."

"내 말 좀 들어보시오, 선생" 하고 카예타노는 말하기 시작했다. "난 너무 기운이 없습니다. 용서하세요. 또한 너무 아픕니다, 견딜 수 없을 만큼. 난 분명 죽을 겁니다. 난 너무 피곤하니, 제발 이 경찰관에게 여기서 나가달라고 말해주시오." 그는 돌아누울 것처럼 하더니 가만히 있었다.

"당신이 한 말을 정확하게 전했는데도, 정말 누가 쐈는지 모르고 너무 기운이 없으니까 나중에 심문해달라고 말하라는군요" 하고 프레이저 씨가 말했다.

"나중엔 아마 죽을 거요."

"그럴 가능성이 높죠."

"그래서 지금 심문하려는 겁니다."

"누군가가 등 뒤에서 쏘았다 그러지 않습니까" 하고 통역이 말했다.

"아, 이런 답답한 노릇이 있나" 하고 말하더니 형사반장은 수첩을 호주머니에 집어넣었다.

병실 밖 복도에 형사반장과 통역이 프레이저 씨의 휠체어 옆에 서 있었다.

"당신도 누군가가 그를 등 뒤에서 쐈다고 생각하는 것 같군요."

"네" 하고 프레이저는 말했다. "누군가가 뒤에서 쏜 거예요. 그런데 그게 어쨌다는 거죠?"

"화내지 마십시오" 하고 형사반장이 말했다. "나도 스페인어를 할 수 있었으면 좋겠소."

"배우면 되잖습니까?"

"화내실 건 없어요. 그 스페인어 심문으로 재미볼 게 뭐 있겠어요. 내가 스페인어를 할 줄 안다면 문제는 달라지겠지만."

"당신은 스페인어를 할 필요가 없습니다" 하고 통역이 말했다. "난 정말 믿을 만한 통역이니까요."

"아, 이렇게 답답할 수가" 하고 형사반장이 말했다. "그럼, 안녕히 계세요. 또 찾아오겠습니다."

"고맙습니다. 난 항상 있으니까요."

"당신은 괜찮은가요? 운이 아주 나빴나봐요. 대단히 불운한 일입니다."

"뼈를 맞춘 뒤로는 좋아지고 있습니다."

"그렇겠죠. 하지만 오래 걸립니다. 기나긴 시간이 필요하죠."

"누가 당신 등을 쏘지 않나 조심하십시오."

"그래요" 하고 그는 말했다. "정말 그렇소. 그런데 화를 내시지 않아 기쁩니다."

"안녕히 가십시오" 하고 프레이저 씨가 말했다.

프레이저 씨는 한동안 카예타노를 보지 못했다. 그러나 아침마다 수녀 세실리아가 그의 소식을 전해주었다. 그녀의 말로는, 그는 상당히 참을성이 많지만 현재 상태는 대단히 나쁘다는 것이었다. 그는 복막염을 일으켜 의사들은 그가 살아나지 못하리라 생각하고 있었다. 가엾은 카예타노, 하고 그녀는 말했다. 그는 멋진 손에 얼굴도 꽤 잘생겼으며 전혀 군소리가 없었다. 그러나 이젠 냄새가 너무 지독했다. 그는 손가락으로 자기의 코를 가리키며 미소를 지으면서 고개를 설레설레 흔들곤 한답니다, 하고 그녀는 말했다. 그는 그런 냄새를 풍기는 것에 대해 아주 미안해했다. 그것 때문에 어쩔 줄 몰라 하지요, 하고 수녀 세실리아가 말했다. 오, 그는 너무 착한 환자예요. 그는 항상 미소를 지었다. 그는 신부에게 고해 성사를 하러 가려 하지는 않았지만 기도는 드리겠다고 약속했다. 그런데 그가 병원에 실려온 후로 멕시코인이라곤 한 명도 그를 보러 오지 않았다. 러시아인은 주말쯤 퇴원할 예정이었다. 그 러시아인에 대해서는 전혀 아무것도 느끼지 못했어요, 하고 수녀 세실리아는 말했다. 가엾어라, 그 사람 역시 고통스러워했답니다. 기름때가 묻은 더러운 총알이라 상처에 염증이 생겼는데, 그는 무척이나 소리를 질렀지만 나는 언제나 중환자를 좋아하지요. 그 카예타노라는 사람, 그는 중환자예요. 오, 그는 정말 중환자랍니다. 그것도 아주 심한 중환자예요. 그는 아주 곱고 연약하게 생겼고, 그 손으로는 일이라곤 해본 적이 없을 거예요. 그는 사탕무밭 일꾼이 아니에요. 나는 그가 사탕무밭 일꾼이 아니라는 걸 알아요. 그의 손은 부드러운 데다 손바닥엔 못이 안 박였거든요. 나는 그가 중환자라는 걸 알지요. 나는 지금 내려가서 그를 위해 기도를 하겠어요. 가엾은 카예타노, 그는 엄청난 시련을 겪고 있으면서도 소리 한 번 지르지 않아요. 왜 그런 사람을 쏘아야 했을까요? 오, 그 가엾은 카예타노! 지금 곧 내려가서 그를 위해 기도하겠어요.

그녀는 즉시 내려가서 그를 위해 기도를 했다.

그 병원에서는 날이 어둡기까지는 라디오가 잘 안 나왔다. 땅 속에 광석이 아주 많고 산에도 그런 것들이 있어서 그렇다고 하는데, 어쨌든 밖이 어두워지기 전까지는 라디오가 잘 안 나왔다. 그러나 밤 동안엔 기가 막히게 잘 나왔고, 한 방송국의 방송이 끝나면 좀 서쪽으로 라디오를 들고 가서 다른 방송을 들을 수 있었다. 마지막으로 들을 수 있는 방송은 워싱턴주의 시애틀 것인데, 시차 관계로 그 방송이 새벽 4시라는 것을 알리면서 끝날 때는 병원에서는 새벽 5시였다. 그리고 6시만 되면 미니애폴리스에서 아침 방송의 악사들이 내는 시끄러운 소리를 들을 수 있었다. 그것도 역시 시차 때문이었는데, 프레이저 씨는 아침에 악사들이 스튜디오에 출근하는 것을 떠올려보기도 하고, 날이 밝기 전에 악사들이 악기를 들고 전차에서 내리는 모습을 그려보기도 했다. 어쩌면 그렇지 않고 그들이 아침 연주를 하는 곳에다 악기를 놔두는지도 모르지만, 그는 언제나 악기를 든 그들을 그려보았다. 그는 미니애폴리스에 가본 적도 없고 아마 갈 일도 없을 테지만, 그렇게 이른 시간에 그곳 풍경이 어떠하리라는 것을 잘 알고 있었다.

병원 창문 밖에는 눈 속에서도 잡초가 솟아나는 들판과 나무 한 그루 없는 진흙땅 언덕이 있었다. 어느 날 아침 의사가 프레이저 씨에게 눈 위에 나타난 꿩 두 마리를 보여주기 위해 침대를 창문 쪽으로 끌어당겼는데, 침대 머리맡에 있던 독서용 전기 스탠드가 떨어지면서 프레이저 씨의 머리를 쳤다. 이 이야기는 지금은 별로 재미없게 들리지만 그때는 상당히 재미있었다. 사람들이 모두 창 밖을 내다보고 있었고 아주 훌륭한 의사인 그가 꿩을 가리키면서 침대를 창문 쪽으로 끌어당기자, 마치 희극의 한 토막처럼 스탠드의 납 받침대가 프레이저 씨의 정수리를 치고는 바닥에 굴러떨어졌던 것이다. 그런 일을 당하는 것은 그 누구라도 병원에 입원을 하거나 치료를 받는 일과는 반대되는 일이었으므로, 거기에 있던 사람들 모두는 그 일을 아주 재미있다고 생각하여 프레이저 씨와 의사에게 농담을 했다.

 침대만 돌리면, 그 반대쪽 창문으로 연기가 피어오르는 시가지를 볼 수 있었다. 그런가 하면 겨울 눈이 쌓인 도슨 산이 보였다. 그것들은 휠체어를 타기에는 아직 좀 이르다는 것이 증명된 후로 볼 수 있었던 두 가지 경치였다. 입원해 있을 때는 침대에 누워 있는 것이 제일 좋다. 휠체어를 타고 드나드는 더운 빈 방에서 누군가를 기다리면서 보거나 혹은 혼자 외로이 몇 분 동안 구경하는 경치보다는, 실내 온도를 마음대로 조절할 수 있는 방에서 충분한 시간적 여유를 갖고 보는 그 두 가지 경치가 훨씬 더 좋았다. 오랫동안 한 방에만 있다보면, 경치라는 것은 어떤 것이든 아주 대단한 가치를 갖게 되고 또한 아주 중요해지며 그것을 바꾸고 싶지도 않게 되는 것이다. 심지어는 다른 각도에서 바라보고 싶지도 않게 된다. 마치 라디오에서 어떤 프로가 좋아지면 그것만 듣게 되고 새로운 프로는 싫어하는 것과 같은 것이다. 그해 겨울 그들이 가장 좋아한 노래는 〈쉬운 노래를 부르자〉, 〈노래하는 소녀〉, 〈선의의 거짓말〉이었다. 다른 노래는 그만큼 마음에 드는 것이 없다고 프레이저 씨는 생각했다. 〈여대생 베티〉도 괜찮긴 했지만 익살맞은 가사의 패러디가 자꾸 프레이저 씨의 뇌리에 남았고, 그 패러디 가사는, 계속해서 더욱 음탕해지기만 해서 아무도 그것을 좋아하지 않았기 때문에 결국은 노래를 듣지 않고 축구 중계로 다이얼을 돌려버렸다.

아침 9시쯤이면 병원에서 엑스레이 기계를 가동하기 시작하는데, 그러면 라디오는 헤일리 방송밖에 안 나오게 되고, 결국 쓸모가 없게 된다. 헤일리에서 라디오를 갖고 있는 많은 사람들이 병원의 엑스레이 기계 때문에 그들의 아침 오락을 방해받고 있다고 항의했지만 아무런 반응이 없었다. 그래서 사람들은 그들이 라디오를 듣는 시간에 그 기계를 가동하는 병원 당국을 아주 못마땅하게 생각하고 있었다.

라디오를 끄려는데 수녀 세실리아가 들어왔다.
"카예타노는 좀 어떻습니까, 세실리아 수녀님?" 하고 프레이저 씨가 물었다.
"오, 그는 아주 중태랍니다."
"제 정신이 아닌가요?"
"그래요, 곧 죽지나 않을까 모르겠어요."
"수녀님은 기분이 어떠세요?"
"난 그 사람이 걱정돼 죽겠어요. 그런데 그를 문병 오는 사람이 정말 하나도 없다는 걸 아시나요? 멕시코인들이 조금도 거들떠보지 않아 그는 개처럼 죽을지도 몰라요. 정말 지독한 사람들이에요."
"오늘 오후에 올라오셔서 경기 중계를 들으실래요?"
"아, 아니에요" 하고 그녀는 말했다. "난 너무 흥분할 것 같아요. 난 예배를 보겠어요."

"아주 잘 들릴 텐데요" 하고 프레이저 씨가 말했다. "해안 지방에서 하는 시합이고 시차 관계로 밤늦은 시간이니까 잘 들릴 거예요."

"아, 아니에요. 난 그럴 수 없어요. 월드 시리즈를 듣다가 난 하마터면 기절할 뻔한걸요. 아틀레틱스팀이 공격할 때 난 큰소리로 기도를 했지요. '오, 주여, 그들의 선구안(選球眼)을 이끌어주옵소서. 오, 주여, 그가 한 대 치게 하옵소서! 오, 주여, 그가 안타를 치게 하옵소서!' 그러다가 세 번째 시합에서 만루가 되었을 때, 아시다시피 그건 정말 너무했어요. '오, 주여, 경기장 밖으로 쳐내게 하옵소서! 오, 주여, 깨끗이 담벼락을 넘는 공을 날리게 하옵소서!' 그러나 아시다시피 카디날즈팀이 공격할 차례가 되면 나는 너무나 두려운 거예요. '오, 주여, 그들이 공을 못 보게 하옵소서! 오, 주여, 그들의 눈에 공이 비치지도 못하게 하옵소서! 오, 주여, 그들이 스트라이크 아웃을 당하게 하옵소서!' 그런데 이번 시합은 더하죠. 노트르담이거든요. 우리의 성모 마리아, 아니에요, 난 성당에 있을 거예요. 우리의 성모 마리아를 위해서 말이에요. 사실 그들도 성모 마리아를 위해 경기하는 거예요. 당신도 언젠가 성모 마리아를 위해 작품을 썼으면 좋겠군요. 당신은 할 수 있어요. 당신도 할 수 있다는 걸 잘 아실 거예요, 프레이저 씨."

"난 작품을 쓸 만큼 그분에 대해 알고 있지 못합니다. 게다가 그분에 관해서라면 대체로 이미 쓰여져 있으니까요" 하고 프레이저 씨는 말했다. "수녀님은 제가 쓴 것들을 좋아하시지 않을 거예요. 또 성모 마리아도 그런 걸 별로 좋아하시지 않을 겁니다."
 "당신은 언젠가는 성모 마리아에 대해 쓰실 거예요" 하고 수녀가 말했다. "난 당신이 쓸 거라는 걸 알아요. 당신은 성모 마리아에 대해 쓰셔야 합니다."
 "이따가 올라와서 경기 중계를 듣는 게 좋으실 거예요."
 "난 너무 흥분할 것 같아요. 아니에요, 난 성당에서 내가 할 수 있는 일이나 하겠어요."
 그날 오후 시합이 5분 정도 진행되었을 때 견습생이 방으로 들어오더니, "세실리아 수녀님께서 시합이 어떻게 진행되고 있는지 알고 싶다고 하십니다" 하고 말했다.
 "벌써 득점을 했다고 전해요."
 조금 후에 또 견습생이 방으로 들어왔다.
 "아주 큰 점수 차로 시합이 진행되고 있다고 전해요" 하고 프레이저 씨가 말했다.
 잠시 후 그는 벨을 눌러서 대기중인 간호원을 불렀다.
 "성당에 내려가서 세실리아 수녀님께 노트르담팀이 첫 쿼터(시합 전반의 반)에서 14대 0으로 이기고 있으니 문제 없다고 전해주겠어요? 그러니 기도를 안 해도 된다고 해요."
 2, 3분 후 세실리아 수녀가 방으로 들어왔다. 그녀는 매우 흥분해 있었다.
 "14대 0이면 어떤 상황인가요? 난 이 경기에 관해서는 전혀 모르거든요. 야구 같으면 아주 앞서고 있는 점수지만 말이에요. 그러나 난 축구에 대해선 아무것도 몰라요. 그건 대단치 않은 점수인지도 모르죠. 난 곧 성당으로 내려가서 시합이 끝날 때까지 기도를 하겠어요."

"시합은 이긴 거예요" 하고 프레이저가 말했다. "내가 보장합니다. 그러니 여기 앉아서 나하고 방송이나 듣도록 하세요."

"아뇨, 아뇨, 아뇨, 아뇨, 아뇨, 아뇨, 아뇨" 하고 그녀는 말했다. "난 곧 성당으로 내려가서 기도를 하겠어요."

프레이저 씨는 노트르담팀이 득점할 때마다 소식을 보냈다. 날이 어두워지고 나서도 한참 있다가 최종 결과가 나왔다.

"세실리아 수녀는 어떻게 하고 계신가요?"

"모두들 성당에 계세요" 하고 간호원은 말했다.

다음날 아침 세실리아 수녀가 들어왔다. 그녀는 아주 유쾌하고 자신에 찬 모습이었다.

"난 그들이 우리 팀을 이기지 못하리라는 걸 알고 있었어요" 하고 그녀는 말했다. "그건 불가능하니까요. 카예타노도 좋아졌어요. 아주 좋아졌답니다. 그는 이제 방문객을 받을 거예요. 아직 찾아오는 사람은 없지만 그들이 찾아오면 그는 기분이 좋아질 거예요. 자기가 잊혀지지 않았다는 걸 알게 될 테니까요. 내가 마을로 내려가 경찰서 본부에서 오브라이언을 만나 어떤 멕시코인이라도 좀 보내서 가엾은 카예타노를 문병하도록 해달라고 부탁했지요. 오늘 오후에 몇 사람 보낼 거예요. 그러면 그 가엾은 사람의 기분이 나아지겠죠. 아무도 그를 찾아오지 않는 건 정말 너무해요."

그날 오후 5시쯤 세 명의 멕시코인이 병실에 들어왔다.

"괜찮은가요?" 하고 몸집이 가장 큰 사람이 물었다. 그는 입술이 상당히 두껍고 뚱뚱한 편이었다.

"그럼요" 하고 프레이저 씨는 대답했다. "앉으십시오, 여러분. 뭘 좀 드시겠어요?"

"대단히 감사합니다" 하고 몸집이 큰 사람이 말했다.

"감사합니다" 하고 피부가 가장 검고 몸집이 작은 사나이가 말했다.

"감사합니다만 전 사양하겠습니다" 하고 마른 사람이 말했다. "술을 마시면 취기가 머리로 올라와서 말이죠." 그는 자기의 머리를 톡톡 쳤다.

간호원이 유리잔을 몇 개 가져왔다.

"병째 드리죠" 하고 프레이저가 말했다. "레드 로지 제품입니다" 하고 그는 설명했다.

"레드 로지야말로 최고죠" 하고 몸집이 큰 사람이 말했다. "빅 팀버보다 훨씬 낫거든요."

"그렇구말구요" 하고 가장 작은 사나이가 말했다. "값도 더 비싸고 말예요."

"레드 로지 제품 중엔 이게 제일 비싸죠" 하고 몸집이 큰 사람이 말했다.

"이 라디오는 진공관이 몇 개입니까?" 하고 술을 안 마시는 사나이가 물었다.

"일곱 갭니다."

"아주 대단하군요" 하고 그는 말했다. "값은 얼마나 됩니까?"

"전 모릅니다" 하고 프레이저 씨는 말했다. "빌린 거예요."

"여러분은 카예타노의 친구분들이신가요?"

"아닙니다" 하고 몸집이 큰 사람이 말했다. "우린 그에게 상처를 입힌 사람의 친구들입니다."

"경찰이 보내서 온 거예요" 하고 가장 작은 사나이가 말했다.

"우린 자그마한 가게를 하고 있습니다" 하고 몸집이 큰 사람이 말했다. "저 친구하고 나하고" 하면서 그는 술을 안 마시는 사나이를 가리켰다. "저 친구 역시 자그마한 가게를 하고 있지요" 하면서 키가 작고 피부가 가무잡잡한 사나이를 가리켰다. "경찰이 우리한테 가보라고 해서 —— 그래서 온 겁니다."

"와주셔서 정말 기쁩니다."

"우리들도 그래요" 하고 몸집이 큰 사람이 말했다.

"한잔 더 하시겠습니까?"

"물론이죠" 하고 몸집이 큰 사람이 말했다.

"주신다면야" 하고 가장 작은 사나이가 말했다.

"난 안 하겠어요" 하고 마른 사나이가 말했다. "취기가 머리로 올라와서 말이죠."

"맛이 기가 막히군요" 하고 가장 작은 사나이가 말했다.

"조금만 하시지 그러세요?" 하고 프레이저 씨가 마른 사나이에게 물어보았다. "취기가 조금 오르는 것도 괜찮은데요 뭘."

"나중엔 골치가 아프거든요" 하고 마른 사나이가 말했다.

"카예타노의 친구들이 문병을 오게 할 순 없을까요?" 하고 프레이저 씨가 물었다.

"그는 친구가 없습니다."

"친구가 없는 사람이 어디 있습니까?"

"그는 없어요."

"그 사람은 뭘 하는 사람입니까?"

"도박꾼이에요."

"잘합니까?"

"그럴 거예요."

"나한테서" 하고 가장 작은 사나이가 말했다. "180달러를 따갔지요. 이제 이 세상에서 그 180달러를 찾긴 글렀지 뭡니까?"

"나한테서는" 하고 마른 사나이가 말했다. "202달러를 따갔어요. 그 사람을 조심하도록 하세요."

"난 그 사람과 노름을 한 일이 없습니다" 하고 뚱뚱한 사람이 말했다.

"그럼 그는 돈이 많겠군요" 하고 프레이저 씨가 넌지시 말했다.

"그는 우리보다 가난한걸요" 하고 왜소한 멕시코인이 말했다. "그에겐 입고 있는 셔츠밖에 없어요."

"그런데 그 셔츠도 이젠 입을 수가 없답니다" 하고 프레이저 씨가 말했다. "구멍투성이가 되었거든요."

"그러고도 남았겠죠."

"그에게 상처를 입힌 사람도 도박꾼인가요?"

"아니에요, 사탕무밭 일꾼이에요. 그는 읍에서 떠나야 할 겁니다."

"이건 알아두십시오" 하고 가장 작은 사나이가 말했다. "그는 이 읍에서 제일가는 기타 연주가였어요. 최고였죠."

"그런 사람이 망신스럽게."

"그러게 말입니다" 하고 큰 사람이 말했다. "이제 기타를 어떻게 만지겠어요."

"그럼 이제 기타를 잘 치는 사람이 아무도 안 남았습니까?"

"기타를 치는 사람 그림자도 찾아볼 수 없지요."

"아코디언을 제법 잘 켜는 사람은 있습니다" 하고 마른 사나이가 말했다.

"여러 가지 악기를 만지는 사람은 몇 명 있어요" 하고 몸집이 큰 사람이 말했다. "음악을 좋아하십니까?"

"아주 좋아합니다."

"그럼 언제 한번 밤에 악기를 갖고 올게요. 수녀가 허락할까요? 아주 상냥한 것 같긴 하던데."

"카예타노에게 들려준다고 하면 틀림없이 허락할 겁니다."

"그녀는 정신이 좀 나갔습니까?" 하고 마른 사나이가 물었다.

"누가요?"

"그 수녀 말입니다."

"아니오" 하고 프레이저 씨가 말했다. "그녀는 머리가 아주 좋고 동정심이 많은 훌륭한 여자입니다."

"난 모든 신부, 수도승, 수녀를 믿지 않습니다" 하고 마른 사나이가 말했다.

"이 친구는 어렸을 때 좋지 않은 일을 당한 경험이 있거든요" 하고 가장 작은 사나이가 말했다.

"난 복사(服事: 천주교회에서 미사를 드릴 때 사제의 시중을 드는 사람)였어요" 하고 마른 사나이가 자랑스럽게 말했다. "지금은 아무것도 안 믿지만 말입니다. 미사에도 나가지 않습니다."

"왜요? 그것도 당신의 머리로 뭔가 올라오게 하나요?"

"아닙니다" 하고 마른 사나이는 말했다. "머리로 올라오는 건 알코올이지요. 종교는 가난한 자의 아편입니다."

"난 가난한 자의 아편은 마리화나라고 생각합니다" 하고 프레이저가 말했다.

"당신도 아편을 피워본 적이 있습니까?" 하고 몸집이 큰 사람이 물었다.

"아니오."

"나도 없어요" 하고 그는 말했다. "그건 아주 고약한가봐요. 한번 시작하면 끊지 못하거든요. 그야말로 악습이죠."

"종교처럼 말입니다" 하고 마른 사나이가 말했다.

"이 친구는" 하고 가장 작은 사나이가 말했다. "아주 강경한 종교 반대론자랍니다."

"무엇이든 아주 강경하게 반대한다는 것도 필요합니다" 하고 프레이저 씨가 점잖게 말했다.

"무식하더라도 신념이 있는 사람들을 난 존경합니다" 하고 마른 사나이가 말했다.

"훌륭한 생각이십니다" 하고 프레이저 씨가 말했다.

"뭐 부탁하실 물건은 없습니까?" 하고 몸집이 큰 멕시코인이 물었다. "뭐가 필요하신가요?"

"질이 좋은 맥주가 있으면 좀 샀으면 좋겠는데."

"우리가 맥주를 가져오지요."
"가기 전에 한 잔 더 하시겠습니까?"
"거 좋죠."
"우리가 당신의 술을 다 뺏어먹는군요."
"난 못 마셔요. 취기가 머리로 올라오거든요. 나중엔 골치가 아프고 위도 아프니까요."
"안녕히 가십시오, 여러분."
"안녕히 계십시오. 고마웠습니다."

그들이 가고 나서 저녁 식사를 한 뒤 라디오를 될 수 있는 대로 조용히 들릴락 말락 하게 틀어놓고 듣고 있었는데, 방송은 덴버, 솔트레이크 시티, 로스앤젤레스, 그리고 시애틀의 순서로 끝났다. 프레이저 씨는 라디오를 통해서는 덴버라는 곳의 모습을 그려볼 수가 없었다. 그는 《덴버 포스트》를 통해 덴버를 알 수 있었고, 《로키 마운틴 뉴스》를 통해 자신만의 상상을 바로잡을 수 있었다. 솔트레이크 시티나 로스앤젤레스 역시 거기서 보내는 방송을 듣고서는 아무 느낌도 와닿지 않았다. 솔트레이크 시티에 대한 느낌이라곤 깨끗하지만 재미가 없는 곳이라는 것이고, 그가 알 수 있는 로스앤젤레스에는 수많은 대형 호텔에 너무 많은 무도장이 있다는 것이었다. 그는 무도장이 어떤 곳인지 실감이 나지 않았다. 그러나 시애틀은 아주 잘 알게 되었다. 대형 백색 택시(택시마다 라디오가 설치되어 있다)의 택시 조합이 있고, 그는 밤마다 그 택시를 타고 캐나다 쪽의 로드하우스(간단한 식사와 술을 파는 길가의 여인숙, 댄스홀 따위)까지 가서 사람들이 전화로 신청한 신청곡에 의해 파티가 진행되는 것을 지켜보는 듯한 느낌이었다. 매일 밤 그는 2시부터 시애틀에 살았고, 각기 다른 사람들이 신청하는 음악을 들었다. 그것은 아침 일찍 악사들이 스튜디오로 가느라고 잠자리에서 일어나는 미니애폴리스의 광경만큼이나 실감이 났다. 프레이저 씨는 워싱턴 주의 시애틀을 아주 좋아하게 되었다.

멕시코인들이 맥주를 가져오긴 했으나 질이 좋은 맥주는 아니었다. 프레이저 씨는 그들을 만났으나 말을 하고 싶은 기분이 나지 않았다. 그리고 그들이 가버리자 그들이 다시는 오지 않으리라는 것을 알았다. 그는 신경이 날카로워져갔고, 그런 상태로 사람을 만나고 싶지는 않았다. 5주가 다 되어갈 무렵 그는 신경이 날카로울 대로 날카로워졌다. 그래도 그가 기분이 좋은 동안엔 신경도 그런 대로 그 상태가 유지되었으나, 이미 그 결과를 알고 있는 똑같은 경험을 강요당하는 것이 너무나 싫었다. 프레이저 씨는 이미 오래 전에 그런 일을 모두 겪었던 것이다. 그에게 새로운 느낌이 들게 하는 단 한 가지는 라디오였다. 그는 밤새도록 라디오를 틀어놓았는데, 간신히 들릴 정도로 낮게 해놓고 들었으며 아무 생각 없이 듣는 요령을 배우고 있었다.

그날 아침 10시쯤 세실리아 수녀가 우편물을 갖고 병실로 들어왔다. 그녀는 상당히 아름다웠다. 그래서 프레이저 씨는 그녀를 쳐다보고 그녀의 이야기를 듣고 싶었지만, 다른 세계로부터 와 있는 우편물이 보다 더 중요한 게 사실이었다. 그렇지만 이번에는 흥미를 가질 만한 어떤 편지도 없었다.

"아주 좋아지신 것 같아요" 하고 그녀가 말했다. "곧 퇴원하시겠네요."

"네" 하고 프레이저 씨가 말했다. "수녀님도 오늘 아침엔 기분이 아주 좋으신가보군요."

"아, 그래요. 오늘 아침엔 내가 성인(聖人)이라도 된 기분이에요."

프레이저 씨는 그 말에 약간 당황했다.

"그래요" 하고 세실리아 수녀는 말을 이었다. "난 성인이 되고 싶어요. 난 소녀 때부터 성인이 되고 싶었어요. 난 소녀 시절에 세상을 등지고 수녀원으로 들어가기만 하면 성인이 되는 줄 알았어요. 그게 내 소원이었거든요. 그렇게 되어야 한다고 생각했죠. 난 성인이 되길 기대했어요. 꼭 될 것이라고 확신했죠. 아주 잠깐 동안이지만 성인이 되었다고 생각한 적도 있어요. 난 너무 행복했고 그것은 아주 간단하고 쉬운 것 같았어요. 하지만 어느 날 아침에 일어났을 때 난 성인이 되어 있을 거라고 생각했지만, 그렇지 않았어요. 사실 난 성인이 한 번이라도 되어본 적도 없었죠. 하지만 난 꼭 성인이 되고 싶어요. 내겐 그 소원뿐이에요. 그런데 오늘 아침에 난 마치 성인이 된 기분이에요. 아, 난 정말로 성인이 되고 싶어요."

"당신은 될 거예요. 사람은 누구나 원하는 대로 되니까요. 난 늘 그런 얘길 들었거든요."

"이젠 모르겠어요. 소녀 시절엔 성인이 되는 게 아주 간단한 문제 같았는데. 난 내가 성인이 될 줄 알았거든요. 금방 되는 게 아니라는 걸 알았을 때도 그저 시간이 좀 걸리는 것으로만 믿었지요. 이제 와서 생각하니 그건 거의 불가능한 일 같아요."
 "당신은 충분히 가능성이 있다고 말씀드리고 싶군요."
 "정말로 그렇게 생각하세요? 아니, 난 그저 격려나 받고 싶지는 않아요. 그런 격려의 말은 하지 마세요. 난 성인이 되고 싶어요. 난 꼭 성인이 되고 싶다구요."
 "물론 성인이 될 겁니다" 하고 프레이저 씨는 말했다.
 "아니에요, 아마 안 될 거예요. 하지만, 오, 만약 내가 성인이 될 수만 있다면! 성인이 될 수만 있다면 얼마나 행복할까요!"
 "카예타노는 어떻습니까?"
 "나아지긴 했는데 마비가 됐어요. 총알 한 개가 허벅다리의 중요한 신경에 맞아서 그 다리가 마비된 거예요. 그가 좀 나아서 움직일 때야 의사들이 그걸 알았지 뭐예요."
 "아마 그 신경은 되살아날 겁니다."
 "그렇게 되길 기도하고 있어요" 하고 세실리아 수녀는 말했다. "당신도 그를 만나봐야 합니다."
 "난 아무도 만나고 싶지 않아요."
 "만나고 싶어하면서 왜 그러세요. 그를 휠체어에 태워 이리로 데려올 수 있을 거예요."
 "좋습니다."

 그는 휠체어를 타고 왔다. 그는 마른 데다 피부가 투명했고 머리는 까맣지만 덥수룩했으며, 눈에는 웃음을 가득 담고 있었는데 웃을 때 보니까 잇속은 고르지 못했다.

"어이쿠, 선생! 재미가 어떠세요?"

"보시는 대로요" 하고 프레이저 씨는 말했다. "그런데 당신은?"

"살아 있긴 한데 다리가 마비되었지 뭡니까!"

"안됐습니다" 하고 프레이저 씨가 말했다. "하지만 신경은 되살아나서 새것처럼 좋아질 수 있을 거예요."

"의사들도 그렇게 말해주더군요."

"통증은 어때요?"

"지금은 없어요. 한동안은 배에 통증이 심해서 미칠 것 같았답니다. 그 통증만으로도 난 죽는 줄 알았다니까요."

세실리아 수녀는 흐뭇한 표정으로 그들을 지켜보고 있었다.

"수녀님 말로는, 당신은 불평 한 마디 없다는군요" 하고 프레이저 씨가 말했다.

"병실엔 워낙 많은 사람이 있으니까요" 하고 멕시코인은 비난조로 말했다. "선생은 어느 정도 고통스럽습니까?"

"참을 수 없는 정돕니다. 하지만 분명히 당신만은 못하지요. 간호원이 나가고 나면 한두 시간 정도 울어요. 그러면 좀 안정이 되죠. 지금은 내 신경 상태가 그리 좋지 못합니다."

"선생은 라디오가 있잖아요. 만약 내가 독방에다 라디오까지 있다면 밤새도록 울고 소리를 지르겠어요."

"그럴 것 같지 않은데요."

"정말이에요. 건강에 아주 좋거든요. 그러나 나는 사람이 그렇게 많으니 그럴 수가 없어요."

"적어도" 하고 프레이저 씨가 말했다. "손은 아무렇지도 않잖아요. 사람들이 그러는데 당신은 손으로 벌어먹고 산다더군요."

"그리고 머리로도요" 하면서 그는 자기의 이마를 톡톡 쳤다. "그러나 머리는 손만큼 중요하지 않죠."

"당신 나라 사람 세 명이 찾아왔었어요."

"경찰이 보내서 찾아온 거예요."

"그들이 맥주를 좀 가져왔어요."

"아마 맛이 없을 겁니다."

"형편없더군요."

"오늘밤 경찰이 보내서 내게 세레나데를 불러주러 온다더군요." 그는 웃고 나더니 자기 배를 톡톡 쳤다. "난 아직 웃을 수가 없어요. 음악가로서는 치명적이죠."

"당신을 쏜 사람은?"

"그 자식도 바보예요. 카드놀이를 해서 내가 38달러를 땄죠. 그랬다고 날 죽일 거야 없잖아요."

"그 세 사람이 그러는데 당신이 돈을 많이 딴다더군요."

"그래도 새(鳥)보다 가난한걸요."

"왜 그렇죠?"

"난 가난한 이상주의자입니다. 난 환상의 희생자란 말입니다." 그는 껄껄 웃더니 배를 톡톡 쳤다.

"난 직업적인 도박꾼이지만 도박을 좋아해요. 진짜 도박을 좋아하죠. 조그만 도박판은 모두 엉터리예요. 진짜 도박판에선 운이 따라야 해요. 그런데 난 운이 없어요."

"한 번도?"

"한 번도 없었죠. 난 완전히 운이 없는 놈이에요. 보세요,

이번에 날 쏜 그 머저리 말입니다. 그가 총을 쏠 줄 압니까? 아니에요. 맨 처음에 쏜 것은 아무것도 못 맞혔다구요. 그 다음 건 러시아인이 가로막았죠. 그때까진 재수가 있었다고 할 수 있어요. 그런데 어떻게 됐습니까? 그는 내 배를 향해 두 발이나 쐈어요. 그는 재수가 좋았죠. 난 재수가 없고 말예요. 그는 말을 붙잡아놓고 쏴도 못 맞힐 사람이라구요. 모두 다 운이에요."

"난 그가 처음에 당신을 쏘고 그 다음에 러시아인을 쏜 것으로 알고 있었어요."

"아니에요, 러시아인이 먼저고 내가 나중입니다. 신문이 틀린 거예요."

"그런데 왜 당신은 그를 쏘지 않았습니까?"

"난 총을 갖고 다니지 않아요. 나 같은 운수에 총을 갖고 다닌다면 1년에 열 번은 교수형을 당할 겁니다. 난 보잘것없는 노름꾼이에요, 그것뿐입니다." 그는 말을 끊었다가 다시 계속했다. "난 돈이 좀 생기면 노름을 하는데, 하기만 하면 잃는답니다. 주사위놀이에서 3천 달러를 걸고 6이 나와서 잃은 적도 있지요. 틀림없는 주사위였는데 말입니다. 한두 번이 아니에요."

"그런데 왜 계속하는 겁니까?"

"살다보면 나도 운이 달라지리라 믿으니까요. 지금까지 15년 동안은 운이 없었어요. 만약 내게 좋은 운이 따라주기만 한다면 난 부자가 될 겁니다." 그는 씩 웃었다. "난 기가 막힌 노름꾼이고, 또 부(富)를 누릴 거예요."

"어떤 내기든 모두 운이 따르지 않는단 말입니까?"

"뭐든지 그래요. 여자도 그렇구요." 그는 고르지 못한 이를 드러내며 빙그레 웃었다.

"정말입니까?"

"정말이에요."

"그럼 앞으로 어떻게 할 생각입니까?"

"계속해야죠. 슬슬 하면서 운수가 바뀌기를 기다리는 겁니다."

"그러나 여자는?"

"노름꾼은 여자 운이 없게 마련입니다. 노름에만 너무 열중하니까요. 노름꾼은 밤에 일을 하잖습니까. 여자와 함께 있어야 할 시간에 말입니다. 밤에 일하는 사내는 어느 정도 괜찮은 여자라곤 거느릴 수가 없어요."

"당신은 철학자군요."

"아닙니다, 선생. 나는 자그마한 읍의 노름꾼일 뿐입니다. 어느 작은 읍, 그리고 다른 읍, 또 다른 읍, 그 다음은 좀 큰 읍, 그러고는 또 다시 시작하는 거죠."

"그러다가 배에 총이나 맞고 말입니다."

"이런 일은 처음이에요" 하고 그가 말했다. "꼭 한 번밖에 없었다구요."

"내가 이야기를 시켜서 피곤합니까?" 하고 프레이저 씨가 조심스럽게 물었다.

"아니에요" 하고 그는 말했다. "오히려 내가 선생을 피곤하게 만드는가 봅니다."

"그건 그렇고, 다리는?"

"난 다리는 별로 필요하지 않아요. 다리야 있든 없든 상관

없어요. 돌아다닐 수는 있으니까요."
 "진심으로, 내 마음을 다해 행운을 빕니다" 하고 프레이저 씨는 말했다.
 "나도 당신의 행운을 빕니다" 하고 그가 말했다. "그리고 고통도 멎기를 빕니다."
 "물론 오래가진 않을 거예요. 지나가는 거니까. 그건 대수롭지 않아요."
 "빨리 지나가버리길 빕니다."
 "나도 그래요."

 그날 밤 병실에선 멕시코인들이 아코디언과 다른 악기들을 연주해주었다. 그 연주회는 참으로 유쾌했으며 아코디언이 공기를 내고 들이는 소리와 종, 타악기, 그리고 북 소리가 복도로 흘러나왔다. 병실에는, 어느 덥고 먼지 이는 오후에 많은 사람들이 지켜보는 가운데 실려온 로디오(미국의 서부 각주를 중심으로 하여 연중 행사로 행해지는 카우보이들의 목축 경기회) 기수 한 명이 있었다. 그는 허리가 부러졌는데, 이제 나아서 퇴원하게 되면 가죽 일이나 등나무 의자 만드는 일을 배울 생각이었다. 발판과 함께 떨어져서 두 발목과 팔목이 모두 부러진 목수도 있었다. 그는 고양이처럼 떨어졌지만 고양이와 같은 탄력은 없었던 것이다. 다시 일을 할 수 있도록 치료받을 수야 있겠지만 시간이 꽤 걸릴 것이다. 열여섯 살쯤 된 농장에서 온 소년도 있었다. 그는 다리가 부러져서 맞추기는 했으나 잘못 맞춰서 또 부러질 지경이라는 것이다. 그리고 다리가 마비된 작은 읍의 노름꾼 카예타노 루이스가 있었다. 복도 아래쪽에서 프레이저 씨는 경찰이 보낸 멕시코인들의 음악과 웃고 떠드는 소리를 들을 수 있었다. 멕시코인들은 즐거운 시간을 보내고 있었다. 그들은 아주 흥분된 모습으로 들어와 프레이저 씨를 만나서 하는 말이, 어떤 곡을 듣고 싶으냐는 것이었다. 그후에도 그들은 밤에 두 번이나 자발적으로 찾아와주었다.

방금 전 그들이 연주를 계속하고 있었을 때 프레이저 씨는 자기 방에 누워서 열어놓은 병실 문을 통해 들려오는 시끄럽고 형편없는 음악을 들으며 아무런 생각도 하지 않을 수는 없었다. 그들이 그에게 어떤 곡을 듣고 싶냐고 물었을 때 그는 〈쿠카라차〉(멕시코 노래의 일종)를 신청했는데, 그 곡에는 사람들을 기절시킬 만큼 변화무쌍한 경쾌함과 민첩한 손놀림이 있었다. 그들은 요란하게 정열적으로 연주했다. 프레이저 씨는 대부분의 그런 곡들보다 그래도 이 곡이 좀 낫다는 생각이 들긴 했으나 효과는 마찬가지였다.

이런 감정이 드는데도 불구하고 프레이저 씨는 계속 생각에 잠겨 있었다. 보통 그는 가능한 한 글을 쓸 때 이외에는 생각을 하지 않으려고 하지만 지금은 연주를 하는 사람들에 대해서, 그리고 작은 사나이가 한 말에 대해서 생각하고 있었다.

종교는 인민의 아편이다. 그는 그것을 믿었다. 그리고 얼굴에 그늘이 진 그 작은 아편굴 주인의 말을 믿었다. 그렇다. 그리고 음악 역시 인민의 아편이다. 술이 머리에 오른다는 그 촌스러운 친구는 미처 그 생각을 못 했던 것이다. 그리고 이제 이탈리아와 독일에서는 애국심이 인민의 아편일 뿐만 아니라 경제도 인민의 아편이다. 성교(性交)는 어떤가? 그것 또한 인민의 아편인가? 어떤 사람들에게는 그렇다. 극히 뛰어난 사람들에게는. 그러나 술이야말로 인민의 최고의 아편, 오, 아주 훌륭한 아편이다. 어떤 사람은 또 다른 아편인 라디오를 택하기도 한다. 그것은 그가 지금까지 사용해온 값싼 아편이다. 이것들과 함께 도박 역시 인민의 아편이요, 아편이 있었던 한 가장 오래된 아편일 것이다. 야심도 인민의 또 다른 아편이다. 어떤 새로운 형태의 정부에 대한 신념과 더불어. 우리가 원하는 것은 최소한의 정부, 언제나 더 적은 정부인 것이다. 우리가 믿는 자유라는 것은 이제는 맥파덴사(社)에서 펴낸 출판물의 이름 같은 것에 불과하다. 그들이 아직 자유에 대한 새로운 이름을 발견하지 못했건만 우리는 그것을 믿는다. 그러나 진짜 아편은 무엇일까? 무엇이 진짜 실질적인 인민의 아편일까? 그는 그것을 잘 알고 있었다. 그것은 저녁때 술을 몇 잔 마신 뒤면 생겨나는, 그가 거기 있으리라 생각하는 (하지만 사실은 거기에 없는) 그의 가슴 속 불 밝은 곳의 어느 모퉁이를 돌아 사라져갔다. 그것은 무엇이었을까? 물론, 빵이 인민의 아편이다. 그는 기억할까? 그리고 대낮에도 이것이 쓸 만한 것이라는 생각을 할까? 빵은 인민의 아편이다.

"이것 봐요" 하고 프레이저 씨는 간호원이 방에 들어왔을 때 말했다. "그 키가 작고 빼빼 마른 멕시코인을 이리로 데려다줄 수 있겠습니까?"

"음악은 좋았나요?" 하고 멕시코인이 문에 서서 말했다.

"아주 좋았습니다."

"그건 역사적인 곡이에요" 하고 멕시코인이 말했다. "그건 진짜 혁명적인 곡입니다."

"이봐요" 하고 프레이저 씨는 말했다. "인민은 왜 마취를 하지 않고 수술을 받아야 합니까?"

"모르겠는데요."

"왜 인민의 아편은 모두 해로울까요? 당신이라면 인민을 어떻게 구원하겠습니까?"

"인민은 무지로부터 구원해야 합니다."

"쓸데없는 소리 그만 해요. 교육이야말로 인민의 아편이에요. 당신은 그것을 알아야 합니다. 당신 역시 이미 교육을 좀 받았어요."

"선생도 교육을 좋다고 생각하지 않습니까?"

"그래요" 하고 프레이저 씨는 말했다. "지식은 좋다고 생각합니다."

"무슨 말인지 모르겠군요."

"나 자신도 내 생각을 쉽게 이해하지 못할 때가 많지요."

"〈쿠카라차〉를 한 번 더 듣고 싶으세요?" 하고 멕시코인은 걱정스런 표정으로 물었다.

"그래요" 하고 프레이저 씨가 말했다. "〈쿠카라차〉를 한 번 더 연주해주십시오. 그게 라디오보다 더 나으니까."

혁명은 아편이 아니다, 하고 프레이저 씨는 생각했다. 혁명은 카타르시스다. 그것은 오직 폭정에 의해서만 연장할 수 있는 환희라 할 수 있다. 아편은 혁명 전과 후를 위해 있는 것이다. 그는 생각이 잘 돌아갔다. 지나치게 잘 돌아갔다.

이제 그들도 잠시 후엔 돌아갈 테지, 하고 그는 생각했다.

그리고 〈쿠카라차〉도 저들과 함께 사라질 것이다. 그러면 그도 술을 좀 마시고 라디오를 틀어놓을 것이다. 잘 들리지도 않을 정도로 라디오를 나지막하게 틀어놓을 것이다.

## 아버지와 아들

 이 읍의 중심가 한복판에는 돌아서 가라는 교통 표지판이 있었으나 차들은 버젓이 똑바로 달리고 있었다. 그래서 니콜라스 아담스는 어딘가 공사를 하다가 끝낸 것으로 생각하고 벽돌로 포장된 텅 빈 거리를 따라 읍내로 차를 몰고 갔다.
 교통량이 적은 일요일인데도 깜박거리는 교통 신호등 때문에 그는 차를 멈추곤 했는데, 그 신호등 시설도 비용을 댈 수 없어서 내년쯤엔 없애버린다고 했다. 자그마한 읍의 무성한 가로수 아래로 차를 몰고 가는데, 만약 거기가 누군가의 고향 마을이고 또 그가 그 가로숫길을 전에 걸어본 적이 있다면 그 가로수들은 그가 간직하고 있는 추억의 일부가 될 수도 있을 것이다. 하지만 이방인이 보기에 그 가로수는 너무 울창해서 햇볕을 차단할 뿐만 아니라 집들을 습기 차게 할 것 같았다.
 마지막 집을 지나 똑바로 뻗어 있는 큰길로 접어들었을 때, 그 길을 따라 깨끗하게 다듬어진 붉은 진흙 제방들이 보였고 길 양쪽에는 벌채한 자리에 새로 나무들이 자라고 있었다. 이곳은 그의 고향은 아니지만 가을이 한껏 무르익어 차를 타고 달리며 두루 구경하기엔 아주 좋았다. 목화는 이미 따버렸고, 개간지에는 옥수수밭들이 있는데 빨간 수수깡으로 구획이 지어진 곳도 있었다. 그의 아들은 옆자리에 잠들어 있고, 그날 여정도 끝난 데다 밤에 도착할 읍에 대해서도 잘 알고 있어서 닉은 차를 천천히 몰면서 어느 밭에 콩이나 팥을 심었고 숲과 벌채한 땅의 모양은 어떤가를 살펴보았으며, 밭이나 숲에 딸린 통나무집과 가옥들이 어디에 있는지 눈여겨보았다. 그는 마음속으로 그 고장을 사냥질하고 있었다. 개간지마다 짐승이 먹이를 찾고 숨는 곳으로 생각하여 측량해보고, 어디쯤에서 메추라기 떼를 찾아낼 수 있을지, 그리고 그것들이 어느 쪽으로 날아갈지 궁리해보았다.

메추라기 사냥을 할 때는 메추라기 떼와 그들의 서식하는 은신처 사이에 들지 않도록 해야 한다. 일단 개가 메추라기 떼를 발견하거나, 어쨌건 메추라기들이 날아오를 때는 메추라기들은 포수에게 쏟아지듯 달려들면서 갑자기 치솟는 놈이 있는가 하면, 귓전으로 스치고 떼를 지어 솟아오르는 놈도 있는데 그 광경은 일찍이 본 적이 없을 만큼 굉장하다. 이런 경우 단 한 가지 방법은 몸을 돌려 어깨 위로 지나가는 놈을 잡는 것이다. 헌데 그것도 날개를 펴고 덤불 속으로 내려앉기 전이라야 한다.

니콜라스 아담스는 아버지가 가르쳐준 방법대로 이 고장에서 메추라기 사냥을 하면서 아버지 생각을 하기 시작했다. 아버지를 생각할 때마다 제일 먼저 생각나는 것은 바로 그 눈이었다. 우람한 체격, 재빠른 동작, 딱 벌어진 어깨, 구부러진 매부리코, 빈약한 턱이지만 숱 많은 수염, 이런 것들보다는 언제나 그 눈이 먼저 생각났다. 눈은 눈썹에 의해 보호되고 있었는데, 마치 아주 귀중한 기관을 위해서 특별한 보호 장치를 한 것처럼 깊숙이 자리잡고 있었다. 아버지의 눈은 보통 사람의 눈보다 훨씬 멀리, 훨씬 빨리 볼 수 있었는데, 그것은 아버지가 지닌 큰 보물이라 할 수 있었다. 그의 아버지는 문자 그대로 큰 숫양이나 독수리와 같은 시력을 지녔던 것이다.

그는 아버지와 함께 호숫가에 서 있곤 했었다. 그때 아버지가 "기를 들었군" 하고 말하는 것이었다. 그의 시력도 아주 좋았는데 닉은 깃발도 깃대도 볼 수 없었다. "저봐라" 하고 아버지가 말했다. "네 누이 도로시야. 기를 들고 부두로 걸어나오는구나."

닉은 호수 건너편을 쳐다보았다. 나무가 주욱 늘어서 있는 기다란 물가, 그 뒤의 높은 수목들, 만(灣)을 둘러싼 곶, 농장의 깨끗한 언덕과 나무 사이로 하얗게 보이는 그들의 오두막집, 그런 것들은 볼 수 있었으나 깃대나 부두 같은 것은 보이지 않았다. 보이는 것이라곤 하얀 해변과 해안의 굴곡뿐이었다.

"저 끝쪽의 산 중턱에 있는 양 떼가 보이니?"

"네."

그것은 어슴푸레한 초록색 산마루에 희게 보이는 조각이었다.

"난 저걸 셀 수도 있어" 하고 그의 아버지는 말했다.

보통 사람들보다 뛰어난 능력을 지닌 다른 모든 사람들의 경우와 마찬가지로 그의 아버지 역시 신경이 꽤 예민한 편이었다. 게다가 감상적이어서 대부분의 감상적인 사람들이 그런 것처럼 잔인했으며 남들로부터 욕을 먹기도 했다. 또한 그는 운이 아주 나빴는데, 어떤 계략을 꾸미는 데 조금 거들었다가 그 계략에 말려들어 죽었고, 죽기 전에도 사람들은 여러 번 그를 배반했었다. 감상적인 사람은 누구나 쉽게 배반당하게 마련이다. 닉은 아직 아버지에 대한 글을 쓰지 못했다. 물론 나중에 쓰긴 하겠지만.

그런데 이 메추라기 고장에 오자 닉은 소년 시절에 보았던 아버지의 모습이 떠올랐다. 그는 아버지에게 퍽 고맙게 여기던 두 가지 일이 있었는데, 그것은 낚시와 사냥이었다. 그의 아버지는 이 두 가지 일에 대해서는 아주 믿음직스러웠지만, 가령 성(性)에 대해서는 그렇지 못했다. 그리고 닉은 그렇게 된 것이 기뻤다. 왜냐하면 사냥이나 낚시를 배우기 위해서는 먼저 누군가가 총을 주거나 아니면 총을 구해서 그것을 사용할 기회가 있어야 하고 사냥감이나 물고기가 있는 고장에 살아야 하는 법이기 때문이다. 이제 그의 나이 서른여덟이지만 그는 아버지와 처음 낚시와 사냥을 하러 갔던 때와 꼭 같이 낚시와 사냥을 좋아했다. 그것은 결코 식지 않는 정열이었고, 그래서 그것을 알게 해준 아버지를 아주 고맙게 생각했다.

그 반면에 아버지로서 믿음직스럽지 못했던 문제들도 물론 있었다. 누구나 장차 갖게 될 능력은 이미 갖추고 있는 것이고, 누가 가르쳐주지 않아도 알아야 할 것은 스스로 배우게 되는 것이다. 이런 것들은 사는 곳이 어디건 별 문제가 되지 않는다. 그는 그것에 관해 아버지가 그에게 가르쳐준 두 가지 지식만은 아직도 기억에 생생하다. 언젠가 아버지와 함께 사냥을 갔을 때, 닉은 솔송나무에 앉아 있는 빨간 다람쥐 한 마리를 쏘았다. 다람쥐는 상처를 입고 떨어졌는데, 닉이 집어들자 다람쥐는 그의 엄지손가락을 물어버렸다.

"이 더러운 다람쥐 새끼가" 하고 닉은 다람쥐를 나무 위에 내팽개쳤다. "여기 문 것 좀 보세요."

그의 아버지가 쳐다보더니 말했다.

"상처를 깨끗이 빨아내고 집에 돌아가거든 요오드제를 발라라."

"이 비역쟁이 새끼 같으니" 하고 닉은 말했다.

"너 비역쟁이가 무슨 뜻인지 아니?" 하고 아버지가 물었다.

"우린 뭐든지 비역쟁이라고 해요" 하고 닉은 말했다.

"비역쟁이란 동물하고 관계하는 사람이야."

"왜죠?" 하고 닉이 물었다.

"나도 모른다" 하고 아버지가 말했다. "그러나 그건 흉악한 죄악이야."

그 말만으로도 닉의 상상력은 자극을 받았을 뿐만 아니라 소름이 끼치기도 했다. 그는 여러 가지 동물을 생각해보았지만 매력적이고 실제로 그렇게 해볼 만한 것은 없는 것 같았다. 다른 한 가지를 제외하고는 그것이 아버지가 그에게 준 직접적인 성 지식의 전부였다. 어느 날 아침 그는 신문에서 엔리코 카루소가 매싱(mashing: 여자를 유혹하거나 꼬시는 것)으로 구속되었다는 기사를 읽었다.
"매싱이 뭐예요?"
"그건 가장 흉악한 죄악 가운데 하나야" 하고 아버지는 대답했다. 닉의 상상력은 저 유명한 테너 가수가 여송연 상자 안에 그려져 있는 안나 헬드의 그림과 같은 아름다운 여자에게 감자 으깨는 기구(masher)로 뭔가 이상하고 괴이하고 흉악한 짓을 하는 것을 머릿속에 그려보았다. 그는 몹시 공포심을 느끼면서 자기도 어른이 되면 적어도 한 번은 그 매싱이라는 것을 해보아야겠다고 마음먹었다.
그의 아버지는 모든 문제를 이렇게 요약했다. 즉 자위 행위를 하면 장님이나 정신병자가 되거나 죽게 되고, 매춘부를 가까이할 경우에는 무서운 성병에 걸리게 되므로 손을 대지 않는 것이 상책이라는 것이었다. 그런가 하면 그의 아버지는 그가 일찍이 본 적이 없는 훌륭한 눈을 갖고 있었고, 닉은 아버지를 무척이나 그리고 오랫동안 사랑했다. 그러나 그것이 모두 어떻게 된 일이었는지를 알아버린 지금은 여러 가지 나쁜 일이 있기 이전의 일을 기억하는 것조차 좋은 추억이 되지 못했다. 만일 그가 그것을 글로 썼다면 그 좋지 않은 기분을 떨쳐버릴 수도 있었을 것이다. 그는 많은 일들을 글로 씀으로써 그것들을 마음속에서 떨쳐버렸던 것이다.
그러나 그 일을 쓰기엔 아직 좀 이른 것 같았다. 썼다가는 피해를 볼 사람들이 너무 많이 살아 있기 때문이다. 그래서 그는 뭔가 다른 생각을 하기로 했다. 그의 아버지에 대해서는 아무 방도가 없었으며, 그는 그 일을 여러 번 철저하게 생각해보았다. 그의 아버지의 얼굴을 손질해준 장의사의 멋진 솜씨는 그의 마음에서 지워지지 않았고, 부채(負債)를 포함한 그 나머지 일들도 기억이 생생했다. 그는 장의사를 추켜세워주었다. 그러자 장의사는 우쭐해져 기쁨을 숨기지 않고 좋아했다. 어깨에 힘을 주었고 새침을 떨며 좋아했다. 그러나 아버지의 마지막 얼굴 모습을 그렇게 만들어놓은 것은 장의사가 아니었다. 다소 의심스런 솜씨로 장의사는 예술적으로 만든답시고 약간 산뜻하게 손질한 것뿐이었다. 아버지의 얼굴은 자연스럽게 틀이 잡혀갔으며 그것도 오랜 시일이 걸려 그렇게 됐던 것이다. 특히 지난 3년 동안 더욱 틀이 굳어졌다고 할 수 있었다. 그것은 좋은 이야깃감이지만 그 이야기를 작품화할 경우 다칠 사람들이 너무 많이 살아 있다.

 어렸을 때 닉이 그런 일들을 배운 건 인디언 부락 뒤의 솔송나무숲에서였다. 그곳은 집에서 숲을 지나 농장으로 가는 오솔길과, 다시 벌목 지대 사이로 꾸불꾸불 이어져 인디언 부락에 닿게 되는 길을 지나서 갈 수 있었다. 지금도 그는 맨발로 그 오솔길을 걷는 감촉을 느낄 수 있을 것 같았다. 먼저 집 뒤의 솔송나무숲을 지나면 솔잎이 쌓인 부드러운 흙이 있었는데, 거기엔 쓰러진 거목이 썩어서 푸석푸석한 가루가 되어 있었고 벼락 맞은 나무에는 길게 찢어진 나뭇가지가 마치 투창처럼 매달려 있었다. 외나무다리로 개울을 건너는데, 자칫 발을 헛디딜 경우 늪의 시꺼먼 개흙에 빠지고 만다. 울타리를 기어넘어 숲을 벗어나면 햇볕을 받아 단단해진 오솔길이 짧게 벤 풀과 애기수영(메마른 땅에 나는 마디풀과의 다년생 잡초), 그리고 현삼이 자라는 들판을 가로질러 나 있었고 왼쪽은 물떼새가 살고 있는 수렁이 된 개울 바닥이었다. 육류 저장소는 그 개울에 있었다. 헛간 아래쪽에는 갓 재어서 뜨뜻한 거름이 있고, 다른 쪽에는 윗부분이 말라붙은 묵은 거름더미가 있었다. 다음에 또 울타리가 있고 헛간에서 집까지 단단하고 볕이 뜨거운 오솔길이 나 있었다. 이번에는 다리가 놓여 있는 개울을 건너 숲으로 내려가는 뜨거운 모랫길이 있었는데, 거기에는 밤에 작살질로 물고기를 잡을 때 쓰기 위해 등유에 담갔다가 횃불을 만드는 부들개지가 자라고 있었다.

그런 다음 큰길은 왼쪽으로 빠져서 숲을 돌아 언덕으로 기어올라가는데, 반면에 진흙과 이판암(泥板岩)으로 된 넓은 길을 따라 숲 속으로 들어가면 시원한 나무 그늘이 있고, 인디언들이 벌목한 솔송나무 껍질을 활재(滑材) 위에 싣고 운반하기 위해 길이 확장되어 있었다. 솔송나무 껍질이 더미로 줄지어 쌓여 있었는데, 더 많은 껍질들을 위에 차곡차곡 올려서 마치 집 모양으로 되어 있었고, 나무를 베어낸 자리에는 껍질이 벗겨진 누렇고 거대한 통나무가 나둥그러져 있었다. 통나무는 썩도록 숲 속에 버려져 있었고, 우듬지(나무의 맨 꼭대기 줄기)는 치우거나 태우지도 않았다. 보인시(市)의 피혁 공장에서 필요한 것은 껍질뿐이었다. 그것을 겨울에는 호수의 얼음 위로 끌어서 실어냈는데, 그러자 해마다 삼림은 줄어들어 뜨겁고 그늘도 없는, 잡초만 무성한 빈터가 늘어갔다.

그러나 그때만 해도 아직 삼림이 많았다. 그것은 가지가 뻗기도 전에 키만 멀쑥하게 자라나는 처녀림이었다. 잔나무는 없지만 솔잎이 깔려서 푹신거리는 깨끗한 갈색 땅을 걸어가면 아주 더운 날에도 시원했다. 그래서 그들 셋은 침대 두 개를 이은 것보다도 더 넓은 솔송나무 둥치에 기대고 앉았다. 나무 위 높이 미풍이 지나가고 선선한 햇빛이 새어들었다. 빌리가 말했다.

"너 또 트루디를 갖고 싶니?"

"트루디, 넌 어때?"

"좋아."

"그럼 따라와."

"아니, 여기서 해."

"그렇지만 빌리가 —— ."

"난 빌리가 있어도 괜찮아, 내 동생이니까."

잠시 후 그들 셋은 보이진 않지만 나무 꼭대기에서 검정 다람쥐가 우는 소리를 들었다. 그들은 그 다람쥐가 다시 울기를 기다리고 있었는데, 그놈은 울 때 꼬리를 쫑긋 세우니까 닉은 무엇이든 움직이는 것만 있으면 쏠 작정이었다. 그의 아버지는 사냥에 쏠 총알을 하루에 세 발만 주었고, 그는 총신이 긴 단발식 20구경 엽총을 갖고 있었다.

"망할 자식이 움직이질 않네" 하고 빌리가 말했다.

"네가 쏴, 니키. 저 녀석을 깜짝 놀라게 해. 펄쩍 뛸 때 다시 쏘면 되잖아" 하고 트루디가 말했다. 그것은 그녀가 한 이야기치고는 꽤 긴 편이었다. "총알이 두 발밖에 없어" 하고 닉이 말했다.

"개자식." 빌리가 말했다.

그들은 나무를 등지고 말없이 앉아 있었다. 닉은 마음이 공허하면서도 한편으론 행복하기도 했다.
"에디가 그러는데, 언젠가 밤에 가서 네 누이 도로시와 자겠대."
"뭐라고?"
"그 애가 그랬다니까."
트루디가 고개를 끄덕였다.
"그 앤 꼭 그러겠대" 하고 그녀는 말했다. 에디는 그들의 이복 형제로, 열일곱 살이었다.
"만약 에디 길비가 밤에 찾아와서 도로시한테 말이라도 걸 경우, 내가 어떻게 할지 너희들 알지? 이렇게 죽여버릴 거야." 닉은 공이치기를 당기더니 어디를 겨누지도 않고 방아쇠를 당겨 그 튀기새끼 에디 길비의 대갈통이나 배때기에다 주먹만한 구멍을 뚫었다. "이렇게 죽여버릴 거야."
"그럼 그 앤 안 가는 게 좋겠군" 하고 트루디가 말했다. 그녀는 닉의 호주머니에 손을 넣었다.
"그 녀석 아주 조심해야겠는데" 하고 빌리가 말했다.
"그 앤 아주 허풍쟁이라니까" 하면서 트루디는 여전히 닉의 호주머니 속을 더듬었다. "하지만 죽이지는 마. 문제가 아주 복잡해질 거야."
"아까처럼 죽여버릴 거야" 하고 닉이 말했다. 길비는 총탄에 가슴팍이 온통 날아간 채 땅바닥에 나둥그러져 있는 셈이었다. 닉은 자랑스럽게 그를 발로 짓밟았다.
"그 자식의 대갈통 가죽을 벗겨버리겠어" 하고 그는 즐거워하며 말했다.
"안 돼" 하고 트루디가 말했다. "그건 야비해."

아버지와 아들 99

"대갈통 가죽을 벗겨서 그 자식 엄마한테 보내겠어."
"그 애 엄마는 죽었는걸" 하고 트루디가 말했다. "그 앨 죽이지 마, 니키. 날 봐서라도 죽이지는 마."
"대갈통 가죽을 벗긴 다음 그 자식을 개들한테 던져줄 거야."
빌리는 기분이 푹 가라앉아 있었다. "그 녀석 조심해야겠군" 하고 그는 침울하게 말했다.
"개들은 그 자식을 갈기갈기 찢어놓겠지" 하고 닉은 그 장면을 상상하고 흐뭇해하면서 말했다. 그리고 그 망할 튀기새끼의 대갈통 가죽을 벗긴 다음, 얼굴빛 하나 안 변하고 개가 그를 물어뜯는 걸 지켜보고 서 있던 닉은 갑자기 목이 꽉 조여져 뒤로 쓰러지면서 나무에 부딪쳤다. 트루디가 그를 숨도 못 쉬게 껴안고 울부짖었다. "그 앨 죽이지 마! 죽이지 마! 죽이지 마! 안 돼, 안 돼, 안 돼. 니키, 니키!"
"너 왜 그러니?"
"그 앨 죽이지 마."
"죽여버릴 거야."
"그 앤 그저 허풍을 떤 거야."
"좋아" 하고 닉이 말했다. "우리 집 근처에 얼씬거리지만 않는다면 죽이지 않겠어. 이젠 놔."
"고마워" 하고 트루디가 말했다. "이제 뭐 하고 싶은 거 있어? 난 지금 기분이 좋아."
"빌리가 간다면." 닉은 에디 길비를 죽였다가 그의 목숨을 살려주었으니, 이제 당당한 사내인 셈이었다.
"저리 가, 빌리. 계속 따라다니네, 저리 가라니까."

"이런 젠장" 하고 빌리가 말했다. "난 이런 일에 진력이 났어. 우리가 왜 온 거지? 사냥이야 뭐야?"
"그럼 총을 가져가. 총알이 한 발 있으니까."
"좋아. 이거면 커다란 검은 다람쥐를 잡을 수 있다구."
"내가 소리쳐 부를게" 하고 닉은 말했다.

그러고 나서 한참이나 지났는데도 빌리는 여전히 나타나지 않았다.
"우리가 아기를 만들게 될까?" 트루디는 행복한 듯이 햇볕에 그을린 다리를 포개서 그의 몸에다 비벼댔다. 닉에게 있던 무엇인가가 멀리 빠져나갔다.
"그렇지 않을 거야" 하고 그는 말했다.
"제기랄, 아기나 많이 만들자."
그들은 빌리가 총을 쏘는 소리를 들었다.
"잡았는지 모르겠군."
"내버려둬" 하고 트루디가 말했다.
빌리가 나무 사이로 나타났다. 그는 어깨에다 총을 메고 검정 다람쥐의 앞발을 들고 있었다.
"이것 좀 봐" 하고 빌리가 말했다. "고양이보다도 더 커. 이제 다 끝났어?"
"어디서 잡았니?"
"저기서. 뛰어나오는 걸 봤지."
"이제 집에 가자" 하고 닉이 말했다.
"가지 마" 하고 트루디가 말했다.
"집에 가서 저녁 먹어야지."

"알았어."
"내일도 사냥할까?"
"좋아."
"다람쥐는 너 가져."
"그래."
"저녁 먹고 나올래?"
"아니."
"기분은 어때?"
"좋아."
"됐어."
"내 얼굴에 키스해줘" 하고 트루디가 말했다.
지금 그는 차를 타고 고속도로를 달리고 있는데 날은 점점 어두워졌다. 닉은 줄곧 아버지 생각을 하고 있었다. 그러나 그는 하루가 다 갈 무렵에는 결코 아버지 생각을 하지 않았다. 하루의 끝 무렵은 언제나 그 혼자만의 시간이었고, 또 혼자가 아니면 기분이 좋지 않았다. 아버지 생각이 되살아나는 것은 일년 중 가을철에, 또는 넓은 초원에 도요새가 있는 이른 봄철에, 혹은 옥수수 노적가리를 볼 때, 호수를 볼 때, 또는 말과 마차를 볼 때, 기러기를 보거나 그 울음소리를 들을 때, 또는 물오리를 사냥하면서 몸을 숨기는 곳에 있을 때였다. 그런가 하면 범포(帆布)로 덮어둔 미끼새를 덮치려고 휘날리는 눈보라 속을 독수리가 쏜살같이 내려오다가 범포에 발톱이 걸려 날개를 치면서 솟아오르던 일이 생각나기도 했다. 사람이 없는 과수원에서, 새로 쟁기질을 해놓은 밭에서, 숲 속에서, 조그만 언덕에서, 또는 마른 풀밭을 지나갈 때,

나무를 쪼개거나 물을 퍼올릴 때, 제분소와 사과주 공장과 댐 옆에서, 그리고 언제나 들판의 모닥불과 함께 갑자기 아버지의 모습이 나타났다. 그가 살았던 읍은 그의 아버지가 모르는 곳들이었다. 그가 열다섯 살이 된 후로는 아버지와 함께한 추억이 없었던 것이다.

그의 아버지는 추운 날은 턱수염에 서리가 맺혔고, 더울 때는 몹시 땀을 흘렸다. 아버지는 햇볕이 쨍쨍 내리쬐는데도 농장에서 일하는 걸 좋아했는데, 그것은 꼭 그럴 필요는 없으면서도 손으로 하는 일을 좋아했기 때문이었다. 그러나 닉은 그렇지 않았다. 닉은 아버지를 좋아했긴 했지만, 그의 냄새는 싫어했다. 언젠가 그의 아버지의 작아서 못 입게 된 속옷을 입어야 했을 때 그는 그 냄새가 역겨워 개울에서 그걸 벗어 돌 두 개로 눌러놓고는 잃어버렸다고 했다. 아버지가 그 속옷을 억지로 입혔을 때 그는 아버지에게 그 냄새가 어떠하다는 말을 했는데, 아버지는 깨끗이 빨아놓은 것이라고 말했다. 실제로 빨긴 했었다. 닉이 아버지에게 한번 맡아보라고 하자 아버지는 불쾌한 듯이 코를 대고 맡아보더니 깨끗하고 아무 냄새도 나지 않는다는 것이었다.

닉이 낚시질을 갔다가 그것을 버리고 집에 돌아와 잃어버렸다고 하자 아버지는 거짓말을 한다며 매질을 했다. 나중에 닉은 장작 헛간 안에 앉아 문을 열어놓고 엽총에 탄약을 재고 공이치기를 잡아당긴 다음, 망사를 친 현관에 앉아서 신문을 읽고 있는 아버지를 바라보며 생각했다. '아버지를 지옥으로 날려버릴 수 있다. 아버지를 죽일 수 있다.' 그러나 결국 그는 그런 분노심이 사라지는 것을 느꼈다. 그리고 그

총이 아버지가 준 것이라는 사실에 기분이 좀 언짢았다. 그런 다음 그는 그 냄새에서 벗어나려고 어두운 길을 걸어 인디언 부락으로 갔었다. 그의 가족 가운데 그가 좋아하는 냄새를 가진 사람은 단 한 사람뿐이었다. 바로 누이였다. 그는 다른 모든 사람들과는 접촉을 피했다. 그런데 담배를 피우기 시작하면서 그는 그 냄새에 대한 감각이 무뎌졌다. 그것은 좋은 일이었다. 냄새를 잘 맡는 것은 사냥개에게나 어울리는 것이지 사람에게는 아무런 도움도 되지 않았다.

"아빠, 어렸을 때 인디언과 사냥을 가면 어땠어요?"

"모르겠는데." 닉은 깜짝 놀랐다. 그는 아들 녀석이 깬 것조차 몰랐던 것이다. 그는 옆자리에 앉아 있는 아이를 쳐다보았다. 그는 너무나 외로웠었는데 실은 지금까지 아들 녀석이 옆에 있었던 것이다. 얼마나 오랫동안이나 그랬을까 하고 그는 생각했다. "우린 하루 종일 검정 다람쥐를 잡으러 다녔지" 하고 그는 말했다. "할아버진 하루에 총알을 세 발밖에 주지 않으셨단다. 그래야 사냥을 잘 배우게 되고, 또 애들이 총을 탕탕 쏘면서 돌아다니는 것은 좋지 않다고 말하셨지. 난 빌리 길비라는 애와 그 애의 누이인 트루디와 사냥을 했단다. 여름철엔 거의 날마다 사냥을 하러 다녔지."

"인디언 이름치고는 우스운 이름인데요."

"응, 그렇지" 하고 닉은 말했다.

"그 아이들은 어땠는지 얘기해주세요."

"그 애들은 오지브웨이족(族)이었지" 하고 닉이 말했다. "그리고 아주 좋은 애들이었단다."

"그런데 그 아이들과 함께 있으면 어땠나요?"

"그건 말하기 곤란하구나" 하고 닉 아담스는 말했다. 아무도 그녀보다 더 잘해주지 못한 일을 그녀가 처음으로 자기에게 해주었다는 말을 어떻게 할 수 있겠는가. 그리고 그 통통하고 가무잡잡한 다리, 군살이 없는 배, 단단하고 자그마한 젖가슴, 꼭 껴안은 팔, 재빨리 찾아드는 혀, 잔잔한 눈, 달콤한 입, 그리고는 불안하게, 꽉 끼게, 달콤하게, 촉촉하게, 사랑스럽게, 꽉 끼게, 아프게, 가득히, 마침내, 끝없이, 영원히, 정녕 끝이 나지 않을 듯이, 갑자기 끝나버리고, 숲 속에서는 황혼의 부엉이처럼 대낮에만 날아다니는 커다란 날짐승이 있었고, 솔송나무 잎이 배를 찌르곤 했다는 말을 어떻게 할 수 있겠는가. 그래서 인디언이 살던 곳에 들어가면 그들이 사라진 뒤 남기고 간 냄새가 나고, 빈 진통제 병과 윙윙거리는 파리들도 스위트그래스(단맛이 나는 사료로 쓰이는 풀) 냄새를, 연기 냄새를, 그 밖에 금방 상자에 넣은 담비 가죽과 같은 냄새를 머릿속에서 지우지는 못한다. 그들에 대한 어떤 농담도, 어떤 인디언 여자도 그 냄새를 없애지 못한다. 그들이 지니게 되는 그 메스껍고 달콤한 냄새로도, 그들이 마지막으로 한 일로도 그 냄새를 없애지 못한다. 그들의 마지막은 그렇지 않았어야 했다. 그들의 마지막은 모두 같았다. 오랜 옛날에는 좋았지만 지금은 그렇지 않다.

그러면 이제 화제를 돌리기로 하자. 날아가는 새를 한 마리만 쏘면 그것은 날아가는 새를 모두 쏜 것이나 다름없었다. 그들은 모두 다르고 나는 법도 가지각색이지만 그 감흥은 마찬가지이며 마지막 감흥은 처음과 똑같은 법이다. 그것은 아버지에게 감사해야 할 일이었다.

"넌 그들을 좋아하지 않을지도 몰라" 하고 닉은 아이에게 말했다. "그렇지만 좋아하리라는 생각이 드는구나"
"할아버지도 어렸을 때 그들과 함께 사셨죠, 그렇죠?"
"그럼. 내가 그 사람들이 어떠냐고 물어봤더니 할아버진 그들 중에 친구가 많다고 하셨지."
"언젠가 나도 그들과 살게 될까요?"
"모르겠는데" 하고 닉은 말했다. "그건 너한테 달렸어."
"난 몇 살이 되어야 엽총을 갖고 혼자서 사냥할 수 있죠?"
"네가 조심성이 있다면, 열두 살이면 될 거야."
"지금 열두 살이면 좋겠어요."
"곧 될 텐데 뭘."
"할아버진 어떤 분이셨나요? 난 그때 프랑스에서 돌아왔을 때 할아버지가 공기총이랑 미국 국기를 준 것밖엔 생각나지 않아요. 할아버진 어떤 분이셨어요?"
"설명하기 어려운걸. 할아버진 훌륭한 사냥꾼이자 낚시꾼인 데다 굉장한 눈을 가진 분이셨어."
"아빠보다 더 훌륭했어요?"
"나보다 총을 훨씬 더 잘 쏘셨지. 증조할아버지 역시 날아가는 새도 잘 맞히는 명사수였단다."
"그래도 아빠보단 못했을 거예요."
"아니야, 정말 잘하셨어. 할아버진 아주 빠르고 정확하게 쏘셨단다. 내가 아는 누구보다도 할아버지가 쏘는 걸 보고 싶구나. 그분은 내 총 솜씨에 항상 실망하셨지."
"왜 우린 할아버지 산소에 한 번도 기도하러 가지 않죠?"
"우리가 다른 고장에 살고 있으니까 그렇지. 산소는 여기서 아주 멀거든."

"프랑스에선 그런 건 아무 문제도 되지 않아요. 프랑스 같으면 갈 거예요. 난 할아버지 산소에 가서 기도를 해야 한다고 생각해요."

"언젠가 갈 거야."

"난 아빠가 돌아가시면 아빠 산소에 기도하러 가지도 못할 곳에선 살고 싶지 않아요."

"우리 그럼 미리 대비를 해야겠구나."

"우리 모두 편리한 곳에 묻혀야 한다고 생각지 않으세요? 우리 모두 프랑스에 묻히면 될 거예요. 그게 좋을 거예요."

"난 프랑스에 묻히고 싶지 않다" 하고 닉이 말했다.

"그럼 미국에서 어디 편리한 곳을 찾아야겠네요. 우리 모두 목장에 묻힐 수는 없을까요?"

"넌 정말 현실적이구나."

"글쎄요, 난 여지껏 할아버지 산소에 한 번도 찾아가보지 않았다는 것이 왠지 마음에 걸려요."

"찾아가봐야지" 하고 닉은 말했다. "가봐야 한다는 건 잘 알고 있단다."

## 이국에서

 가을에는 전쟁이 끊임없이 있었지만, 우리는 더 이상 전투에 참가하지 않았다. 밀라노의 가을은 춥고 날은 아주 빨리 저물었다. 밤이 되면 전등이 켜졌는데, 이때 진열장을 기웃거리며 거리를 걷는 것도 즐거웠다. 가게 바깥에는 사냥에서 잡은 것들이 주렁주렁 매달려 있었다. 여우는 흩날리는 눈발과 함께 꼬리가 흔들렸고, 사슴은 뻣뻣한 채 육중하고 허망하게 매달려 있었다. 작은 새들은 바람에 흔들리면서 그 깃털이 바람에 뒤집혀지곤 했다. 쌀쌀한 가을철이어서 산으로부터 매서운 바람이 불어왔다.
 우리는 매일 오후에는 병원에 있었는데, 황혼녘에 시내를 가로질러 병원으로 가는 길은 여러 개가 있었다. 그 중 두 길은 운하를 따라 나 있었고 그 길은 너무 멀었다. 어쨌거나 병원으로 들어가려면 언제나 운하에 놓인 세 개의 다리 중 하나를 택해서 건너야 했다. 어떤 다리 위에서는 아주머니가 군밤을 팔고 있었다. 숯불 앞에 서 있으면 훈훈했으며 군밤은 호주머니 속에서도 뜨끈뜨끈했다. 병원은 아주 낡았지만 아름다운 건물이었다. 대문으로 들어가 앞마당을 지나가면 반대쪽에 나가는 문이 있었다. 종종 그 앞마당에서 장례식이 있었다. 낡은 병원 건물을 지나면 벽돌로 새로 지은 별관이 있었는데, 오후가 되면 우리는 그곳에 모여 세상 일에 대해 아주 점잖게 관심을 보였으며, 부상당한 데 놀라운 효과가 있다는 기계 앞에 가 앉아 있곤 했다.

군의관이 내가 앉아 있는 기계로 다가오더니 이렇게 물었다. "전쟁 전에는 무엇을 제일 좋아했나? 운동을 했나?"

나는 말했다. "네, 축구를 했습니다."

"좋아" 하고 그는 말했다. "자넨 다시 전보다도 축구를 더 잘할 수 있을 거야."

나는 무릎이 굽혀지지 않았고 다리는 무릎에서 발목까지 뻣뻣하게 굳어 있었다. 그런데 그 기계는 무릎을 굽힐 수 있게 해서 세발자전거를 탈 때처럼 움직일 수 있도록 만든다는 것이었다. 그러나 아직 무릎은 굽혀지지 않았고 억지로 굽히려 하면 오히려 기계가 기울어졌다. 다시 군의관이 말했다. "곧 다 나을 거야. 자넨 운이 좋은 젊은이라구. 자넨 불굴의 투사처럼 다시 축구를 하게 될 거야."

바로 옆의 기계에는 한쪽 손이 어린애 손처럼 조그맣게 된 소령이 있었다. 그 손은 위아래로 멋대로 덜렁거리며 오르내릴 때마다 마비된 손가락을 탁탁 때리게 되어 있는 두 장의 가죽띠 사이에 있었는데, 군의관이 그의 손을 살펴볼 때 소령은 나에게 눈짓을 하면서 군의관에게 말했다. "군의관 대위, 나도 축구를 할 수 있겠나?" 그는 전쟁 전만 해도 이탈리아 최고의 펜싱선수였다.

군의관은 뒤쪽에 있는 자기 사무실로 가더니 사진 한 장을 가져왔다. 그것은 기계 치료를 받기 전에는 그 소령의 손처럼 위축되었던 손이 치료를 받은 후에는 약간 커졌다는 것을 증명하는 사진이었다. 소령은 성한 손으로 그 사진을 받아들고 아주 주의 깊게 보았다.

"부상인가?" 하고 그가 물었다.

"산업 재해였습니다" 하고 군의관이 말했다.

"아주 재미있군, 아주 재미있어" 하고 말한 뒤 소령은 사진을 군의관에게 되돌려주었다.

"소령님도 믿으시겠죠?"

"아니" 하고 소령은 말했다.

나와 나이가 비슷한 친구 세 명이 날마다 병원에 다니고 있었다. 세 사람 모두 밀라노 출신으로 한 사람은 변호사, 또 한 사람은 화가, 나머지 한 사람은 군인이 될 생각이었는데, 기계 치료가 끝나면 우리는 가끔 스카라 극장 옆에 있는 카페 코바까지 걸어가기도 했다. 우리는 네 명이나 되었고, 주로 공산 지구를 통과하는 지름길로 걸어갔다. 사람들은 우리가 장교였기 때문에 우리를 싫어했다. 그래서 우리가 지나가면 술집에서 누군가가 "A basso gli ufficiali!" (이탈리아어로, '이 상스런 장교놈들아' 정도의 뜻) 하고 소리를 질렀다. 가끔 우리의 일행이 되기도 했던 또 한 친구는 코가 날아가버려 얼굴을 정형하기로 되어 있었기 때문에 얼굴에 까만 비단 손수건을 두르고 다녔다. 그는 사관학교에서 전선으로 나갔었는데 난생 처음으로 전선에 나간 지 한 시간도 못 돼서 부상을 당했던 것이다. 그는 얼굴을 정형했지만 그전과 똑같은 코가 되지는 못했다. 그는 남미로 가서 은행원이 되었다. 그러나 이것은 오래 전의 일로, 그때 우리는 앞으로 어떻게 될지 아무도 알지 못했다. 우리가 아는 것이라곤 앞으로도 전쟁이 계속되리라는 것, 하지만 우리는 더 이상 전투에 참가하지 않아도 된다는 것뿐이었다.

우리는 모두 똑같은 훈장을 갖고 있었다. 그러나 얼굴에 까만 비단 손수건을 두르고 다니던 친구만은 훈장을 받을 만큼 전선에 오래 있지 않았기 때문에 예외였다. 변호사가 되겠다던 몹시 창백한 얼굴의 키 큰 친구는 아르디티대(隊)의 중위였는데, 우리가 한 개밖에 못 가진 훈장을 세 개나 갖고 있었다. 그는 오랫동안 죽음을 넘나들며 살아왔으며, 그 때문인지 사람이 약간 초연했다. 그야 우리 모두 조금은 초연했지만, 우리를 하나로 연결시키는 것이라곤 그저 오후에 병원에서 만난다는 것 말고는 없었다. 우리가 시내의 그 불쾌한 지역을 지나 카페 코바까지 가면서 어둠 속을 걸을 때, 여러 술집에서 불빛과 노랫소리가 흘러나오고 또 남녀 할 것 없이 보도 위에서 밀치락달치락했다. 그래서 그들 사이를 헤치고 앞으로 나아가기 위해서는 차도로 나가 걸어야 했는데, 그럴 때면 우리는 우리를 싫어하는 사람들은 이해하지 못하는 무언가가 우리 내부에 싹터서 서로 뭉쳐 있다는 감정을 느끼기도 했다.

우리 모두는 카페 코바를 잘 알았는데, 그곳은 화려하고 온화했으며 조명은 그다지 밝지 않았고, 어떤 시간에는 매우 시끄럽고 담배 연기가 자욱했다. 그리고 테이블에는 언제나

아가씨들이 있었고, 벽에 붙어 있는 신문걸이에는 그림이 들어 있는 신문이 있었다. 코바에 있는 아가씨들은 애국심이 아주 강했다. 이탈리아에서 애국심이 가장 강한 사람들은 카페의 아가씨들이라는 것을 나는 알았다 —— 그리고 그들이 아직도 누구 못지않게 애국심이 강하리라는 것을 나는 믿는다.

　친구들은 처음에 내 훈장에 대해 매우 공손한 관심을 표했으며, 어떤 공훈을 세워 그것을 탔느냐고 물었다. 나는 그들에게 신문을 보여주었다. 거기에는 멋진 문구가 나열되어 있었고, '우의'라든지 '멸사봉공'이라는 말이 가득했는데, 사실 이런 수식어를 빼고 나면 내가 미국인이기 때문에 훈장이 수여되었다는 내용이었다. 그후로는 그들이 나를 대하는 태도가 약간 달라졌다. 물론 다른 사람들과 달리 나는 그들의 친구였다. 그러나 그들이 훈장기(記)를 읽은 다음부터는 진정으로 그들 중의 한 사람이 될 수는 없었다. 그들의 경우는 나와 사정이 달랐던 것이다. 그들은 나와는 전연 다른 전공(戰功)으로 훈장을 받았다. 나도 부상을 당했다. 그건 사실이었다. 그러나 그 부상이란 결국 우연한 사고에 불과했다는 것을 모르는 사람은 없었다. 하지만 나는 그 훈장을 결코 부끄럽게 여기지 않았다. 어떤 때는 칵테일을 마시면서 그들이 훈장을 타느라고 세운 전공에 대해 얘기하면 나는 그들 못지않게 전투에서 공을 세우는 나 자신의 모습을 상상해보곤 했다. 그러나 모든 상점이 문을 닫고 찬바람이 휘몰아치는 밤에 텅 빈 거리를 가로등 불빛에 의지해 집으로 돌아올 때면, 나는 그런 행동을 내가 도저히 해내지 못했으리라는 것을 깨달았다. 나는 죽는 것이 몹시 두려웠다. 밤에 혼자 침대에 누워 있으면 죽는 것이 두려워지고, 다시 전선으로 돌아가면 어떻게 될 것인가 하고 불안해하던 일도 가끔 있었다.

훈장을 가진 세 친구는 사냥매와 같았다. 사냥을 해본 적이 없는 사람의 눈에는 나도 매처럼 보였을지 모르지만 나는 매가 아니었다. 그 세 친구는 그만한 것은 잘 알았기 때문에 우리들 사이는 점점 멀어졌다. 그러나 나는 전선에 나간 첫날 부상을 당한 친구와는 계속 친하게 지냈다. 왜냐하면 그는 부상을 당하지 않고 전선에 그대로 남아 있었더라면 어떤 모습을 보여주었을지 결코 몰랐기 때문이었다. 그래서 그 또한 세 친구에 의해 받아들여지지 않았다. 그런데 나는 그가 아마 매가 되진 않았으리라 생각했기 때문에 그를 좋아했다.

뛰어난 펜싱선수였던 그 소령은 용감성 따위는 믿지 않았으며, 우리가 기계에 앉아 있을 때 그는 내 문법을 바로잡느라 많은 시간을 보냈다. 그는 내 이탈리아어 실력을 칭찬한 적이 있었으며, 우리는 서로 아주 쉽게 이야기를 나누었다. 하루는 내가 이탈리아어는 너무 쉬워서 별로 흥미를 느낄 수가 없고 어떤 말이든 하기 쉽다고 말했다. "아, 그래" 하고 소령은 말했다. "그런데 왜 자넨 문법적인 표현을 쓰지 않지?" 그래서 우리는 문법적인 표현을 써서 말하기로 했는데, 그러자 금방 이탈리아어가 내게는 너무 어려운 말이 되어버려서 머릿속으로 제대로 정리를 하지 않고서는 그에게 말하기가 겁이 났다.

소령은 매우 규칙적으로 병원에 나왔다. 그는 기계 치료를 믿지 않았지만 그래도 하루도 빠지지 않았던 것 같다. 우리들 중 그 누구도 기계 따위는 믿지 않았던 때도 있었다. 어느 날 소령은 교정 기계 따위는 모조리 허튼 수작이라고 말하기도 했다. 그 기계는 그때 새로 나온 것으로, 그 성능을 증명해보일 사람은 바로 우리였던 것이다. 그것은 우매한 발상이며 "별 볼일 없는 하나의 이론에 지나지 않는다"라고 소령은 말했다. 나는 문법을 익히지 못했다. 그러자 소령은 나를 구제불능의 천치 바보라고 했으며, 나 같은 걸 데리고 수고한 자기가 바보라는 것이었다. 그는 몸집이 왜소한 편이었다. 그는 기계에 오른손을 밀어넣고 의자에 똑바로 앉아서 손가락을 가죽띠 사이에 끼우고 가죽띠가 위아래로 덜렁거리며 오르내리는 동안 정면의 벽을 똑바로 쳐다보고 있었다.

"만약 전쟁이 끝난다면 그때 자넨 뭘 할 생각이지?" 하고 그는 나에게 물었다. "문법에 맞게 말해봐!"

"미국으로 갈 생각입니다."

"결혼했나?"

"아뇨, 하지만 하고 싶습니다."

"자넨 정말 멍텅구리로군" 하고 그는 말했다. 그는 매우 화가 난 것 같았다. "사내는 결혼을 해선 안 돼."

"왜요, 소령님?"

"소령님이라고 부르지도 마."

"왜 사내는 결혼을 해선 안 돼죠?"

"결혼을 해선 안 돼. 절대로 해선 안 돼" 하고 그는 화가 난 듯 말했다. "모든 것을 잃어버리게 될 바에야 잃어버릴 입장에 자기 자신을 두어선 안 되지. 잃어버릴 입장에 처해선 안 된다구. 잃을 수 없는 것을 찾아내야 해."

그는 몹시 화가 나서 신랄하게 말했으며, 말을 할 때는 정면을 뚫어지게 쳐다보고 있었다.
"그렇지만 왜 반드시 잃어버려야만 하는 거죠?"
"잃어버리게 되어 있어" 하고 소령은 말했다. 그는 벽을 쳐다보고 있었다. 그러더니 기계 쪽으로 눈길을 돌린 다음 갑자기 가죽띠 사이에서 조그만 손을 빼내어 자기의 허벅지를 호되게 갈겼다. "잃게 돼" 하고 그는 외치듯이 말했다. "말싸움까지 할 건 없어!" 그런 다음 그는 기계를 가동시키는 조수에게 소리쳤다. "이리 와서 이놈의 기계 꺼버려."
그는 광선 요법과 마사지를 받으러 다른 방으로 들어갔다. 잠시 후 그가 군의관에게 전화를 좀 써도 되겠느냐고 묻는 소리가 들리더니 문이 닫혔다. 그가 돌아왔을 때 나는 기계에 앉아 있었다. 그는 외투를 입고 모자를 쓰고 있었는데, 내가 있는 기계 쪽으로 곧장 걸어오더니 내 어깨에 손을 얹었다.
"미안하네" 하고 그는 말했다. 그리고 나서 성한 손으로 내 어깨를 가볍게 두드렸다. "너무 심하게 굴지 말았어야 했는데. 아내가 바로 얼마 전에 죽었어. 용서해주게나."
"저런 ──" 하고 나는 그에게 동정심을 느끼며 말했다. "정말 안됐습니다." 그는 아랫입술을 깨물며 그 자리에 서 있었다. "너무 힘들어" 하고 그는 말했다. "도저히 참아낼 수가 없어."
그의 시선은 나를 스치고 지나 창 밖에 머물러 있었다. 그러더니 울기 시작했다. "난 도저히 참아낼 수가 없어" 하고 말하더니 그는 눈물을 삼켰다. 이윽고 그는 머리를 쳐들고 허공을 바라보며 몸을 군인답게 꼿꼿이 세우고, 두 볼에는 눈물이 흘러내렸지만 입술을 깨물면서 기계들 옆을 지나 문 밖으로 나갔다.

군의관의 말에 의하면 소령의 부인은 아주 젊었으며, 그가 전장에서 불구가 된 다음에야 결혼을 했는데 폐렴으로 죽었다는 것이다. 앓기 시작한 지 불과 며칠 만에. 아무도 그녀가 죽으리라고는 생각하지 않았다고 했다.

소령은 3일 동안 병원에 나오지 않았다. 그러더니 군복 소매에 검은 상장(喪章)을 달고 언제나 나타나던 그 시간에 나타났다. 그가 병원에 돌아왔을 때 병원 벽에는 갖가지 부상에 대해 기계 치료를 받기 전과 그 후를 찍은 사진들이 여기저기 걸려 있었다. 소령이 사용하는 기계 정면에는 완전히 치유된, 그의 손과 같은 사진이 석 장이나 걸려 있었다. 군의관이 어디서 그런 사진을 구했는지는 알 수 없었다. 나는 그런 기계를 사용한 사람은 우리가 처음이라는 것을 잘 알고 있었다. 소령은 창 밖만 내다보고 있었기 때문에 그 사진들이 있든 없든 그에게는 아무 상관이 없었다.

## 살인청부업자

헨리 간이식당의 문이 열리며 두 남자가 들어왔다. 그들은 곧장 카운터 앞으로 다가가 앉았다.
"뭘 드시겠습니까?" 하고 조지는 그들에게 물었다.
"글쎄" 하고 그 중 한 사나이가 말했다. "자넨 뭘 먹고 싶나, 앨?"
"글쎄" 하고 앨이 말했다. "뭘 먹고 싶은지 모르겠는걸."
밖은 점점 어두워지고 있었고 창 밖엔 가로등이 켜졌다. 카운터 앞의 두 남자는 메뉴를 살펴보았다. 카운터의 다른 쪽 끝에서는 닉 아담스가 그들을 지켜보고 있었다. 그는 그들이 들어올 때 조지와 이야기를 하고 있었다.
"사과 소스와 으깬 감자를 곁들인 구운 돼지고기를 주게나" 하고 첫 번째 사나이가 말했다.
"그건 아직 준비가 안 됐습니다."
"그런데 왜 메뉴에 적어놓은 거지?"
"그건 저녁 식사입니다" 하고 조지는 설명했다. "그건 6시가 되어야 드실 수 있습니다."
 조지는 카운터 뒤에 걸린 벽시계를 쳐다보았다.
 "지금은 5시입니다."
 "저 벽시계는 5시 20분이잖아" 하고 두 번째 사나이가 말했다.
 "저 시겐 20분이 빠릅니다."
 "맙소사, 빌어먹을 시계 같으니" 하고 첫 번째 사나이가 말했다. "그럼 먹을 수 있는 게 뭐가 있지?"
 "샌드위치 종류는 무엇이든 다 됩니다" 하고 조지는 말했다. "햄 에그, 베이컨 에그, 간 베이컨 또는 스테이크도 됩니다."
 "완두와 크림 소스, 그리고 으깬 감자를 곁들인 닭고기 크로켓을 주게."
 "그건 저녁 식사인데요."
 "우리가 먹으려 하는 건 죄다 저녁 식사로군, 안 그래? 무슨 장사를 이 따위로 하는 거야."
 "드실 수 있는 건 햄 에그와 베이컨 에그, 그리고 간——."
 "햄 에그나 달라구" 하고 앨이라는 사나이가 말했다. 그는 중산모 꼭대기가 둥글고 높은 서양 모자를 쓰고 가슴께에 단추가 채워진 까만 외투를 입고 있었다. 그는 얼굴이 작고 창백했으며 입술은 꼭 다물고 있었고 비단 목도리를 두르고 장갑을 끼고 있었다.
 "난 베이컨 에그를 주게" 하고 다른 사나이가 말했다. 그는 앨과 체격이 비슷해 보였다. 그들의 얼굴은 달랐지만 옷

차림은 너무나 똑같았다. 두 사람은 다 몸에 딱 맞는 외투를 입고 있었다. 그들은 카운터 위에 팔꿈치를 괴고 몸을 앞으로 내밀고 앉아 있었다.

"마실 게 뭐 있나?" 하고 앨이 물었다.

"실버 비어, 비보, 진저에일이 있습니다" 하고 조지는 말했다.

"내 말은 한잔 할 게 있냐는 거야."

"방금 말씀드린 것들이 있습니다."

"야, 이거 굉장한 곳이로군" 하고 다른 사나이가 말했다. "이 동네는 이름이 뭐지?"

"서밋입니다."

"들어본 적이 있나?" 하고 앨이 자기 친구에게 물었다.

"아니" 하고 그의 친구가 말했다.

"여기선 밤에 뭘 하나?" 하고 앨이 물었다.

"저녁이나 먹겠지 뭐" 하고 그의 친구가 끼어들었다. "우르르 몰려와 실컷 먹어대겠지."

"그렇습니다" 하고 조지가 말했다.

"정말 그렇단 말인가?" 하고 앨이 조지에게 물었다.

"그렇다니까요."

"자네 꽤 똑똑한 친구로군그래."

"그럼요" 하고 조지가 말했다.

"원, 천만에" 하고 키가 작은 다른 사나이가 말했다. "이 친구가 그렇단 말인가, 앨?"

"멍텅구리지" 하고 앨이 말했다. 그는 닉을 보고 물었다. "자네 이름은 뭔가?"

"아담스요."

"여기도 똑똑한 친구가 있군그래" 하고 앨이 말했다. "이 친구도 똑똑하지 않나, 맥스?"

"이 고장은 똑똑한 친구들 판이로군" 하고 맥스가 말했다.

조지는 햄 에그 샌드위치와 베이컨 에그 샌드위치가 놓인 접시 두 개를 카운터 위에 갖다놓았다. 튀긴 감자가 담긴 반찬 접시 두 개를 내려놓더니 부엌과 통하는 통로의 문을 닫았다.

"어느 것이 손님 겁니까?" 하고 그는 앨에게 물었다.

"벌써 잊어버렸나?"

"햄 에그였죠."

"과연 똑똑한 친구로군" 하고 맥스가 말했다. 그는 몸을 앞으로 비스듬히 숙이고 햄 에그를 먹었다. 두 사람 모두 장갑을 낀 채로 식사를 했다. 조지는 그들이 먹는 것을 지켜보았다.

"뭘 그렇게 쳐다보는 거야?" 맥스는 조지를 쳐다보았다.

"아무것도 안 봤습니다."

"이런 빌어먹을 자식, 날 보고 있었잖아."

"아마 그 친구가 장난으로 그랬을 거야, 맥스" 하고 앨이 말했다.

조지는 웃었다.

"웃긴 왜 웃어?" 하고 맥스가 그에게 말했다. "웃지 말라니까, 알겠어?"

"알겠습니다" 하고 조지는 말했다.

"앨, 알았다는군" 하고 맥스가 앨을 돌아보며 말했다. "저

자식이 잘 알았대. 거 얼마나 좋은 말인가."
 "아, 그놈 사색가로군" 하고 앨이 말했다. 그들은 식사를 계속했다.
 "카운터 저쪽에 있는 똑똑한 녀석의 이름이 뭐랬지?" 하고 앨이 맥스에게 물었다.
 "어이, 똑똑한 친구" 하고 맥스가 닉에게 말했다. "자네 친구와 같이 카운터 저쪽으로 돌아가라구."
 "왜요?" 하고 닉이 물었다.
 "이유는 없어."
 "돌아가는 게 좋을 거야, 똑똑한 친구" 하고 앨이 말했다. 닉은 카운터 뒤로 돌아갔다.
 "왜 그러십니까?" 하고 조지가 물었다.
 "네가 상관할 바가 아니야" 하고 앨이 말했다. "부엌엔 누가 있지?"
 "검둥이가 있습니다."
 "검둥이라니?"
 "요리사 말입니다."
 "그 녀석보고 들어오라고 해."
 "왜요?"
 "글쎄, 들어오라고 하라니까."
 "여길 어디로 알고 그러시는 겁니까?"
 "여기가 어디라는 것쯤은 우리도 잘 알고 있어" 하고 맥스라는 사나이가 말했다. "우리가 바보처럼 보여?"
 "바보 같은 소리만 하는군" 하고 앨이 그에게 말했다. "도대체 이런 꼬마하고 말싸움을 해서 어쩌겠다는 거야? 이봐

살인청부업자 121

하고 그는 조지에게 말했다. "그 검둥이한테 이리로 나오라고 해."
 "그를 어쩔 셈입니까?"
 "어쩌긴 뭘 어째. 생각해보라구, 이 똑똑한 친구야. 우리가 검둥이한테 뭘 어쩌겠어?"
 조지는 부엌으로 통하는 길쭉한 사잇문을 열었다. "샘" 하고 그는 소리쳤다. "잠깐 이리로 와봐."
 부엌과 통하는 문이 열리더니 검둥이가 나타났다. "무슨 일이지?" 하고 그는 물었다. 카운터 앞의 두 사나이가 그를 힐끗 쳐다보았다.
 "좋아, 검둥이. 거기 꼼짝 말고 서 있어" 하고 앨이 말했다.
 검둥이 샘은 앞치마를 두른 채 서서 카운터 앞에 앉아 있는 두 사나이를 쳐다보았다. "네, 알겠습니다" 하고 그는 말했다. 앨이 의자에서 일어섰다.
 "난 검둥이와 이 똑똑한 친구를 데리고 저쪽 부엌으로 갈게" 하고 그는 말했다. "검둥이, 부엌으로 다시 들어가라구. 너도 함께 가, 똑똑한 친구야." 그 작은 사나이는 닉과 요리사인 샘의 뒤를 따라 부엌으로 걸어갔다. 그들이 들어가고 문이 닫히자 맥스라는 사나이는 카운터 앞에 조지와 마주앉았다. 그는 조지는 거들떠보지도 않고 카운터 뒤에 걸린 거울만 쳐다보았다. 헨리 식당은 원래 술집이었는데 식당으로 개조한 것이었다.
 "여봐, 똑똑한 친구." 맥스가 거울을 들여다보며 말했다. "무슨 말이든 좀 해봐."

"도대체 무슨 일입니까?"

"이봐, 앨" 하고 맥스가 소리쳤다.

"똑똑한 친구가 무슨 일인지 알고 싶다는데."

"말해주지 그래?" 앨의 목소리가 부엌에서 들려왔다.

"무슨 일인 것 같나?"

"모르겠습니다."

"무슨 일인 것 같냐니까?"

맥스는 말을 하는 동안에도 거울에서 눈을 떼지 않았다.

"말하고 싶지 않습니다."

"이봐, 앨, 똑똑한 친구가 무슨 일인 것 같은지 말하고 싶지 않다는군."

"알아, 말하는 소리가 다 들려" 하고 앨이 부엌에서 말했다. 그는 부엌으로 접시가 드나드는 사잇문이 닫히지 않게 케첩병을 받쳐두었다. "이봐, 똑똑한 친구" 하고 그는 부엌에서 조지에게 말했다. "카운터 저쪽으로 좀더 비켜서. 맥스, 자넨 왼쪽으로 좀 물러앉으라구." 그는 마치 단체 사진을 찍을 때 사람들의 위치를 조정하는 사진사 같았다.

"내게 말해봐, 똑똑한 친구" 하고 맥스가 말했다. "무슨 일이 일어날 것 같나?"

조지는 아무 말도 하지 않았다.

"내가 말해주지" 하고 맥스가 말했다. "우린 어떤 스웨덴놈 하나를 해치우려고 해. 오울 앤드레슨이라는 덩치 큰 스웨덴놈을 알고 있나?"

"네."

"그 자식 저녁때마다 이리로 식사하러 오지, 그렇지?"

"가끔 옵니다."

"6시에 오지, 그렇지?"

"올 경우엔 그렇습니다."

"우린 다 알고 있다구, 똑똑한 친구" 하고 맥스가 말했다. "우리 다른 얘기나 할까. 영화 보러 간 적 있나?"

"가끔 갑니다."

"좀더 자주 가야 해. 영화는 너처럼 똑똑한 녀석에게 아주 좋은 거니까."

"뭣 때문에 오울 앤드레슨을 해치우려는 겁니까? 그 사람이 당신들에게 무슨 짓이라도 했나요?"

"그 자식은 우리에게 무슨 짓을 할 기회조차 없었어. 우린 얼굴도 본 일이 없지."

"그런데 이제 곧 우리를 단 한 번 보게 되는 거지" 하고 앨이 부엌에서 말했다.

"그런데 뭣 때문에 죽이려는 겁니까?" 하고 조지가 물었다.

"우린 친구를 위해 해치우려는 거라구. 친구의 부탁이라서 말이야, 이 똑똑한 양반아."

"닥쳐" 하고 앨이 부엌에서 말했다. "자넨 말이 너무 많아."

"원 참, 이 똑똑한 친구를 재미있게 해줘야 할 거 아닌가. 안 그래, 똑똑한 친구?"

"어쩨 그리 말이 많아" 하고 앨이 말했다. "검둥이와 이쪽의 똑똑한 친구는 저희들끼리 재미있게 지내고 있다구. 난 이 자식들을 한 쌍의 사이 좋은 수녀원 계집애들처럼 꽁꽁

묶어놓았거든."
"자네 수녀원에 있었던 모양이로군."
"자네가 알 바 없어."
"자네 진짜로 있었나보군. 틀림없는 것 같은데."
조지가 벽시계를 쳐다보았다.
"만일 손님들이 오거든 요리사가 쉰다고 해. 그래도 손님들이 식사를 하겠다고 하면 네가 직접 음식을 만들겠다고 해. 알았나, 똑똑한 친구?"
"알겠습니다" 하고 조지가 말했다.
"나중에 우리를 어떻게 할 셈인가요?"
"그건 그때 가봐야 알지" 하고 맥스가 말했다. "그건 지금으로선 전혀 알 수 없는 일이라구."
조지는 벽시계를 쳐다보았다. 6시 15분이었다. 거리에서 안으로 들어오는 문이 열렸다. 그러더니 전차 운전사가 들어왔다.
"안녕, 조지" 하고 그는 말했다. "저녁 좀 주게."
"샘이 어디 갔는데요" 하고 조지가 말했다. "30분 후에나 돌아올 거예요."
"그럼 다른 데로 가야겠군" 하고 운전사는 말했다. 조지는 벽시계를 쳐다보았다. 6시 20분이었다.
"잘했어, 똑똑한 친구" 하고 맥스가 말했다. "자넨 진짜 꼬마 신사로군."
"그렇지 않으면 목이 날아간다는 걸 알고 있으니까 그렇지" 하고 앨이 부엌에서 말했다.
"아니야" 하고 맥스가 말했다. "그래서 그런 게 아니라구.

이 똑똑한 친군 정말 멋져. 멋진 녀석이라구. 맘에 들어."
 6시 55분이 되자 조지가 말했다. "오늘은 오지 않을 것 같은데요."
 그 간이식당에는 두 사람이 다녀갔다. 한 번은 손님이 포장을 해달라고 해서 조지가 부엌으로 들어가 햄 에그 샌드위치를 만들기도 했다. 부엌에서 그는 앨이 중산모를 뒤로 젖히고 총신을 짧게 자른 엽총 총구를 문턱 위로 올려놓고 카운터로 이어지는 문 옆의 의자에 앉아 있는 것을 보았다. 닉과 요리사는 입에 수건으로 재갈이 물린 채 등을 맞대고 구석에 묶여 있었다. 조지는 샌드위치를 만들어 기름종이에 싼 다음 봉지에 넣어가지고 나왔다. 손님은 돈을 내고 나갔다.
 "똑똑한 친구 못 하는 게 없군" 하고 맥스가 말했다. "요리도 할 줄 알고 뭐든 다 하네. 자네한테 올 여잔 멋진 마누라가 되겠는걸, 똑똑한 친구."
 "그래요?" 하고 조지가 말했다. "그런데 그렇게 기다리는 오울 앤드레슨은 올 것 같지 않군요."
 "그자에게 10분 정도 더 시간을 주겠어" 하고 맥스가 말했다.
 맥스는 거울과 시계를 지켜보고 있었다. 시계 바늘이 7시를 가리켰다. 잠시 후 7시 5분이 되었다.
 "이봐, 앨" 하고 맥스가 말했다.
 "그만 가는 게 좋겠어. 그 자식 안 올 모양이야."
 "5분만 더 기다려보자구" 하고 앨이 부엌에서 말했다.
 5분 후에 어떤 손님이 들어왔다. 그러나 조지는 요리사가 아프다고 말했다.

"그런데 왜 다른 요리사를 두지 않았소?" 하고 손님이 물었다. "식당을 집어치울 생각이오?" 손님은 밖으로 나갔다.
"자 가자구, 앨" 하고 맥스가 말했다.
"그런데 이 똑똑한 두 친구와 검둥이는 어떻게 하지?"
"이 녀석들은 상관없어."
"그래?"
"그렇다니까. 우리 일은 이걸로 끝난 거라구."
"난 왠지 개운치 않아" 하고 앨이 말했다. "뭔가 마음에 걸린다구. 자네가 너무 많이 지껄여서 말이야."
"원, 세상에" 하고 맥스가 말했다.
"심심풀이로 그런 걸 갖고 뭘 그래, 응?"
"어쨌든 자넨 말이 너무 많아" 하고 앨이 말했다. 그는 부엌에서 나왔다. 짧게 자른 엽총의 총신이 몸에 딱 맞는 외투 아래로 약간 튀어나왔다. 그는 장갑을 낀 손으로 외투 자락을 여미었다.
"안녕, 똑똑한 친구" 하고 그는 조지에게 말했다. "자넨 운이 참 좋았어."
"맞는 말이야" 하고 맥스가 말했다. "꼭 마권을 사라구, 똑똑한 친구."
그 두 사나이는 문 밖으로 나갔다. 조지는 그들이 길을 건너가는 것을 창 너머로 지켜보고 있었다. 몸에 딱 맞는 외투를 입고 중산모를 쓴 그들은 희극배우 같았다. 조지는 회전문을 열고 부엌으로 들어가 닉과 요리사를 풀어주었다.
"도대체 이게 무슨 꼴이람" 하고 요리사 샘이 투덜거렸다. "생각만 해도 지긋지긋해."

닉이 일어섰다. 그는 수건으로 입을 틀어막혀보기란 난생 처음이었다.
"이봐" 하고 그는 말했다. "도대체 무슨 일이래?" 그는 대수롭지 않게 생각하는 체하려고 애썼다.
"그자들은 오울 앤드레슨을 죽이려고 했어" 하고 조지가 말했다. "그가 식사하러 들어올 때 쏘아죽이려고 했지."
"오울 앤드레슨을?"
"그렇다니까."
요리사는 엄지손가락으로 입가를 쓰다듬었다.
"그자들은 나갔어?" 하고 그는 물었다.
"응" 하고 조지가 말했다. "가버렸어."
"기분 나빠 죽겠어" 하고 요리사가 투덜거렸다. "기분 나빠 못 참겠다구."
"이봐" 하고 조지가 닉에게 말했다. "자네가 오울 앤드레슨을 찾아가보는 게 좋을 것 같아."
"알았어."
"그 일에 끼어들지 않는 게 좋을 거야" 하고 요리사 샘이 말했다. "끼어들지 않는 게 좋을 거라구."
"가기 싫으면 가지 마" 하고 조지가 말했다.
"이런 일에 끼어들어서 좋을 거 하나 없다니까" 하고 요리사가 말했다. "끼어들지 말라구."
"내가 그를 찾아갈게" 하고 닉이 조지에게 말했다. "그의 집이 어디야?"
요리사는 얼굴을 돌려버렸다.
"젊은 사람들은 좀처럼 남의 말을 안 듣는다니까" 하고 그가 말했다.
"허시네 셋집 위층에 살고 있지" 하고 조지가 닉에게 말해 주었다.
"그럼 내가 가볼게."
바깥 거리에는 잎새 하나 없는 앙상한 나뭇가지 사이로 아크등이 비치고 있었다. 닉은 철도 옆 도로를 따라 올라가다가 그 다음 아크등 아래에서 샛길로 들어섰다. 거기서 세 번째가 허시네 셋집이었다. 닉은 계단을 두 개 올라가 벨을 눌렀다. 그러자 어떤 부인이 문간에 나타났다.
"오울 앤드레슨 씨 계십니까?"
"그분을 만나시려고요?"
"네, 계시면 만났으면 합니다."
닉은 그 부인을 따라 계단을 올라가서 복도 끝까지 갔다. 그녀가 문을 두드렸다.
"누구세요?"
"손님이 찾아오셨어요, 앤드레슨 씨" 하고 부인이 말했다.
"닉 아담스입니다."
"들어와요."
닉은 문을 열고 방으로 들어갔다. 오울 앤드레슨은 옷을 입은 채로 침대에 누워 있었다. 한때 그는 헤비급 프로 권투 선수였다. 키가 어찌나 큰지 침대가 모자랐다. 그는 베개를 두 개나 베고 누워 있었다. 그는 닉을 쳐다보지도 않았다.
"무슨 일이오?" 하고 그가 물었다.
"전 아까 헨리 식당에 있었지요" 하고 닉이 말했다. "그런데 두 사나이가 들어오더니 저와 요리사를 묶어놓고 자기들은 당신을 죽일 거라고 말했어요." 그의 말은 왠지 실없는 소리처럼 들렸다. 오울 앤드레슨은 아무 말도 하지 않았다.

"그들은 우리를 부엌으로 처넣었어요" 하고 닉은 말을 이었다. "그들은 당신이 저녁을 먹으러 들어올 때 총으로 쏘려고 한 거예요."

오울 앤드레슨은 벽만 쳐다볼 뿐, 아무 말도 하지 않았다.

"조지가 그 사실을 당신에게 알리는 게 좋겠다고 했어요."

"그 일이라면 나로선 어쩔 도리가 없다오" 하고 오울 앤드레슨이 말했다.

"그들의 인상을 말해드리죠."

"어떻게 생겼는지 알고 싶지 않소" 하고 오울 앤드레슨은 말했다. 그는 벽을 쳐다보았다. "알려주기 위해 와줘서 고맙소."

"천만에요."

닉은 침대에 누워 있는 그 거구의 사나이를 쳐다보았다.

"제가 경찰에 알릴까요?"

"아니오" 하고 오울 앤드레슨이 말했다. "그래 보았자 아무 소용 없어요."

"제가 힘이 되어드릴 일이 없을까요?"

"없어요. 어쩔 수 없는 일이오."

"그저 겁을 주려는 것인지도 모를 일이죠."

"아니오. 그렇지 않소."

오울 앤드레슨은 벽을 향해 돌아누웠다.

"단 한 가지는" 하고 그는 벽을 향한 채 말했다. "도무지 밖에 나가고 싶지가 않다는 거요. 하루 종일 여기에 누워 있었소."

"이 동네에서 빠져나갈 순 없을까요?"

"아니오" 하고 오울 앤드레슨은 말했다. "이제 도망치는 일은 그만두기로 했소."

그는 벽을 쳐다보았다.

"이젠 어쩔 도리가 없어요."

"그래도 무슨 방법이 없을까요?"

"안 돼요. 내가 잘못한 거요." 그는 여전히 힘없이 말했다. "어쩔 도리가 없지요. 좀더 있다가 밖으로 나갈 결심을 해야죠."

"그럼 전 돌아가서 조지를 만나야겠습니다" 하고 닉이 말했다.

"잘 가시오" 하고 오울 앤드레슨은 말했다. 그는 닉을 돌아다보지도 않았다.

"찾아와줘서 고맙소."

닉은 밖으로 나왔다. 그는 문을 닫으면서 옷을 입은 채로 침대에 누워 벽만 쳐다보고 있는 오울 앤드레슨을 다시 한 번 돌아다보았다.

"그분은 하루 종일 방에만 틀어박혀 있답니다" 하고 안주인이 아래층에서 말했다. "몸이 좀 좋지 않나봐요. 내가 그분에게 '앤드레슨 씨, 오늘처럼 좋은 가을날엔 밖에 나가 산책이라도 좀 하시지 그러세요' 하고 말했더니, 그럴 기분이 나지 않는다고 하셨어요."

"밖으로 나가기가 싫은 것 같더군요."

"저렇게 몸이 안 좋아 정말 안됐어요" 하고 그 부인이 말했다.

"정말 좋은 분이신데. 알고 계신지 모르겠지만, 전에 권투 선수였지요."

"알고 있습니다."

"얼굴만 저렇게 되지 않았다면 도저히 그걸 알 수 없었을 거예요" 하고 부인은 말했다. 그들은 바로 대문 안쪽에 서서 이야기를 하고 있었다. "정말 점잖은 분이시죠."

"그럼 안녕히 계십시오, 허시 부인" 하고 닉이 말했다.

"난 허시 부인이 아니에요" 하고 그 부인은 말했다. "허시 부인은 이 댁 주인이랍니다. 난 단지 여기 일을 돌봐주는 사람이에요. 난 벨 부인이지요."

"그럼 안녕히 계세요, 벨 부인" 하고 닉이 말했다.

"안녕히 가세요" 하고 그 부인은 말했다.

닉은 어두운 길을 따라 아크등 아래의 모퉁이까지 걸어가서 철로를 따라 헨리 식당으로 돌아왔다. 조지는 카운터 뒤 안쪽에 앉아 있었다.

"오울을 만났어?"

"응" 하고 닉은 말했다. "그 사람은 방 안에 틀어박혀 밖으로 나오려고 하지도 않았어."

요리사가 닉의 목소리를 듣고 부엌 문을 열었다.

"난 그 얘기라면 듣기도 싫어" 하고 말하더니 그는 문을 닫아버렸다.

"그 이야기를 해주었어?" 하고 조지가 물었다.

"벌써 다 알고 있더군."

"그래서 어떻게 하겠대?"

"아무것도 안 할 거래."
"그 자들이 죽이려 하는데도?"
"그렇겠지."
"그 사람은 틀림없이 시카고에서 무슨 일에 말려든 거야."
"내 생각도 그래" 하고 닉이 말했다.
"끔찍한 일이군."
"정말 무시무시한 일이야" 하고 닉이 말했다.
그들은 더 이상 아무 말도 하지 않았다. 조지는 수건을 집어들더니 카운터를 닦았다.
"그 사람이 무슨 짓을 한 걸까?" 하고 닉이 말했다.
"누군가를 배신했나봐. 그래서 그자들이 그를 죽이려고 하는 거라구."
"난 이 동네에서 떠날 생각이야" 하고 닉이 말했다.
"그래?" 하고 조지가 말했다. "그거 좋은 생각이군."
"난 그 사람이 죽으리라는 걸 뻔히 알면서도 방 안에 틀어박혀 기다리고 있는 걸 생각하면 도저히 견딜 수가 없어. 몸이 마구 떨린다네."
"그렇지만" 하고 조지가 말했다. "그 일에 대해선 생각하지 않는 게 좋을 거야."

## 5만 달러

"요즘 어떤가, 잭?" 하고 나는 그에게 물었다.
"자네 그 월콧이란 작자 본 적 있나?" 하고 그가 말했다.
"체육관에서 본 적이 있어."
"그런데" 하고 잭이 말했다. "그 자식과 싸우는 데는 아주 운이 좋아야 승산이 있겠어."
"그 자식은 자넬 때려눕히지 못해, 잭" 하고 솔저가 말했다.
"제발 그랬으면 좋겠네."
"그 따위 새 총알 같은 형편없는 펀치 가지고는 자넬 때려눕힐 수 없다구."
"새 총알 같은 펀치쯤이야 걱정할 것 없어."
"그 자식쯤이야 쉽게 때려눕힐 수 있을 것 같은데" 하고 나는 말했다.
"그럼" 하고 잭이 말했다. "그 자식 오래 버티지 못할 거야. 자네나 나만큼 버티지 못해, 제리. 그렇지만 그 자식은 지금이 전성기라구."

"자네의 왼손 한 방이면 뻗어버릴 텐데 뭘."

"그럴지도 모르지" 하고 잭이 말했다. "그래. 그럴 기회가 왔어."

"키드 루이스를 해치울 때처럼 하라구."

"키드 루이스" 하고 잭이 말했다. "그 유대놈 말이군!"

잭 브레넌, 솔저 바틀렛 그리고 나, 우리 셋은 핸리 술집에 있었다. 우리 옆에 있는 식탁에는 두 명의 매춘부가 앉아서 술을 마시고 있었다.

"유대놈이라니, 그게 무슨 말이죠?" 하고 한 매춘부가 말했다. "유대놈이 무슨 말이에요, 이 거만한 아일랜드 놈팡이 같으니."

"그렇지" 하고 잭이 말했다. "바로 그거라구."

"유대놈이라니" 하고 그 매춘부는 계속 지껄여댔다. "이 거만한 아일랜드 작자들은 걸핏하면 유대놈들 하고 들먹인 다니까. 유대놈이라니, 그게 무슨 말이냐구?"

"자, 여기서 나가세."

"유대놈이라니" 하고 그 여자는 계속했다. "그래 당신네들 이 술 한잔이라도 사는 걸 본 사람 있어? 마누라가 아침마다 호주머니를 꿰매버리는 모양이지? 아일랜드 녀석들이나 유대놈들이나 다를 게 뭐 있어! 테드 루이스도 당신을 때려눕힐 수 있다구."

"물론이지" 하고 잭이 말했다. "그리고 당신은 무엇이든 공짜로 내주고 말이야, 안 그래?"

우리는 밖으로 나왔다. 잭은 그런 사람이었다. 그는 하고 싶은 말을 서슴지 않고 할 수 있는 사람이었다.
　잭은 뉴저지주(州) 저편에 있는 대니 호간 보건농장(건강 증진을 위해 여러 가지 운동을 하는 곳으로, 직업적인 훈련도 함)에서 연습을 시작했다. 그곳은 훌륭한 곳이었지만 잭의 마음에는 그다지 들지 않았다. 그는 아내와 자식과 떨어져 있는 것이 싫어서 늘 신경질을 부리고 시무룩해 있었다. 그는 나를 좋아했고, 우리는 서로 사이가 좋았다. 그는 호간도 좋아했지만, 얼마 후에는 솔저 바틀렛이 그의 신경을 건드리기 시작했다. 농담이 좀 지나치게 되면 농담꾼이란 캠프에서는 불쾌한 존재가 되는 법이다. 솔저는 늘 잭에게 농담을 했다. 다시 말해 시도 때도 없이 농담을 했던 것이다. 그것은 그리 재미있는 것도, 유익한 것도 아니어서 잭의 신경을 건드리곤 했다. 그의 농담은 이런 종류의 것이었다. 잭은 체중 조절과 샌드백 치기를 끝내고 장갑을 꼈다.
　"한바탕 해볼까?" 하고 잭이 솔저에게 말했다.
　"좋아, 어떻게 해줄까?" 하고 솔저는 묻곤 했다. "월콧처럼 호되게 다뤄줄까, 몇 번 나가떨어지게 해줄까?"
　"바로 그거야" 하고 잭은 말하곤 했다. 그렇지만 그는 그런 농담을 조금도 좋아하지 않았던 것이다.
　어느 날 아침 우리는 모두 길에 나가 있었다. 아주 멀리 나갔다가 돌아오는 길이었다. 우리는 3분간 빨리 뛰고 1분간 걷고, 또 3분간 뛰곤 했다. 잭은 빨리 뛰지 못하는 편이었다. 링 위에선 필요에 따라 얼마든지 빨리 움직였지만 길에 나오면 조금도 빠르지 않았다. 걷는 동안 솔저는 줄곧 그를 놀렸다. 우리는 언덕을 넘어 농장으로 돌아왔다.

"그런대" 하고 잭이 말했다. "자넨 시내로 돌아가는 게 좋겠어, 솔저."

"그게 무슨 말이지?"

"시내로 돌아가서 거기 있으란 말일세."

"왜 그래?"

"자네 지껄이는 소리가 지겨워 죽을 지경이야."

"그래?" 하고 솔저가 말했다.

"그래" 하고 잭이 대꾸했다.

"월콧한테 나가떨어지고 나면 눈도 뜨기 싫겠군."

"맞는 말이야" 하고 잭은 말했다. "그럴지도 모르지. 하지만 자네 꼴도 보기 싫으니 어쩌겠나."

그래서 솔저는 바로 그날 아침에 기차를 타고 시내로 떠났다. 나는 기차가 있는 곳까지 그를 전송했는데, 그는 내내 기분이 가라앉아 있었다.

"난 그저 농담을 했을 뿐이라구" 하고 그는 말했다. 우리는 플랫폼에서 기차를 기다리고 있었다. "그 자식이 내게 이럴 수는 없네, 제리."

"그 친구 예민하고 까다로워져서 그런 거라구" 하고 나는 말했다. "그래도 좋은 놈이야, 솔저."

"소름끼칠 만큼 좋은 놈이지. 항상 소름끼칠 만큼 좋은 놈이었지."

"자" 하고 나는 말했다. "잘 가게, 솔저."

기차가 들어왔다. 그는 가방을 들고 기차에 올라탔다.

"잘 있게, 제리" 하고 그는 말했다.

"시합 전에 시내에 나오겠나?"

"못 갈 것 같아."
"그럼 시합 때 만나세."
그는 차 안으로 들어갔고, 차장이 뛰어오르자 기차는 떠났다. 나는 짐마차를 타고 농장으로 돌아왔다. 잭은 현관에서 아내에게 편지를 쓰고 있었다. 우편물이 와 있었고, 나는 신문을 집어들고 현관의 다른 구석에 앉아서 신문을 읽었다. 호간이 문을 열고 나오더니 나에게로 걸어왔다.
"저 친구 솔저하고 한바탕 했나?"
"그런 건 아냐" 하고 나는 말했다.
"단지 솔저에게 시내로 돌아가 있으라고 말했을 뿐이야."
"내 그럴 줄 알았지" 하고 호간이 말했다. "저 친군 솔저를 별로 좋아하지 않았거든."
"그래, 저 친군 좋아하는 사람이 그리 많지 않으니까."
"꽤 냉정한 친구야" 하고 호간이 말했다.
"그래도 나한테는 언제나 잘 대해주거든."
"나한테도 그래" 하고 호간이 말했다. "난 저 친구에게 조금도 불만이 없어. 하지만 냉정한 친구이긴 해."
호간은 방충망이 쳐진 문을 통해 안으로 들어가고 나는 현관에 앉아서 신문을 읽었다. 이제 막 가을철로 접어든지라, 뉴저지주의 산마루엔 시골 풍경이 아름다웠다. 그래서 나는 신문을 다 읽은 후에도 거기에 그대로 앉아 시골의 경치와 자동차들이 먼지를 일으키면서 지나다니는 도로를 바라보았다. 청명한 날씨에다가 경치 또한 아주 좋았다. 호간이 문간에 나타나자 나는 이렇게 말했다. "여보게 호간, 이 부근엔 사냥할 게 뭐 없나?"

"없어" 하고 호간이 말했다. "참새뿐이지."
"신문 읽었나?" 하고 내가 호간에게 물었다.
"뭐가 났는데?"
"샌디의 고기가 세 마리나 일등을 했다네."
"어젯밤에 전화하면서 들었어."
"자넨 그 친구들과 꽤 친한 모양이지?" 하고 나는 물었다.
"아, 연락이나 하며 지내는 거지" 하고 호간이 대꾸했다.
"잭은 어떤가?" 하고 내가 물었다. "아직도 경마 좀 하나?"
"그 친구?" 하고 호간이 말했다. "자제는 그 친구가 하는 걸 본 적 있나?"
바로 그때 잭이 편지를 들고 모퉁이를 돌아왔다. 그는 스웨터에 낡은 팬츠를 입고 권투용 신발을 신고 있었다.
"우표 있나, 호간?" 하고 그가 물었다.
"그 편지를 이리 주게" 하고 호간이 말했다. "내가 부쳐주지."
"여보게, 잭" 하고 내가 말했다. "자네도 경마 좀 하지 않았나?"
"그랬지."
"자네가 경마를 했다는 걸 알고 있었지. 쉽스헤드에서 자넬 여러 번 봤거든."
"그런데 왜 손을 뗐나?" 하고 호간이 물었다.
"돈을 많이 잃었거든."
잭은 내 옆에 앉았다. 그는 기둥에 등을 기대더니 햇살을 받자 눈이 부신 듯 눈을 감았다.

"의자를 갖다줄까?" 하고 호간이 물었다.

"아니" 하고 잭은 말했다. "이게 좋아."

"날씨 한번 좋군" 하고 내가 말했다. "시골에 오니 정말 좋은데."

"마누라와 함께 시내에 있지도 못하고 이까짓 경치나 보고 있는 게 뭐가 좋은가?"

"하지만 일주일밖에 남지 않았어."

"그래" 하고 잭이 말했다. "그건 그래."

우리는 현관에 그대로 앉아 있었다. 호간은 사무실 안으로 들어갔다.

"자네가 보기에 내 꼴이 어떤 것 같나?" 하고 잭이 나에게 물었다.

"글쎄, 아직 한 일주일 남았으니 컨디션을 잘 조절하면 될 텐데 뭘."

"나를 속이지 말게."

"하긴" 하고 나는 말했다. "좋은 편은 아니야."

"잠이 잘 오지 않아" 하고 잭이 말했다.

"이틀 정도 지나면 나아지겠지."

"아니야" 하고 잭이 말했다. "난 불면증에 걸린 거라구."

"뭐가 마음에 걸려 그러나?"

"마누라 생각이 나서 그래."

"이리로 오라고 하면 되잖아."

"아니야. 그러기엔 내가 너무 늙었어."

"자리에 들기 전에 많이 걸으면 피곤해서 잠이 잘 올 거야."

"피곤해서라!" 하고 잭이 말했다. "난 항상 피곤한걸."
 그는 일주일 내내 그런 상태였다. 그는 밤에는 잠을 못 잤고, 아침에는 그런 기분으로, 말하자면 주먹이 잘 쥐어지지 않을 때의 그런 기분으로 일어났다.
 "저 친구 구빈원(求貧院)의 빵처럼 형편없군" 하고 호간이 말했다. "틀렸어."
 "난 월콧을 본 일이 없어" 하고 나는 말했다.
 "그는 잭을 죽일 거야" 하고 호간이 말했다. "완전히 때려 눕히고 말 거라구."
 "글쎄" 하고 나는 말했다. "누구든 결국은 그렇게 되는 것 아닐까."
 "그렇지만 이런 식으로 해서야 되겠나" 하고 호간이 말했다. "사람들은 그가 연습을 전혀 하지 않은 것으로 생각할 거라구. 그럼 우리 농장은 개망신을 당하는 거지."
 "신문기자들이 그에 대해서 뭐라고 하는 소릴 들었나?"
 "듣다마다! 형편없다는 거야. 시합을 시켜선 안 된다더군."
 "그런데" 하고 나는 말했다. "그 친구들 항상 틀리지 않나, 안 그래?"
 "그렇긴 하지" 하고 호간이 말했다. "하지만 이번만은 틀림없을 거야."
 "컨디션이 좋은지 나쁜지 제까짓 것들이 어떻게 안다는 거지?"
 "글쎄" 하고 호간이 말했다. "그 친구들이 그렇게 바보는 아니라구."

"제까짓 것들이 고작 맞춘 거래야 톨레도에서 윌라드가 이길 거라고 한 것밖에 더 있나? 이 라드너라는 기자 말이야, 이 자식도 지금은 아주 똑똑한 체하고 있지만, 그 자식한테 톨레도에서 윌라드가 이길 거라고 썼을 때가 언제였나 한 번 물어보게."

"아, 그 친군 안 나왔어" 하고 호간이 말했다. "그 친군 큰 시합만 쓰는걸."

"누구라도 상관없어" 하고 나는 말했다. "제까짓 것들이 뭘 안다는 거야? 추측 기사야 쓸 수 있겠지. 하지만 제까짓 것들이 뭘 안다는 거야?"

"자네도 잭의 컨디션이 좋지 않다고 생각하잖나, 안 그래?" 하고 호간이 물었다.

"그래, 형편없어. 그에게 필요한 건 코벳에게 부탁해서 시종일관 그가 이길 거라고 신문에다 쓰게 하는 것뿐이지."

"그래, 코벳은 그렇게 써줄 거야" 하고 호간이 말했다.

"물론이지. 그는 그렇게 써줄 거라구."

그날 밤에도 잭은 잠을 자지 못했다. 다음날 아침은 시합 전날이었다. 아침 식사를 마치고 우리는 또 현관에 나가 앉았다.

"잠이 안 올 때 자넨 무슨 생각을 하나, 잭?" 하고 내가 물었다.

"응, 걱정을 하지" 하고 잭이 말했다. "브롱크스(뉴욕 북부에 있는 한 구)에 사둔 땅 걱정, 플로리다에 사둔 땅 걱정을 하지. 애들 걱정, 마누라 걱정도 하고. 때론 시합 걱정도 한다네. 그 유대놈 테드 루이스 생각을 하면 기분을 잡쳐버리지. 주식도 좀 갖고 있는데 그것도 걱정이야. 도대체 생각 안 나는 게 없을 지경이라구."

"그렇지만" 하고 나는 말했다. "내일 밤이면 모든 게 끝나네."

"그래" 하고 잭이 말했다. "시합이란 항상 큰 도움이 되거든, 안 그래? 그것으로 모든 게 결판나니까 말이야. 그건 틀림없어."

그는 하루 종일 신경이 곤두서 있었다. 우리는 전혀 연습을 하지 않았다. 잭은 몸을 풀기 위한 가벼운 산책을 했을 뿐이었다. 그는 섀도우 복싱(혼자서 하는 권투 연습)을 몇 라운드 했다. 그때도 그는 상태가 그리 좋아 보이지 않았다. 그는 또 잠시 줄넘기를 했다. 그러나 땀도 나지 않았다.

"저 친구 전혀 연습을 하지 않는 게 낫겠어" 하고 호간이 말했다. 우리는 그가 줄넘기를 하고 있는 것을 지켜보며 서 있었다. "저 친군 땀을 흘려본 적이 없나?"

"땀이 안 나."

"폐가 나쁜 것 아닌가? 체중 조절 때문에 잘못된 건 아닐 텐데, 안 그래?"

"아냐, 폐는 아무렇지도 않아. 땀이 날래야 날 게 없는 모양이야."

"땀을 흘려야 하는데" 하고 호간이 말했다.

잭이 줄넘기를 하면서 다가왔다. 그는 우리 앞을 왔다 갔다 하며 줄을 넘다가 세 번 넘을 때마다 두 팔을 교차시키곤 했다.

"그런데" 하고 그가 말했다. "이 얼간이 양반들, 대체 무슨 소릴 하고 있는 거지?"
"연습을 그만 하는 게 좋겠어" 하고 호간이 말했다. "몸이 상할 것 같아."
"그만 한다고 뭐 좋아지겠어?" 하고 말하더니 잭은 줄로 마룻바닥을 세차게 때리면서 줄넘기를 하며 물러갔다.
그날 오후 존 콜린스가 농장에 나타났다. 잭은 위층 자기 방에 있었다. 존은 시내에서 친구 두 명과 함께 자동차를 타고 왔다. 차가 멈추자 그들 모두 차에서 내렸다.
"잭은 어디 있나?" 하고 존이 나에게 물었다.
"위층 자기 방에 누워 있어."
"누워 있다구?"
"그래" 하고 나는 말했다.
"컨디션은 어때?"
나는 존과 함께 온 두 친구를 쳐다보았다.
"잭의 친구들이야" 하고 존이 말했다.
"아주 안 좋아" 하고 나는 말했다.
"어떻게 된 일이지?"
"잠을 못 자."
"빌어먹을" 하고 존이 말했다. "그 아일랜드 자식 잠을 못 잔다니."
"그 친구 컨디션이 안 좋아."
"빌어먹을" 하고 존이 말했다. "항상 안 좋다니까. 10년을 알고 지내왔지만 여지껏 한 번도 컨디션이 좋은 걸 못 보았어."
그와 같이 온 친구들이 껄껄 웃었다.

"모간 씨와 스타인펠트씨를 소개하겠네" 하고 존이 말했다. "이 사람은 도일 씨일세. 잭의 트레이너지."
"만나서 반갑습니다" 하고 나는 말했다.
"올라가서 녀석을 만나보자구" 하고 모간이라는 친구가 말했다.
"잠깐 만나볼까" 하고 스타인펠트가 말했다.
우리는 모두 2층으로 올라갔다.
"호간은 어디 있나?" 하고 존이 물었다.
"손님 몇 명과 바깥 창고에 있어" 하고 내가 말했다.
"지금 여기 사람들이 많은가?" 하고 존이 물었다.
"둘뿐이야."
"아주 조용한데, 안 그런가?" 하고 모간이 말했다.
"그럼" 하고 나는 말했다. "아주 조용해."
우리는 잭의 방문 앞에 이르렀다. 존이 문을 두드렸다. 그러나 아무 대답이 없었다.
"자는 모양인데" 하고 나는 말했다.
"이런 대낮에 자면 어쩌자는 거지?"
존이 손잡이를 돌려 문을 열었고, 우리 모두는 방 안으로 들어갔다. 잭은 침대에 엎드려 얼굴을 파묻은 채 두 팔로 베개를 끌어안은 채 자고 있었다.
"이봐, 잭!" 하고 존이 그를 불렀다.
잭의 머리가 베개 위에서 약간 움직였다. "잭!" 존은 그에게 몸을 기울이면서 불렀다. 그러자 잭은 베개 속으로 더 깊이 파고들었다. 존이 그의 어깨를 건드렸다. 잭은 일어나 앉아서 우리를 쳐다보았다. 그는 면도도 하지 않은 채 헌 스웨터를 입고 있었다.
 "제기랄! 자는데 왜 깨우는 거야?" 하고 그는 존에게 소리쳤다.
 "화내지 말게" 하고 존이 말했다.
 "깨울 생각은 아니었어."
 "아, 아니야" 하고 잭은 말했다. "물론 화를 내는 건 아니야."
 "모간과 스타인펠트 알지?" 하고 존이 말했다.
 "반갑네" 하고 잭이 말했다.
 "어떤가, 잭?" 하고 모간이 그에게 물었다.
 "좋아" 하고 잭은 대답했다. "안 좋을 리가 없잖아?"
 "좋아 보이는군" 하고 스타인펠트가 말했다.
 "그럼, 그렇고말고" 하고 잭은 말했다. "여보게" 하고 그는 존에게 말했다. "자넨 내 매니저야. 그 덕에 자넨 큰 몫을 차지하잖아. 그런데 왜 기자들이 올 때 여기에 나타나지 않는 거지! 제리하고 내가 그들을 상대하라 이건가?"
 "필라델피아에서 루의 시합이 있어서 그랬네" 하고 존이 말했다.
 "도대체 그게 나와 무슨 상관이 있지?" 하고 잭이 말했다.
 "자넨 내 매니저라구. 그 덕에 한몫 단단히 챙기고 말이야, 안 그래? 필라델피아에서 내게 돈벌이를 시켜준 건 아니잖아? 도대체 왜 꼭 있어야 할 때 얼굴을 안 내미는 거지?"
 "호간이 있었잖아."
 "호간?" 하고 잭이 말했다. "그 친군 나만큼이나 말을 못한다구."

"솔저 바틀렛이 한동안 여기 와서 자네와 연습을 하지 않았나?" 하고 스타인펠트가 화제를 바꾸려고 끼어들었다.
"그래, 여기 와 있었지" 하고 잭이 말했다. "틀림없이 여기 와 있었지."
"이봐, 제리" 하고 존이 나에게 말했다. "호간을 찾아가서 30분쯤 후에 만나고 싶다고 전해주겠나?"
"그러지" 하고 내가 말했다.
"도대체 왜 이 친굴 내쫓으려 하는 거지?" 하고 잭이 말했다. "여기 있으라구, 제리."
모간과 스타인펠트는 서로 눈짓을 했다.
"진정하게, 잭" 하고 존이 그에게 말했다.
"난 호간이나 찾으러 가겠네" 하고 내가 말했다.
호간은 창고 안에 있는 체육실에 있었다. 그는 권투 장갑을 낀 보건농장 손님 두 명과 함께 있었다. 그들은 상대가 되받아칠까봐 겁이 나서 서로 때리려 들지 않았다.
"그만 하면 됐습니다" 하고 호간은 내가 들어오는 것을 보더니 말했다. "끝장 볼 생각 마시고 그쯤 끝내시죠. 두 분께서 샤워를 하시고 나면 브루스가 안마를 해드릴 겁니다."
그들이 로프 밑으로 기어나오자 호간이 내게로 다가왔다.
"존 콜린스가 친구 둘을 데리고 잭을 만나러 왔네" 하고 내가 말했다.
"차를 타고 올라오는 걸 보았어."
"존과 같이 온 그 두 사람은 누군가?"
"소위 말하는 약아빠진 친구들이지" 하고 호간이 말했다.
"자네 그 두 사람 모르나?"

"몰라" 하고 나는 말했다.
"해피 스타인펠트와 루 모간이야. 도박장을 갖고 있지."
"난 손뗀 지가 오래 돼서" 하고 나는 말했다.
"그렇지" 하고 호간이 말했다. "저 해피 스타인펠트라는 친구는 기가 막힌 수완가라구."
"이름을 들어본 적이 있네" 하고 나는 말했다.
"말솜씨가 아주 좋은 녀석이지" 하고 호간이 말했다. "둘 다 기회를 엿보다 한몫 잡으려는 작자들이라구."
"그런데" 하고 내가 말했다. "30분 후에 우리보고 만나자고 하더군."
"그건 결국 30분 동안은 만나고 싶지 않다는 말이겠지?"
"그렇지."
"사무실로 들어가세" 하고 호간이 말했다. "망할 놈의 사기꾼들 같으니."
30분쯤 후에 호간과 나는 2층으로 올라갔다. 우리는 잭의 방문을 두드렸다. 그들은 방 안에서 이야기를 하고 있었다.
"잠깐만 기다려" 하고 누군가가 말했다.
"망할 놈의 자식들" 하고 호간이 말했다. "날 만나고 싶으면 사무실로 내려와."
문의 잠금쇠를 푸는 소리가 들렸다. 스타인펠트가 문을 열었다.
"들어오게, 호간" 하고 그가 말했다. "우리 한잔 하자구."
"글쎄" 하고 호간이 말했다. "그것도 괜찮겠지."
우리는 방 안으로 들어갔다. 잭은 침대 위에 앉아 있었고 존과 모간은 각각 의자에 앉아 있었다. 스타인펠트는 서 있었다.
"아주 굉장한 친구들만 잔뜩 있군" 하고 호간이 말했다.
"잘 있었나, 대니" 하고 존이 말했다.
"잘 있었나, 대니" 하고 모간이 말한 후 악수를 했다.
잭은 아무 말이 없었다. 그는 그저 침대 위에 가만히 앉아 있었다. 친구들과 동떨어져 있는 듯한 인상이었다. 그는 완전히 자기 혼자였다. 그는 푸른색의 낡은 운동셔츠와 팬츠를 입고 권투화를 신고 있었다. 면도도 하지 않았다. 스타인펠트와 모간은 말쑥한 차림을 하고 있었다. 존 역시 상당히 멋쟁이였다. 잭은 아일랜드인답게 투박한 인상을 풍기며 앉아 있었다.
스타인펠트가 술병을 꺼내자 호간이 술잔을 몇 개 가져와서 모두 한 잔씩 마셨다. 잭과 나는 한 잔만 했으나 나머지 사람들은 계속해서 두세 잔씩 마셨다.
"돌아가는 길에 마시게 좀 남겨두지" 하고 호간이 말했다.
"걱정 말게, 아주 많으니까" 하고 모간이 말했다.
잭은 한 잔 외에는 더 마시지 않았다. 그는 일어서서 그들을 쳐다보고 있었다. 모간은 잭이 앉아 있던 침대에 앉았다.
"한잔 하게, 잭" 하면서 존이 술병과 잔을 그에게 내밀었다.
"아니야" 하고 잭이 말했다. "난 이런 분위기를 결코 좋아하지 않아."
그들은 모두 웃었다. 그러나 잭은 웃지 않았다.
그들은 떠날 때 모두 기분이 매우 좋았다. 그들이 차에 오르자 잭은 현관에 서 있었다. 그들은 그에게 손을 흔들었다.

"잘들 가라구" 하고 잭이 말했다.
 우리는 저녁 식사를 했다. 식사를 하는 동안 잭은 "이것 좀 건네주게" 또는 "저것 좀 건네주게"라는 말 이외에는 전혀 말이 없었다. 보건농장을 찾아온 그 두 손님도 우리와 같은 식탁에서 식사를 했다. 그들은 아주 좋은 사람들이었다. 식사를 마치고 우리는 현관으로 나갔다. 어느새 땅거미가 밀려들고 있었다.
 "산책이나 할까, 제리?" 하고 잭이 물었다.
 "거 좋지" 하고 내가 말했다.
 우리는 코트를 입고 나섰다. 큰길까지 나가는데도 꽤 멀었다. 큰길을 2.5킬로미터나 걸었다. 차들이 많이 지나다니는 바람에 우리는 차가 지나갈 때까지 길 옆으로 비켜서 있곤 했다. 잭은 아무 말도 하지 않았다. 어느 대형 자동차가 지나갈 수 있게 길가의 덤불 속으로 물러섰을 때 잭이 말했다. "이건 산책이라고 말할 수도 없구만! 농장으로 다시 돌아가자구."
 우리는 산 너머 샛길로 빠져서 들판을 가로질러 호간 농장으로 돌아갔다. 언덕 위에서 우리는 농장의 불빛을 볼 수 있었다. 집 앞에 다다르니 호간이 문간에 서 있었다.
 "산책은 잘했나?" 하고 호간이 물었다.
 "아, 좋았지" 하고 잭이 말했다. "이봐, 호간 술 좀 있나?"
 "그럼" 하고 호간이 말했다. "왜 그러나?"
 "방으로 올려보내주게" 하고 잭이 말했다. "오늘밤엔 잠 좀 자야겠어."
 "꼭 의사처럼 구는군" 하고 호간이 말했다.

"2층으로 올라오게, 제리" 하고 잭이 말했다.

2층으로 올라가자 잭은 두 손으로 머리를 감싸고 침대 위에 앉아 있었다.

"인생이란 이런 건가?" 하고 잭이 말했다.

호간이 1쿼트들이 술 한 병과 술잔 두 개를 갖고 들어왔다.

"진저에일이 필요한가?"

"내게 뭐가 필요할 것 같나, 내가 뭐 잘못되어 보이기라도 하나?"

"그냥 물어본 것뿐이야" 하고 호간이 말했다.

"한잔 하겠나?" 하고 잭이 물었다.

"아니야, 괜찮네" 하면서 호간이 방을 나갔다.

"자넨 어때, 제리?"

"자네하고 한잔 하지" 하고 나는 말했다.

잭은 두 잔을 따랐다. "자" 하고 그가 말했다. "천천히 마음 편하게 마셔보세."

"물을 좀 타지" 하고 내가 말했다.

"그러지" 하고 잭이 말했다. "그게 좋겠군."

우리는 아무 말 없이 술을 마셨다. 잭이 내게 또 한 잔을 따라주려 했다.

"아니야" 하고 내가 말했다. "난 이제 됐네."

"좋아" 하고 잭이 말했다. 그는 자기 잔에다 따르더니 물을 탔다. 그는 약간 술기운이 오르는 듯했다.

"오늘 오후에 여기 왔던 자식들 보통내기들이 아니라구" 하고 그는 말했다. "확실하지 않으면 절대로 모험을 하지 않는 놈들이거든. 그 두 녀석 다 말이야."
 그러더니 잠시 후에 "하긴" 하고 그는 말했다. "그 자식들이 옳은 거야. 모험을 해서 이로울 게 뭐 있겠나?"
 "한 잔 더 안 하려나, 제리?" 하고 그가 말했다. "자, 나하고 같이 하자구."
 "난 됐네, 잭" 하고 나는 말했다. "지금이 딱 좋아."
 "딱 한 잔만 더 하라구" 하고 잭이 말했다. 그는 술기운이 올라 마음이 느슨해지고 있었다.
 "좋아" 하고 나는 말했다.
 잭은 나에게 한 잔 따라주고 자기 잔에도 가득 따랐다.
 "자네도 잘 알겠지만" 하고 그가 말했다. "난 술을 아주 좋아해. 권투만 하지 않았더라면 굉장히 마셨을 거라구."
 "그렇지" 하고 나는 말했다.
 "잘 알겠지만" 하고 그가 말했다. "난 잃은 게 너무 많아. 권투 때문에 말이야."
 "돈은 많이 벌었잖아."
 "그래, 그것 때문에 이 짓을 하는 거라구. 잘 알겠지만 난 너무 많은 것을 잃고 있어, 제리."
 "그게 무슨 소리지?"
 "말하자면" 하고 그가 말했다. "마누라만 해도 그렇다구. 그리고 집을 너무 떠나 있게 되고 말이야. 그러니 딸자식들한테도 좋을 게 하나 없지. '네 아빠가 누구지?' 하고 그 또래 애들이 물어올 때 딸 애들은 '우리 아빠는 잭 브레넌이야' 하거든. 그게 뭐 좋을 게 있겠나."
 "쓸데없는 소리" 하고 내가 말했다. "문제는 딸애들에게 돈을 줄 수 있느냐 없느냐에 있는 거라구."
 "그야" 하고 잭이 말했다. "돈이야 충분히 줄 수 있지."
 그는 또 한 잔을 따랐다. 술병은 거의 비었다.
 "물을 좀 타게" 하고 내가 말했다. 잭은 물을 조금 부었다.
 "여보게" 하고 그가 말했다. "마누라 생각이 얼마나 간절한지 자넨 모를 걸세."
 "난 알아."
 "자네는 몰라. 그 심정이 어떤지 자넨 알 리가 없어."
 "그러니 시내에 있는 것보다는 이렇게 시골에 와 있는 게 더 나을 거야."
 "지금 나로선 말이야" 하고 잭이 말했다. "어디 있든 마찬가지라구. 그 심정을 자넨 모를 거야."
 "한 잔 더 들게."
 "내가 취했나? 말하는 게 우스운가?"
 "술기운이 점점 오르는군."
 "그 심정이 어떤지 자넨 모른다구. 그걸 아는 사람은 세상에 하나도 없어."
 "마누라 외에는" 하고 내가 말했다.
 "마누라야 알지" 하고 잭이 말했다. "마누라는 잘 알아. 알구말구. 모를 리가 없지."
 "거기 물 좀 타게" 하고 내가 말했다.
 "제리" 하고 잭이 말했다. "자넨 그 심정이 어떤지 모를 거야."
 그는 몹시 취했다. 그는 나를 빤히 쳐다보고 있었다. 좀 지나치다 싶을 만큼 빤히 쳐다보고 있었다.

"잠을 푹 잘 수 있을 거야" 하고 내가 말했다.

"이봐, 제리." 잭은 술잔을 내려놓았다. "나 지금 취하지 않았어, 알겠나? 내가 그 자식한테 얼마를 걸었는지 아나? 5만 달러야."

"상당한 액수로군."

"5만 달러" 하고 잭이 말했다. "2대 1로 걸었어. 그러니 2만 5천을 벌게 되는 거지. 그 자식한테 좀 걸라구, 제리."

"그거 괜찮은데" 하고 나는 말했다.

"내가 어떻게 그 자식한테 이기겠나?" 하고 잭이 말했다. "그건 속일 수 없어. 어떻게 그 자식한테 이기겠어? 그러니 그 자식한테 걸고 돈을 좀 벌라구."

"거기 물 좀 타게" 하고 내가 말했다.

"난 이 시합만 끝나면 그만이야" 하고 잭이 말했다. "권투에서 영원히 손을 뗄 거야. 난 질 게 뻔해. 그러니 왜 내가 그걸로 한몫 잡지 않겠나?"

"그야 그렇지."

"난 일주일이나 잠을 못 잤어" 하고 잭이 말했다. "뜬눈으로 밤을 새면서 머리가 돌 지경으로 근심 걱정을 했네. 난 잠을 잘 수가 없어, 제리. 잠을 이루지 못하는 고통이 어떤지 자넨 모를 거야."

"난 알아."

"잠을 잘 수가 없어. 그것뿐이야. 그저 못 잘 뿐이라구. 잠을 못 자는데 허구한 날 몸조심은 해서 뭘 하겠나?"

"안됐군."

"잠을 이루지 못하는 고통이 어떤지 자넨 모를 거야, 제리."

"물을 좀 타라구" 하고 내가 말했다.

글쎄, 한 11시쯤 되었을까, 잭은 곤드레만드레 취하고 말았다. 그도 그 지경이 되자 자지 않을 수 없었던 모양이다. 나는 그가 옷 벗는 것을 도와주고 침대에 눕혔다.

"푹 자겠군, 잭" 하고 내가 말했다.

"그럼" 하고 잭이 말했다. "이젠 자야지."

"잘 자게, 잭" 하고 내가 말했다.

"잘 자게, 제리" 하고 잭이 말했다. "내 친군 자네뿐이야."

"원, 세상에" 하고 내가 말했다.

"내 친군 자네뿐이야" 하고 다시 잭이 말했다. "자네뿐이라니까."

"어서 자기나 해" 하고 내가 말했다.

"자야지" 하고 잭이 말했다.

아래층에서는 호간이 사무실 책상 앞에 앉아서 신문을 읽고 있었다. 내가 내려가자 그가 얼굴을 들면서 "그래, 자네의 아기 같은 친구는 재웠나?" 하고 물었다.

"정신을 못 차리더군."

"못 자는 것보다 낫지" 하고 호간이 말했다.

"그럼."

"그렇지만 스포츠 기자들한테 그걸 설명해주려면 시간이 꽤 걸릴걸" 하고 호간이 말했다.

"자, 나도 이제 자야겠군" 하고 내가 말했다.

"잘 자게" 하고 호간이 말했다.

아침 8시쯤 나는 아래층으로 내려가서 아침 식사를 했다.

호간은 손님 둘을 데리고 체육관으로 운동시키려 가고 없었다. 나는 그리로 가서 그들이 운동하는 것을 구경했다.
"하나! 둘! 셋! 넷!" 하고 호간이 구령을 붙이고 있었다. "어잇, 제리" 하고 그가 말했다. "잭도 일어났나?"
"아니, 아직 자고 있어."
나는 내 방으로 돌아와서 시내로 돌아가기 위해 짐을 꾸렸다. 9시 30분이 되자 옆방에서 잭이 일어나는 소리가 들렸다. 그가 아래층으로 내려가는 소리를 듣고 나도 뒤따라 내려갔다. 잭은 식탁 앞에 앉아 있었고 호간이 들어와 식탁 옆에 서 있었다.
"기분은 어때, 잭?" 하고 내가 그에게 물었다.
"나쁘진 않아."
"잘 잤나?" 하고 호간이 물었다.
"잘 잤네" 하고 잭이 말했다. "혓바닥은 깔깔해도 머리는 안 아파."
"그럼 됐어" 하고 호간이 말했다.
"그건 좋은 술이었다구."
"술값은 계산서에 넣어두게" 하고 잭이 말했다.
"몇 시에 시내로 들어갈 건가?" 하고 호간이 물었다.
"점심 전에" 하고 잭이 말했다. "11시 기차로."
"앉으라구, 제리" 하고 잭이 말했다. 호간은 나갔다.
나는 식탁에 앉았다. 잭은 그레이프프루트(서인도 원산의 귤과 교목의 과실. 포도처럼 한 가지에 떼지어 열림)를 먹고 있었다. 씨가 있으면 수저에 뱉어서 접시에 털어놓곤 했다.
"내가 어젯밤에 술주정을 꽤 한 모양이야" 하고 그는 말을 꺼냈다.
"독한 술을 마셨으니까."
"쓸데없는 말을 많이 했을 거야."
"대단치 않았어."
"호간은 어디 갔나?" 하고 그가 물었다. 그는 그레이프프루트를 더 이상 먹지 않았다.
"사무실 앞에 나가 있어."
"시합에 돈을 거는 것에 대해서 내가 뭐라고 지껄였나?" 하고 잭이 물었다. 그는 수저를 들더니 그레이프프루트를 터뜨리는 장난을 했다. 그때 하녀가 햄 에그 샌드위치를 갖고 들어왔다가 그레이프프루트 그릇을 치우려 했다.
"우유 한 잔만 더 줘" 하고 잭이 하녀에게 말했다. 그녀는 그레이프프루트 그릇을 가지고 나갔다.
"자네 월콧한테 5만 달러를 걸었다고 했어" 하고 내가 말했다.
"그건 사실이야" 하고 잭이 말했다.
"거액이로군."
"기분이 썩 좋지 않아."
"무슨 일이 일어날지도 모르겠군."
"아니야" 하고 잭이 말했다. "그 자식은 타이틀을 굉장히 원하고 있어. 그 자식하고도 얘기가 잘될 거야."
"그건 알 수 없는 일이라구."
"아니야. 그 자식은 타이틀을 바래. 그 자식에겐 그것이 거액의 가치가 있거든."
"5만 달러는 거액이라구" 하고 내가 말했다.

"그건 일종의 거래야" 하고 잭이 말했다. "난 이기지 못해. 어쨌든 이기지 못한다는 건 자네도 잘 알잖아."

"링 위에 있는 동안은 기회는 있는 법이야."

"아니야" 하고 잭이 말했다. "난 틀렸어. 그건 단지 거래에 불과해."

"기분은 어때?"

"아주 좋아" 하고 잭이 말했다. "내게 필요한 건 오로지 잠이었으니까."

"잘 싸울 수 있겠군."

"멋진 시합을 보여주지" 하고 잭이 말했다.

아침 식사 후에 잭은 장거리 전화로 그의 아내와 통화를 했다. 그는 전화 박스 안에 있었다.

"여기 온 후로 그가 아내에게 전화를 거는 건 이번이 처음이야" 하고 호간이 말했다.

"편지는 매일 썼다구."

"그래" 하고 호간이 말했다. "편지는 한 통에 2센트밖에 안 드니까."

호간은 우리에게 작별 인사를 했고, 검둥이 안마사 브루스가 짐마차로 우리를 기차역까지 태워다주었다.

"안녕히 가십시오, 브레넌 씨" 하고 브루스가 말했다. "그 자식을 단 한 방에 때려눕히시길 바랍니다."

"잘 있게" 하고 잭은 말했다. 그는 브루스에게 2달러를 주었다. 브루스는 좀 실망하는 표정이었다. 내가 2달러를 쥐고 있는 브루스를 바라보자 잭이 나를 쳐다보았다.

"모두 계산서에 있어, 있다구" 하고 잭이 말했다. "호간이 안마값이라고 하며 내 앞으로 청구했더군."

시내로 가는 기차 안에서 잭은 입을 열지 않았다. 그는 모자띠에다 기차표를 꽂은 채 구석에 앉아서 창 밖만 내다보고 있었다. 딱 한 번 그는 나를 돌아보더니 말을 건넸다.

"마누라한테 오늘밤엔 셸비 호텔에다 방을 정할 거라고 말했지" 하고 그가 말했다. "가든 체육관에서 나와 바로 모퉁이만 돌면 있어. 내일 아침에는 집으로 갈 수 있겠지."

"좋은 생각이야" 하고 내가 말했다. "자네가 시합하는 걸 부인이 본 적 있나, 잭?"

"아니" 하고 잭이 말했다. "한 번도 본 적이 없어."

그가 시합 후에 바로 집으로 갈 생각을 하지 않는 것을 보면 형편없이 질 것을 예상하고 있는 게 틀림없었다. 시내에서 우리는 택시를 잡아타고 셸비 호텔로 갔다. 보이가 나와서 우리의 가방을 받아들었고 우리는 프런트로 갔다.

"방값이 얼마지?" 하고 잭이 물었다.

"2인실밖에 없는데요" 하고 사무원이 말했다. "10달러면 근사한 2인실을 드리겠습니다."

"그건 너무 비싼데."

"7달러짜리도 있습니다."

"목욕탕이 있나?"

"그럼요."

"자네도 나하고 같이 자는 게 어떤가, 제리?" 하고 잭이 말했다.

"아" 하고 내가 말했다. "난 매형 댁에 가서 자겠어."

"자네한테 방값을 내라는 게 아니야" 하고 잭이 말했다.

"그저 돈을 낸 만큼 쓰자는 거라구."

"숙박계 좀 써주시겠습니까?" 하고 사무원이 말했다. 그는 이름을 쳐다보았다. "238호입니다, 브레넌 씨."

우리는 엘리베이터를 타고 올라갔다. 침대가 두 개 있고 목욕탕으로 통하는 문이 달린 넓고 훌륭한 방이었다.

"아주 좋은데" 하고 잭이 말했다.

우리를 방으로 안내한 보이가 커튼을 걷고 가방을 들여왔다. 잭이 가만히 있어서 내가 그에게 25센트를 주었다. 잭은 세수를 하고 나가서 뭘 좀 먹자고 말했다.

우리는 지미 핸들리 식당에서 점심을 먹었다. 거기에는 사람들이 많았다. 우리가 반쯤 먹었을 때 존이 들어와서 우리와 자리를 함께 했다. 잭은 별로 말이 없었다.

"체중은 어떤가, 잭?" 하고 존이 그에게 물었다. 잭은 아주 많은 양의 점심을 먹어치우고 있던 참이었다.

"옷을 입고도 문제없다구" 하고 잭이 말했다. 그는 타고난 웰터급으로, 결코 살이 찌는 일이 없었다. 호간 농장에 있을 때는 체중이 오히려 줄었을 정도였다.

"하긴, 그건 언제나 자네가 조금도 걱정할 필요가 없었던 일이지" 하고 존이 말했다.

"그건 그래" 하고 잭이 말했다.

우리는 점심을 먹고 나서 체중을 재기 위해 가든 체육관으로 갔다. 3시까지 147파운드면 시합이 성립되었다. 잭은 수건을 두른 채 체중기 위에 올라섰다. 저울대가 움직이지 않았다. 월콧이 금방 닿고 나서 많은 사람들에게 둘러싸여 있었다.

"어디 얼마나 되나 좀 보세, 잭" 하고 월콧의 매니저인 프리드만이 말했다.

"좋아, 그럼 저 친구도 달아야 하네" 하고 잭은 턱으로 월콧을 가리켰다.

"수건은 내려놓으라구" 하고 프리드만이 말했다.

"얼마지?" 하고 잭은 체중을 재는 동료에게 물었다.

"143파운드야" 하고 뚱뚱한 친구가 말했다.

"잘 줄였군, 잭" 하고 프리드만이 말했다.

"저 친구도 재보라구" 하고 잭이 말했다.

월콧이 다가왔다. 그는 금발에다가 헤비급 선수처럼 어깨가 벌어지고 팔뚝이 굵었다. 다리는 별로 길지 않았다. 잭이 그보다 머리통 반만큼 키가 컸다.

"야아, 잭" 하고 그가 말했다. 그의 얼굴은 흉터투성이었다.

"야아" 하고 잭이 말했다. "기분은 어때?"

"좋아" 하고 월콧이 말했다. 그는 허리에 둘렀던 수건을 풀고 체중기 위에 올라섰다. 그는 어깨와 등이 유난히도 넓었다.

"146파운드 12온스."

월콧은 내려서면서 잭을 보고 싱긋 웃었다.

"그럼" 하고 존이 말했다. "잭이 자네보다 4파운드 가벼운 셈이군."

"시합 때는 더 차이가 날걸" 하고 월콧이 말했다. "지금 먹으러 갈 거니까."

우리는 돌아섰고 잭은 옷을 입었다.

5만 달러 161

"자식, 꽤나 억세 보이더군" 하고 잭이 나에게 말했다.

"꽤 많이 얻어맞은 모양이야."

"아, 그래" 하고 잭이 말했다. "자식을 때리는 건 어렵지 않겠어."

"어디로 가는 건가?" 잭이 옷을 다 입자 존이 물었다.

"호텔로 돌아가겠어" 하고 잭이 말했다. "준비는 다 됐겠지?"

"그럼" 하고 존이 말했다. "다 되어 있어."

"난 좀 누워 있어야겠어" 하고 잭이 말했다.

"내가 7시 15분 전에 갈 테니 함께 저녁이나 먹자구."

"좋아."

잭은 호텔로 돌아오자마자 신발과 외투를 벗고 잠시 누워 있었다. 나는 편지를 썼다. 몇 번 슬쩍 보았지만 잭은 꼼짝도 않고 누워 있을 뿐 잠을 자지는 않았다. 마침내 그는 일어나 앉았다.

"크리비지(카드 놀이의 일종)나 할까, 제리?" 하고 그가 말했다.

"좋지" 하고 나는 말했다.

그는 자기 여행 가방에서 카드와 크리비지 판을 꺼냈다. 그 게임에서 잭이 나한테 3달러를 땄다. 그때 존이 문을 두드리고 들어왔다.

"크리지비 하지 않겠나, 존?" 하고 잭이 그에게 물었다.

존은 탁자 위에 모자를 내려놓았다. 모자는 흠뻑 젖어 있었다. 외투 역시 젖어 있었다.

"비가 오나?" 하고 잭이 물었다.

"마구 쏟아져" 하고 존이 말했다.

"택시를 탔지만 길이 막혀서 그냥 내려서 걸어왔네."

"이리 오게, 크리비지나 하자구" 하고 잭이 말했다.

"나가서 뭘 좀 먹어야지."

"아니야" 하고 잭이 말했다. "아직 생각 없네."

그래서 그들은 30분 정도 크리비지를 했다. 잭이 존에게서 1달러 50센트를 땄다.

"자, 이제 먹으로 가야겠군" 하고 잭이 말했다. 그는 창가로 가더니 밖을 내다보았다.

"아직도 비가 오나?"

"응."

"그럼 호텔에서 먹지 뭐" 하고 존이 말했다.

"좋아" 하고 잭이 말했다. "우리 한 판만 더 해서 저녁 살 사람을 결정하기로 하세."

잠시 후 잭이 일어서면서 말했다. "자네가 사야겠군, 존." 그리고 우리는 아래층으로 내려가 넓은 식당에서 식사를 했다.

식사를 한 후 방으로 올라와서 잭은 존과 또 크리비지를 해서 2달러 50센트를 땄다. 잭은 꽤나 즐거워했다. 존은 잭의 소지품을 모두 챙겨넣은 가방을 들고 있었다. 잭은 칼라가 달린 셔츠를 벗고 메리야스와 두꺼운 털셔츠를 입었다. 밖에 나가도 감기에 걸리지 않기 위해서였다. 그리고 권투복과 가운은 가방에 넣었다.

"준비 다 되었나?" 하고 존이 그에게 물었다. "전화를 걸어서 택시를 부르겠네."

이내 전화벨이 울리더니 택시가 대기해 있다고 했다. 우리는 엘리베이터를 타고 내려가서 로비를 빠져나와 택시를 타고 가든 체육관으로 갔다. 비가 억수로 쏟아지는데도 거리에는 사람들이 많았다. 가든 체육관은 초만원이었다. 탈의실로 가는 길에도 사람들이 가득 차 있었다. 링까지는 800미터쯤 되는 것 같았다. 체육관 안은 온통 깜깜했고, 다만 링 위에 조명이 비치고 있었다.

"이렇게 비가 오는데 야구장에서 시합을 하지 않는 게 천만다행이군" 하고 존이 말했다.

"굉장한 인파인데" 하고 잭이 말했다.

"가든 체육관으로선 수용할 수 없을 만큼 많은 사람들을 끌 만한 시합이니까."

"날씨란 알 수가 없단 말이야" 하고 잭이 말했다.

존이 탈의실 문을 열고 얼굴을 쑥 들이밀었다. 잭은 가운을 입고 팔짱을 낀 채 마룻바닥을 내려다보고 있었다. 존은 보조원 두 명을 데리고 왔다. 그들도 존의 어깨 너머로 안쪽을 들여다보았다. 잭이 얼굴을 들었다.

"그 자식 나왔나?" 하고 그가 물었다.

"지금 막 내려갔네" 하고 존이 말했다.

우리가 내려가기 시작했을 때 월콧이 막 링 위로 올라가고 있었다. 관중은 그에게 요란한 박수를 보냈다. 그는 로프 사이로 기어올라가더니 두 주먹을 모으고 미소를 지었다. 그리고 관중을 향해 주먹을 흔들었다. 먼저 링 한 쪽에서, 다음에는 다른 쪽에서 흔든 후 자리에 앉았다. 잭은 관중 사이로 내려오면서 많은 박수를 받았다. 잭은 아일랜드인으로, 아일랜드인은 언제나 아주 많은 박수를 받게 마련이었다. 뉴욕에서는 유대인이나 이탈리아인에 비해 인기가 덜하지만, 그래도 언제나 많은 박수를 받았다. 잭이 링으로 올라가서 로프 사이로 들어가려고 몸을 굽히자 월콧이 자기 코너에서 다가오더니 잭이 들어올 수 있도록 로프를 아래로 눌러주었다. 관중은 그것을 훌륭한 행동으로 생각했다. 월콧은 잭의 어깨에 손을 얹었고, 그들은 잠시 그 자세로 서 있었다.

"이렇게 해서 인기 있는 선수가 되어 볼 생각인가보군" 하고 잭이 그에게 말했다. "내 어깨에서 이 더러운 손을 떼라구."

"진정해" 하고 월콧이 말했다.

이런 일은 관중에게는 정말 멋지게 보이는 법이다. 시합 전의 신사다운 태도. 서로의 행운을 비는 그 마음. 잭이 손에 붕대를 감고 있을 때 솔리 프리드만이 우리 코너로 건너왔고 존도 월콧의 코너로 갔다. 잭은 붕대 틈에 엄지손가락을 집어넣고 붕대를 깔끔하고 매끈하게 감았다. 내가 그것을 손목과 손가락 관절을 가로질러 테이프로 두 번 감았다.

"이봐" 하고 프리드만이 말했다. "그 테이프는 어디서 구했지?"

"만져보라구" 하고 잭이 말했다. "부드러워, 안 그런가? 시골뜨기 같은 짓 좀 작작 해."

잭이 다른 손에 붕대를 감는 동안 프리드만은 줄곧 거기에 서 있었다. 잭을 도와줄 보조원 하나가 글러브를 가져와서 내가 그것을 끼고 여기저기 살펴보았다.

"이봐, 프리드만" 하고 잭이 물었다. "저 월콧이란 작자는 국적이 어디지?"

"모르겠는데" 하고 솔리는 말했다.

"아마 덴마크 계통일 거야."

"보헤미아인이에요" 하고 글러브를 가져온 청년이 말했다.

심판이 링 중앙으로 그들을 불러내자 잭이 걸어나갔다. 월콧은 빙그레 웃으면서 나왔다. 두 사람은 마주 섰고 심판은 그들의 어깨에 팔을 얹었다.

"어이, 인기 선수" 하고 잭이 월콧에게 말했다.

"진정하라구."

"자넨 뭣 때문에 '월콧'이라는 이름을 붙였지?" 하고 잭이 말했다. "그게 검둥이 이름이라는 걸 몰랐나?"

"잘 들어 ──" 하고 심판은 말했다. 그리고 예의 주의 사항을 늘어놓았다. 월콧이 한 번 그의 말을 막았다. 그는 잭의 팔을 붙들면서 말했다. "이 친구가 나를 이렇게 붙들었을 때는 내가 쳐도 되죠?"

"이 손 치워" 하고 잭이 말했다. "이건 영화가 아니야."

그들은 자기 코너로 돌아갔다. 내가 잭의 가운을 벗겨주자 그는 로프에 의지해서 몇 차례 무릎을 굽혔다 편 다음 로진(송지(松脂)에서 테레빈유를 증류한 뒤에 남은 찌꺼기)에다 신발을 비벼댔다. 공이 울리자 잭은 재빨리 돌아서서 앞으로 나갔다. 월콧도 그에게 다가왔고 그들은 서로 글러브를 맞댔다. 월콧이 손을 내리기가 무섭게 잭은 그의 얼굴에 레프트를 두 번 날렸다. 잭만큼 주먹을 잘 날리는 선수는 없었다. 월콧은 턱을 가슴에 묻고 계속 앞으로 나오면서 잭을 쫓았다. 그는 훅이 특기여서 두 손을 비교적 아래로 내리고 있었다. 그가 아는 것이라곤 오로지 파고들어서 강타를 먹이는 것뿐이었다. 그러나 그가 파고들 때마다 잭은 그의 얼굴에 레프트를 날렸다. 그것은 마치 자동 장치 같았다. 잭이 왼손을 쳐들기만 하면 그것은 월콧의 얼굴로 날아갔다. 그는 서너 번 라이트를 날렸지만 월콧이 어깨로 막아내거나 고개를 숙여 피했다. 월콧은 다른 훅 선수들과 조금도 다르지 않았다. 그가 두려워하는 상대는 오직 자기와 같은 훅 선수뿐이었다. 그는 타격을 입을 만한 부위는 모두 방어하고 있었다. 얼굴에 레프트가 날아오는 것쯤은 조금도 개의치 않았다.

 4회전이 끝날 무렵 잭은 그를 피투성이로 만들었고, 그의 얼굴은 형편없게 되었다. 그러나 월콧은 파고들 때마다 아주 강한 펀치를 터뜨려 잭의 양쪽 갈빗대 바로 밑에는 커다랗게 붉은 부위가 생겨났다. 그가 파고들 때마다 잭은 그를 껴안고 한 손을 빼내어 어퍼컷(상대방의 턱을 밑에서 올려치는 공격법)을 먹이곤 했지만, 월콧이 양손을 빼서 잭의 몸통에 강타를 넣을 땐 그 소리가 어찌나 큰지 장외(場外)까지 들릴 정도였다. 그는 무시무시한 펀치력을 갖고 있었다.

 그후 3회전이 모두 그런 식으로 진행되었다. 그들은 말 한마디 하지 않았다. 그저 싸우기만 했다. 휴식 시간엔 우리도 잭을 위해 열심히 움직였다. 그는 컨디션이 그리 좋은 것 같진 않았지만 원래 링 위에서 많이 움직이는 편이 아니었다. 그러나 그의 왼손만은 마치 월콧의 얼굴과 연결되어 있어서 잭이 원하기만 하면 언제든지 자동으로 날아가는 것 같았다. 잭은 접근전을 펼 때는 늘 침착하기 때문에 조금도 힘을 소모하지 않았을 뿐만 아니라 접근전 때는 어떻게 해야 한다는 것을 잘 알고 있어서 여러 가지 방법으로 빠져나왔다. 그들이 우리 코너 쪽에서 싸울 때, 나는 잭이 월콧을 껴안고 오른손을 빼내 글러브 끝으로 월콧의 콧등을 올려치는 것을 보았다. 월콧은 피를 몹시 흘렸고 잭의 어깨에다 코를 비벼대서 피를 묻히려 했다. 그러자 잭은 어깨를 살짝 들치면서 그의 코에 한 방 먹인 뒤 오른손을 아래로 내렸다가 똑같은 식으로 주먹을 날렸다.

월콧은 머리끝까지 화가 치밀어 있었다. 5회전이 끝날 무렵 그는 잭에게 증오심을 품게 되었다. 잭은 화를 내지 않았다. 다시 말해 평소와 조금도 다를 바가 없었다. 그는 확실히 상대로 하여금 시합에 진저리가 나게끔 하는 재주가 있었다. 그가 키드 루이스를 그토록 미워하는 것도 바로 그 때문이었다. 그는 결코 루이스를 약올리지 못했다. 키드 루이스는 잭이 쓰지 못하는 비열한 새 수법을 언제나 서너 가지씩 갖고 있었다. 잭은 힘이 있는 동안은 링 위에서 항상 절대 안전했다. 그는 확실히 월콧을 까다롭게 다루고 있었다. 재미있는 것은 잭이 마치 전형적인 오픈 복서처럼 보이는 일이었다. 그것도 따져보면 그가 그런 기질을 갖고 있기 때문이었다.

7회전이 끝난 뒤 잭이 말했다. "왼쪽 주먹이 점점 무거워지는데."

그때부터 그는 얻어맞기 시작했다. 처음에는 그것이 눈에 띄지 않았다. 그러나 그가 쥐고 있던 시합의 주도권은 이제 월콧에게 넘어갔고, 항상 안전하던 상태에서 벗어나 그는 곤경에 처하게 되었다. 그는 이제 왼손으로 월콧의 접근을 막

아내지 못했다. 겉으로 보기에는 전과 다름이 없는 것 같았지만, 다만 빗맞곤 하던 월콧의 펀치가 이제는 정확하게 그를 강타했다. 잭은 몸에 굉장한 타격을 받았다.

"몇 회전이지?" 하고 잭이 물었다.

"11회전이야."

"못 버티겠어" 하고 잭이 말했다. "다리가 마음대로 움직이질 않아."

월콧은 상당히 오랫동안 그를 두들겨대고 있었다. 그것은 마치 야구에서 캐처가 공을 끌어들이며 받아서 그 충격을 흡수하는 것과 비슷했다. 이때부터 월콧은 강펀치를 날리기 시작했다. 확실히 그는 펀치 제조기였다. 이제 잭은 펀치를 막는 데 급급할 따름이었다. 보기에는 그가 맞고 있는 펀치가 그렇게 무시무시한 것 같지 않았다. 휴식 시간마다 나는 그의 다리를 주물러주었다. 그때마다 그의 근육은 내 손 밑에서 부들부들 떨렸다. 그의 몸은 그야말로 엉망진창이 되었다.

"어떻게 되어가고 있지?" 그는 퉁퉁 부어오른 얼굴로 존을 돌아다보며 물었다.

"그 자식이 유리해."

"난 끝까지 버틸 수 있을 것 같아" 하고 잭이 말했다. "저런 깡패 같은 자식한테 나가떨어지고 싶지 않아."

시합은 그가 예상했던 대로 진행되었다. 그는 월콧을 이기지 못한다는 것을 알고 있었다. 그는 이미 강자가 아니었다. 그래도 걱정할 것은 없었다. 돈은 들어올 것이고, 이제는 시합을 만족스럽게 끝내고 싶었다. 녹아웃당하고 싶지는 않았다.

공이 울려서 우리는 그를 내보냈다. 그는 천천히 나갔다. 월콧이 그에게 바싹 따라붙었다. 잭이 그의 얼굴에 레프트를 뻗었으나 월콧은 그것을 받으면서도 밑으로 파고들어 잭의 몸통을 치기 시작했다. 잭은 그를 껴안으려 했으나 그것은 마치 둥근 톱을 붙잡으려 것과 같았다. 잭은 빠져나와 라이트를 쳤으나 빗맞았다. 월콧이 레프트 훅을 넣자 잭은 쓰러지고 말았다. 그는 손과 무릎을 딛고 엎어져서 우리를 바라보았다. 심판은 카운트를 하기 시작했다. 잭은 우리를 쳐다보며 머리를 흔들었다. 여덟을 세자 존이 그에게 몸짓을 했다. 관중들의 함성 때문에 말은 들리지 않았다. 잭은 일어났다. 심판은 카운트를 하는 동안 한 손으로 월콧을 막고 있었다.

잭이 일어나자 월콧은 다시 그에게 달려들기 시작했다. "조심해, 지미" 하고 솔리 프리드만이 그에게 외치는 소리가 들렸다.

월콧이 잭을 노려보며 앞으로 다가갔다. 잭은 그에게 레프트를 날렸다. 월콧은 머리를 흔들었을 뿐이었다. 그는 잭을 로프로 몰아넣고 쓱 훑어보더니 잭의 옆구리에 아주 가벼운 훅을 넣으면서 될 수 있는 한 낮게 그의 몸통에다 있는 힘을 다해 라이트 펀치를 날렸다. 벨트에서 5인치 아래 부위를 쳤음에 틀림없었다. 나는 잭의 눈알이 튀어나오는 줄 알았다. 눈알이 앞으로 불쑥 나왔고 입은 쩍 벌어졌다.

심판이 월콧을 붙들었다. 잭은 발을 앞으로 내디뎠다. 그대로 쓰러지게 되면 5만 달러는 날아가버린다. 그는 내장이 모두 쏟아져나오려는 것처럼 휘청거렸다.
"아래를 친 게 아니야" 하고 그가 말했다. "우연이었어."
관중들의 함성 때문에 아무 소리도 들리지 않았다.
"괜찮아" 하고 잭이 말했다. 그들은 바로 우리 앞에 와 있었다. 심판이 존을 쳐다보며 머리를 흔들었다.
"덤벼라, 이 폴란드 개새끼야" 하고 잭이 월콧에게 말했다.
존은 로프를 붙잡고 있었다. 그는 언제든지 던질 수 있도록 타월을 들고 있었다. 잭은 로프에서 약간 떨어진 곳에 서 있었다. 그는 한 걸음 앞으로 다가섰다. 그의 얼굴에서는 마치 짜내는 것처럼 땀이 흘렀고, 큰 땀방울 하나가 코 밑으로 떨어졌다.
"자, 덤벼라" 하고 잭이 월콧에게 말했다.
심판은 존을 쳐다보고 나서 월콧에게 계속하라고 손짓을 했다.
"덤벼라, 이 얼간아" 하고 그는 말했다.
월콧은 덤벼들었다. 그도 어쩔 줄을 몰라 했다. 그는 잭이 그 펀치를 맞고도 버틸 줄은 꿈에도 생각지 못했던 것이다. 잭이 그의 얼굴에 레프트를 날렸다. 체육관이 떠나갈 듯한 관중들의 함성은 그치지 않았다. 그들은 바로 우리 앞에 있었다. 월콧이 그를 두 번 갈겼다. 잭의 얼굴은 일찍이 보지 못했을 만큼 험악해졌다 —— 그 험악한 표정! 그는 있는 힘을 다해 버티고 있었고 그것이 얼굴에 역력히 나타났다. 그는 마치 생각에 잠긴 듯 그의 육체가 부숴지는 그 자리에 서서 고통을 참고 있었다.
그러다가 그는 펀치를 날리기 시작했다. 그의 얼굴은 시종

험악했다. 그는 두 팔을 옆구리 아래로 낮게 내리고 월콧을 향해 휘두르기 시작했다. 월콧은 막아댔지만 잭은 월콧의 머리를 향해 난폭하게 주먹을 휘둘렀다. 그리고 잭의 레프트가 월콧의 사타구니에 떨어졌고 라이트는 잭이 그에게 얻어맞은 바로 그 자리를 쳤다. 벨트의 훨씬 아랫부분이었다. 월콧은 쓰러지면서 얻어맞은 곳을 붙잡고 뒹굴며 몸을 비틀어댔다.

심판이 잭을 붙잡더니 그를 코너로 보냈다. 존이 링 위로 뛰어올라갔다. 관중의 함성은 그치지 않았다. 심판이 배심원들과 상의를 하더니 아나운서가 확성기를 들고 링 위로 올라가서 "반칙에 의한 월콧의 승리"라고 말했다.

심판이 존과 이야기를 하면서 말했다. "어쩔 도리가 있어야지? 잭은 반칙은 하지 않으려 했지만 그로기 상태가 되더니 반칙을 범하고 만 거야."

"어쨌든 진 시합이었어" 하고 존이 말했다.

잭은 의자에 앉아 있었다. 나는 그의 글러브를 벗겨주었고, 그는 의자에 앉은 채 양손으로 몸을 지탱하고 있었다. 몸을 지탱하게 되자 그의 얼굴은 그렇게까지 나빠 보이지 않았다.

"가서 미안하다고 하게" 하고 존이 그의 귀에다 속삭였다. "그래야 보기 좋을 거야."

잭은 일어섰고 얼굴에는 온통 땀이 흘러내렸다. 내가 가운을 걸쳐주자 그는 가운 밑의 부상 부위를 한 손으로 움켜쥐고 링을 가로질러 갔다. 그들은 월콧을 돌보고 있었을 뿐 아무도 잭에게 말을 걸지 않았다. 그는 월콧에게 몸을 기울였다.
"미안하네" 하고 잭이 말했다. "고의로 반칙을 한 건 아니야."
윌콧은 아무 말도 하지 않았다. 그는 아주 울화가 치미는 것처럼 보였다.
"어쨌든, 이제 자네가 챔피언이야" 하고 잭이 그에게 말했다.
"그 덕에 재미 톡톡히 보게."
"그 친구를 가만 내버려두라구" 하고 솔리 프리드만이 말했다.
"어이, 솔리" 하고 잭이 말했다. "자네 선수한테 반칙을 해서 미안하군."
프리드만은 그저 그를 바라다볼 뿐이었다.
잭은 절룩거리는 우스꽝스러운 걸음걸이로 자기 코너로 돌아왔다. 우리는 그를 부축해서 로프 사이로 내려와 기자석을 지나 통로를 거쳐 밖으로 나왔다. 많은 사람들이 잭의 등을 두드려주려고 했다. 그는 그들 사이를 가운 바람으로 헤치고 나와 탈의실로 갔다. 윌콧의 승리는 사람들이 예상했던 것이었다. 가든 체육관에서의 도박은 그런 식이었다.
탈의실로 들어가자 잭은 드러누워서 눈을 감았다.
"호텔로 가서 의사를 불러야겠어" 하고 존이 말했다.
"뱃속이 모두 터졌나봐" 하고 잭이 말했다.
"미안하기 짝이 없네, 잭" 하고 존이 말했다.
"천만에" 하고 잭이 말했다.
그는 눈을 감은 채 그대로 누워 있었다.

"그 자식들은 멋진 속임수를 쓰려고 했던 게 틀림없어" 하고 존이 말했다.

"자네 친구들 모간과 스타인펠트 말이야" 하고 잭이 말했다. "자넨 좋은 친구들을 두었군그래."

그는 이제는 눈을 뜨고서 누워 있었다. 그의 얼굴은 아직도 험악하게 일그러져 있었다.

"그렇게 많은 돈이 오가는 상황에서 머리가 빨리 돌아간다는 건 참 기묘한 일이군" 하고 잭이 말했다.

"자네도 보통내긴 아니군, 잭" 하고 존이 말했다.

"아니야" 하고 잭이 말했다. "조금도 그렇지 않아."

## 프란시스 매코머의 짧고도 행복한 생애

　점심때였다. 그들 모두는 아무 일도 없었던 것처럼 식당용 텐트의 이중으로 된 초록색 내림천 밑에 앉아 있었다.
　"라임 주스를 드시겠소, 아니면 레몬 스쿼시(레몬즙을 탄 소다수)를 드시겠소?" 하고 매코머가 물었다.
　"난 김릿(보드카(진), 라임 주스를 탄 칵테일의 일종)으로 하겠습니다" 하고 로버트 윌슨이 대답했다.
　"나도 김릿으로 한잔 하겠어요" 하고 매코머의 아내가 말했다.
　"그럼 그러는 게 좋을 것 같군" 하고 매코머도 동의를 했다. "보이한테 김릿 석 잔 해오라고 해."
　식당 보이는 물방울이 맺힌 냉각용 즈크 주머니에서 술병을 꺼내 이미 칵테일을 만들고 있었다. 텐트에 그늘을 드리우고 있는 나무들 사이로 바람이 불어왔다.
　"저 사람들에겐 얼마나 주면 되겠소?" 하고 매코머가 물었다.

"1파운드면 충분합니다" 하고 윌슨이 말했다. "저 사람들 버릇을 나쁘게 들이면 곤란하니까요."

"두목이 나눠줄까요?"

"그럼요."

30분 전에 프랜시스 매코머는 요리사, 잔심부름을 하는 보이들, 가죽 벗기는 사람, 짐꾼들과 함께 그들이 운반하는 손수레에 앉아 야영지 끝에서 텐트까지 의기양양하게 돌아왔다. 엽총을 운반하는 인부는 그 축하 행렬에 끼지 않았다. 토인 청년들이 그를 텐트 앞에 내려놓자 그는 그들 모두와 악수를 나누며 축하 인사를 받은 다음 텐트 안에 있는 침대에 걸터앉아서 아내가 들어오기를 기다렸다. 그러나 그녀는 들어와서도 그에게 말을 걸지 않았다. 그는 곧 텐트에서 나와 휴대용 세면기에서 얼굴과 손을 씻고 식당용 텐트로 가서 산들바람이 불어오는 그늘 아래 놓인 편안한 삼베 의자에 앉았다.

"드디어 사자를 잡으셨군요" 하고 로버트 윌슨이 그에게 말했다. "게다가 아주 근사한 놈인데요."

매코머 부인은 윌슨을 흘끗 쳐다보았다. 그녀는 굉장한 미인으로, 5년 전에 자기는 한 번도 써본 적이 없는 어떤 화장품 광고 사진 모델이 되어 5,000달러를 받은 일이 있는 미모와 사회적 지위를 아직도 고스란히 간직하고 있는 여자였다. 그녀는 프랜시스 매코머와 결혼한 지 11년이 되었다.

"멋진 사자지, 안 그래?" 하고 매코머가 말했다. 그의 아내는 그때서야 그를 쳐다보았다. 그녀는 이 두 남자를 마치 처음 보는 것처럼 쳐다보았다.

사실 그 두 사람 중 백인 수렵가 윌슨은 전에는 한 번도 본 적이 없는 사람이었다. 그는 연한 갈색 머리칼에 짧고 빳빳한 콧수염, 아주 붉은 얼굴에다 무척 싸늘한 푸른 눈을 가졌고, 그 눈 가장자리에는 잔주름이 잡혀 있어서 미소를 지을 때는 기분 좋게 홈이 패이는 보통 키의 사나이였다. 지금 그는 그녀에게 그 미소를 지어보였는데, 그녀는 그의 얼굴에서 시선을 돌려 왼쪽 가슴의 포켓 자리에 네 개의 커다란 탄약창이 매달려 있는 헐렁한 튜닉을 걸친 어깨와 커다란 갈색의 손, 낡은 바지, 무척 더러운 장화를 훑어본 다음 다시 그 붉은 얼굴을 바라보았다. 햇빛에 탄 그의 붉은 이마에는, 지금 텐트 기둥 못에 걸려 있는 스테트슨 모자(챙이 넓고 운두가 높은 카우보이의 모자) 자국이 남아 얼굴에 금을 그은 것처럼 동그랗게 하얀 선을 이루고 있는 것이 그녀의 눈에 띄었다.

"자, 사자를 위해 건배합시다" 하고 로버트 윌슨이 말했다. 그는 다시 그녀에게 미소를 지어보였지만, 그녀는 미소도 짓지 않고 신기한 듯이 남편을 쳐다보았다.

프란시스 매코머는 그다지 크지 않은 골격이지만 키가 매우 커서 체격이 좋아 보이고, 거무스름한 얼굴에 머리는 조정(漕艇) 선수처럼 짧게 깎은 데다 입술은 얇은 편으로 미남이라고 할 수 있었다. 그는 윌슨이 입은 것과 같은 종류의 수렵복을 입고 있었는데 다만 그의 옷은 새것이었다. 나이는 서른다섯이고 무척 건강했다. 그는 테니스를 잘했으며 몇 번 큰 고기를 낚은 기록도 있었지만, 바로 조금 전에는 여러 사람 앞에서 겁쟁이라는 것을 드러내고 말았던 것이다.

"사자를 위해서" 하고 그가 말했다. "당신이 도와준 데 대해 뭐라 감사해야 좋을지 모르겠소."
그의 아내 마가레트는 그에게서 시선을 돌려 다시 윌슨을 쳐다보았다.
"사자 얘긴 그만 하세요" 하고 그녀가 말했다.
윌슨이 미소를 짓지 않고 그녀에게 눈을 돌렸을 때 이번에는 그녀 쪽에서 미소를 지어보였다.
"오늘은 참 이상한 날이었어요" 하고 그녀가 말했다. "한낮에는 천막 아래에서도 모자를 쓰고 있어야 하지 않을까요? 제게 그렇게 말씀하시지 않았던가요?"
"쓰고 있는 게 좋겠죠" 하고 윌슨이 말했다.
"얼굴빛이 정말 붉으시군요, 윌슨 씨" 하고 말한 뒤 그녀는 다시 미소를 지었다.
"술 때문이겠죠" 하고 윌슨이 말했다.
"난 그렇게 생각하지 않아요" 하고 그녀가 말했다. "프란시스도 술을 많이 마시는 편인데 얼굴은 전혀 붉어지지 않거든요."
"오늘은 붉어진걸" 하고 매코머는 농담을 하려고 했다.
"아니에요" 하고 마가레트가 말했다. "오늘 얼굴이 붉어진 사람은 바로 나라구요. 그러나 윌슨 씨의 얼굴은 언제나 붉거든요."
"그건 인종이 다르기 때문이겠죠" 하고 윌슨이 말했다. "그런데 저를 화제로 삼지 말아주세요."
"이제 금방 시작한걸요."
"그 얘긴 그만둡시다."

"애기가 점점 까다로워질 것 같군요" 하고 마가레트가 말했다.

"쓸데없는 소릴랑 그만 해, 마고트" 하고 그녀의 남편이 말했다.

"까다로울 거 없어요" 하고 윌슨이 말했다. "기가 막히게 멋진 사자를 잡았으니까요."

마고트는 그 두 사람을 쳐다보았고 그들은 그녀가 울음을 터뜨릴 것 같다는 것을 눈치챘다. 윌슨은 아까부터 그녀가 울음을 터뜨릴지도 모른다는 것을 알고 걱정하고 있었다. 그러나 매코머는 걱정하는 정도는 아니었다.

"그런 일이 일어나지 않았으면 좋았을 것을. 아, 그런 일이 일어나지 않았으면 좋았을 것을" 하고 말하며 그녀는 자기 텐트로 가버렸다. 그녀는 우는 소리를 내지는 않았지만 입고 있는 장밋빛 셔츠 밑으로 어깨가 들먹거리는 것이 보였다.

"여자들은 금방 속이 뒤집히나보죠" 하고 윌슨은 키 큰 사나이에게 말했다. "아무것도 아닌 걸 갖고 말입니다. 신경이 날카로워진 데다 여러 가지 일이 계속 일어나서 그런가보군요."

"아니오" 하고 매코머가 말했다. "이제 나는 그 일이 일평생 마음에 걸릴 거요."

"말도 안 되는 소리 그만 하십시오. 위스키나 한잔 합시다" 하고 윌슨이 말했다. "모두 잊어버리세요. 그까짓 일을 갖고 뭘 그러십니까."

"잊도록 해보죠" 하고 매코머가 말했다. "하지만 당신이 날 위해서 해준 일은 잊을 수 없을 거요."
 "아무것도 아닌 걸 갖고" 하고 윌슨이 말했다. "원 별 말씀을!"
 그런 이야기를 나누며 그들은 울퉁불퉁한 바위 낭떠러지를 등지고 있는, 위쪽이 넓게 퍼진 아카시아나무 밑에 친 텐트 그늘에 앉아 있었다. 앞에는 자갈투성이의 개울 둑까지 풀밭이 뻗쳐 있고 그 너머는 숲이었다. 보이들이 점심을 차리는 동안 두 사람은 아주 알맞게 찬 김릿을 마시면서 서로의 시선을 피했다. 윌슨은 보이들이 이제는 모두 그 일을 알고 있다는 것을 눈치챌 수 있었고, 매코머의 시중을 드는 소년이 식탁 위에 음식을 갖다놓으면서 호기심에 찬 눈초리로 주인의 거동을 살피는 것을 보자 그는 스와힐리어(중앙 아프리카의 혼합어. 현재는 잰지바르 방언이 표준어임)로 호통을 쳤다. 그러자 소년은 멋쩍은 얼굴로 저쪽으로 가버렸다.
 "저 소년에게 뭐라고 했소?" 하고 매코머가 물었다.
 "아무것도 아닙니다. 정신을 차리고 있지 않으면 아주 매운 놈으로 열다섯 대쯤 갈겨준다고 했지요."
 "그게 무슨 말이죠? 매질 말인가요?"
 "그게 법에 어긋나는 일이긴 합니다" 하고 윌슨이 말했다. "벌금을 물게 되어 있지요."
 "그럼 당신은 아직도 그들에게 매질을 합니까?"
 "아, 그럼요. 그들도 불평을 하기로 마음만 먹는다면 일대 폭동이라도 일으킬 겁니다. 그러나 그렇지 않거든요. 놈들은 벌금을 물리는 것보다는 매질을 더 좋아합니다."
 "원 세상에!" 하고 매코머가 말했다.

"조금도 희한한 일이 아닙니다" 하고 윌슨이 말했다. "당신 같으면 어느 쪽을 택하겠습니까? 매를 맞겠습니까, 돈벌이를 단념하겠습니까?"

그러자마자 그는 그런 질문을 던진 것이 멋쩍었는지 매코머가 뭐라 대답하기도 전에 다시 말을 이었다.

"어떤 의미에선 우리 모두 매일 매를 맞고 있는 셈이죠."

이 말 역시 신통치 않았다. '제기랄' 하고 그는 생각했다. '내가 무슨 외교가나 된답시고.'

"그렇소. 우리는 매를 맞고 있는 거요" 하고 매코머는 여전히 그를 쳐다보지 않으면서 말했다. "난 그 사자 사건 때문에 너무나 불쾌합니다. 그 일이 더 이상 알려질 필요는 없잖소, 안 그런가요? 내 말은, 그 일에 대한 소문을 그 누구도 들을 건 없잖느냐 하는 말입니다."

"그 말씀은 내가 마사이가 클럽에서 그 얘길 할지도 모른다는 뜻인가요?" 윌슨이 이번에는 그를 쌀쌀맞게 쳐다보았다. 그는 이런 말이 나오리라고는 꿈에도 생각지 못했던 것이다. 그러고 보면 이 친구는 지독한 겁쟁이일 뿐만 아니라 형편없는 자식이로군, 하고 그는 생각했다. 그래도 오늘까지는 이 친구에게 호감을 갖고 있었는데. 미국 사람의 속마음을 제대로 안다고 하는 건 정말 얼마나 어려운 일인가?

"천만에요" 하고 윌슨은 말했다. "난 직업 사냥꾼입니다. 우린 손님에 관한 이야기는 절대로 하지 않습니다. 그 점에 대해선 안심하셔도 됩니다. 하지만 말을 하지 말라고 요구하시는 건 점잖은 태도가 아닌 것 같군요."

그는 이제부터는 신경을 쓰지 않는 편이 속 편하겠다고 마음먹었다. 식사도 혼자 하고, 식사를 하면서도 책을 읽을 수 있을 것이다. 그들은 그들끼리 먹으면 된다. 수렵 여행을 하는 동안 극히 형식적인 일로만 그들을 만나면 되는 것이다 —— 그런 것을 프랑스 사람들은 뭐라고 하더라? 품위 있는 배려라고 하던가 —— 그러는 편이 이 따위 지저분한 감정에 휩싸이는 것보다 훨씬 속 편한 것이다. 톡톡히 창피나 주고 놈과는 깨끗이 손을 끊기로 하자. 그러면 식사를 하면서도 책을 읽을 수 있고. 또 그들의 위스키도 계속 마실 수 있잖은가. 수렵 여행이 형편없을 때 하는 말이 있다. 즉 다른 백인 수렵가를 만났을 때 "재미가 어때?" 하고 물어서 "아, 아직 놈들의 위스키를 마시고 있네"라는 대답이 나오면 그것은 만사가 엉망이 되었다는 뜻인 것이다.

"미안하군요" 하고 말한 뒤 매코머는 중년이 되어도 앳된 티를 벗지 못하는 미국인 특유의 얼굴로 그를 쳐다보았다. 윌슨은 그의 짧은 머리, 대단치는 않지만 약삭빠르게 보이는 아름다운 눈, 잘생긴 코, 얇은 입술, 멋진 턱을 바라보았다. "그런 걸 미처 깨닫지 못하다니, 미안합니다. 세상엔 알지 못하는 일들이 참 많군요."

그러니 어떻게 한단 말인가, 하고 윌슨은 생각했다. 그는 언제라도 깨끗이 손을 끊을 생각인데, 이 거지 같은 자식은 금방 자기를 모욕하고 나서 사과를 하고 있잖은가. 그는 다시 한 번 시험해보았다. "내가 소문을 퍼뜨리지나 않을까 하고 걱정하진 마십시오" 하고 그가 말했다. "나도 먹고살아야 하니까요. 아프리카에선 여자라도 사자를 놓치는 일이 없고, 백인이 도망을 친다는 건 생각도 못할 일이긴 합니다."

"난 토끼 새끼처럼 도망쳤소" 하고 매코머가 말했다.
이런 식으로 말하는 사람을 도대체 어떻게 상대해야 한단 말인가, 하고 윌슨은 생각했다.
윌슨는 그 생기 없고 파란 기관총 사수와 같은 눈으로 매코머를 쳐다보았다. 그러자 그는 윌슨에게 미소를 지어보였다. 기분이 상했을 때의 그의 눈빛을 알아채지 못하는 사람에게 그의 미소는 즐겁게 보였을 것이다.
"물소 사냥 때 난 명예를 회복할 수 있을 거요" 하고 그가 말했다. "다음번엔 물소 사냥이죠, 아닌가요?"
"원하신다면 내일 아침이라도 좋습니다" 하고 윌슨이 그에게 말했다. 아마 그의 생각이 잘못되었던 모양이다. 확실히 이런 식으로 응수해야 하는 것이다. 미국인은 정말 어떤 족속인지 알 수가 없다. 그는 다시 전적으로 매코머 편이 되고 말았다. 오늘 아침 일을 잊을 수만 있다면 말이다. 그러나 물론 잊을 수는 없다. 오늘 아침의 일은 정말이지 형편없는 꼴불견이었다.
"부인께서 오시는군요" 하고 그는 말했다. 그녀는 원기를 회복한 듯 명랑했다. 그녀의 얼굴은 완벽한 달걀형으로 아주 사랑스러웠다. 너무 완벽해서 백치가 아닐까 하는 생각이 들 정도였다. 그녀는 멍청하지 않아, 하고 윌슨은 생각했다. 천만에, 절대로 백치가 아니야.
"붉은 얼굴의 미남자 윌슨 씨, 어때요? 프란시스, 당신도 기분이 좀 나아졌나요?"
"응, 아주 좋아졌어" 하고 매코머가 말했다.
"난 모든 걸 깨끗이 잊었어요" 하고 그녀는 식탁에 앉으면서 말했다. "프란시스가 사자를 잘 잡든 못 잡든, 그게 뭐 그리 중요하죠? 그건 그이의 직업이 아니잖아요. 그건 월슨 씨의 직업이에요. 월슨 씨는 뭐든지 아주 멋지게 죽이죠. 당신은 뭐든지 죽일 수 있죠, 그렇죠?"

"그럼요, 뭐든지 죽일 수 있죠" 하고 월슨이 말했다. "말 그대로 뭐든지 말입니다." 여자들이야말로 세상에서 가장 다루기 힘든 동물이지, 하고 그는 생각했다. 가장 냉정하고, 가장 잔인하고, 가장 약탈적이고, 가장 매력적이지, 그들이 무정해지면 상대편 남자들은 한없이 약해지거나 신경이 산산조각나게 마련이다. 어쩌면 여자들은 자기 마음대로 다룰 수 있는 남자들만 고르는 게 아닐까? 하지만 결혼할 나이가 될 때까지는 그런 걸 다 알 수는 없을 텐데, 하고 그는 생각했다. 이번 여자는 너무나 매력적이기 때문에, 그는 자기가 이미 미국 여성에 대해 어느 정도 지식을 갖고 있는 것을 다행으로 여겼다.

"내일 아침에 물소 사냥을 갈 겁니다" 하고 그는 그녀에게 말했다.

"나도 가겠어요" 하고 그녀가 말했다.

"아니, 부인은 안 됩니다."

"어머나, 아니에요, 가겠어요. 가도 되나요, 프란시스?"

"캠프에 남아 있지 그래?"

"싫어요" 하고 그녀가 말했다. "오늘과 같은 일은 절대로 놓치고 싶지 않다구요."

그녀가 자리를 떴을 때, 월슨의 생각으로는 그녀가 울기 위해 밖으로 나갔을 때, 그녀는 굉장히 우아한 여자처럼 보였다. 이해심이 있고, 생각이 깊고, 남편과 자기 자신의 일을, 마음이 상하긴 하지만, 사태를 잘 인식하는 것처럼 보였다. 그런데 그녀는 20분 동안 자리를 떴다가 미국 여성 특유의 냉정함을 되찾아 돌아온 것이 아닌가. 너무나 형편없는 여자들이다. 정말 너무나 형편없는 것들이다.

"당신을 위해 내일은 다른 구경거리를 보여주지" 하고 프란시스 매코머가 말했다.

"부인은 가실 수 없습니다" 하고 윌슨이 말했다.

"뭔가 대단히 잘못 생각하고 계시군요" 하고 그녀는 그에게 말했다. "난 당신이 또 그렇게 멋지게 해치우는 걸 보고 싶은 거예요. 오늘 아침엔 정말 멋있었어요. 짐승의 머리를 날리는 것도 멋이 있다면 말이에요."

"점심이 왔군요" 하고 윌슨이 말했다. "부인께선 아주 명랑하신데요, 안 그런가요?"

"그래서 안 될 거라도 있나요? 난 우울해지려고 이리로 나온 게 아니에요."

"글쎄요, 지금까진 우울하지 않으셨죠" 하고 윌슨이 말했다. 그는 개울 속에서 뒹굴고 있는 자갈과 그 너머로 나무가 우거진 높은 둑을 바라보며 아침의 일을 떠올렸다.

"아, 그럼요" 하고 그녀가 말했다. "아주 좋았어요. 그리고 내일도 그럴 거예요. 내가 내일의 일에 얼마나 큰 기대를 갖고 있는지 당신은 모를 거예요."

"지금 드리는 건 큰 영양(羚羊) 고깁니다" 하고 윌슨이 말했다.

"그건 산토끼처럼 뛰어다니는 소 같은 거죠, 그렇죠?"

"그렇다고 할 수 있죠" 하고 윌슨이 말했다.
"아주 맛있는 고기라구" 하고 매코머가 말했다.
"당신이 잡은 건가요, 프란시스?" 하고 그녀가 물었다.
"그럼."
"그건 별로 위험하지 않죠, 그렇죠?"
"당신에게 덤벼들지만 않으면 그렇겠죠" 하고 윌슨이 그녀에게 말했다.
"그거 정말 다행이군요."
"쓸데없는 소리 좀 그만두지 못해, 마고트" 하고 매코머가 말했다. 그는 큰 영양 고기 스테이크를 썰어 그 고기 조각에 꽂은 포크를 뒤집어 그 위에다 으깬 감자와 고기 국물을 친 당근을 얹으려 하고 있었다.
"그렇게 하죠" 하고 그녀가 말했다. "당신의 말투가 너무 고와서 말예요."
"오늘밤엔 사자를 위해 샴페인이나 들죠" 하고 윌슨이 말했다. "낮엔 너무 더워서 말이죠."
"아, 그 사자" 하고 마고트가 말했다. "난 그 사자를 까맣게 잊고 있었어요!"
그러고 보니 이 여자는 남편을 놀리고 있군, 하고 윌슨은 생각했다. 아니면 한바탕 구경거리를 만들려는 속셈일까? 남편이 지독한 겁쟁이라는 것을 알았을 때 아내는 어떤 태도를 취해야 하는 것일까? 이 여자는 무서우리만큼 잔인하다. 그러나 여자란 모두 잔인하다. 여자들은 남편을 마구 쥐고 흔든다. 그렇게 하자면 때때로 잔인해질 수밖에. 하지만 나는 여자들의 어처구니없는 테러 행위를 이미 지겹도록 보아왔다.

"영양 고길 좀더 드시죠" 하고 그는 그녀에게 공손하게 말했다.

그날 오후 늦게 윌슨과 매코머는 토인 운전사와 두 명의 엽총 운반인을 데리고 자동차를 몰고 나갔다. 매코머 부인은 야영지에 남아 있었다. 그녀는 너무 더워서 못 나가겠다며 내일 아침 일찍 함께 가겠다고 말했다. 멀어져가는 차에서 윌슨이 바라보니 그녀는 큰 나무 밑에 서 있었는데, 엷은 장밋빛이 도는 카키색 옷을 입고 검은 머리를 앞이마에서부터 뒤로 빗어넘겨 목덜미 아래쪽에서 묶은 그녀의 모습은 아름답다기보다는 귀여워 보였다. 생기에 넘치는 그녀의 얼굴은 그녀가 마치 영국에라도 와 있는 것처럼 보이게 하는구나, 하고 그는 생각했다. 키가 큰 풀들이 무성한 습지를 뚫고 멀어져가는 차를 향해 그녀는 손을 흔들었고, 차는 숲 속을 돌아나가 과일나무 숲이 있는 작은 언덕으로 올라갔다.

과일나무 숲 속에서 그들은 한 떼의 영양을 발견했다. 그래서 그들은 차에서 내려 길고 넓게 퍼진 뿔을 가진 늙은 영양 뒤를 살금살금 뒤따라갔다. 매코머는 족히 180미터쯤 되는 거리에서 아주 훌륭한 사격 솜씨로 명중시켜 그놈을 쓰러뜨렸다. 그러자 영양 떼는 미친 듯이 도망을 쳤는데, 다리를 잔뜩 움츠렸다가 멀리 뛰어 서로의 등을 넘으며 도망치는 꼴이란 마치 꿈에서나 볼 수 있는 것처럼 도저히 현실의 것이라곤 생각할 수 없는 광경이었다.

"훌륭한 솜씨였습니다" 하고 윌슨이 말했다. "좀 작은 표적이었는데도 잘 맞추었습니다."

"머리를 맞춘 게 좋았나요?" 하고 매코머가 물었다.

"정말 대단한 솜씨였습니다" 하고 윌슨이 그에게 말했다. "그렇게만 쏘면 아무 걱정 없습니다."

"내일 물소를 발견할 수 있을 것 같소?"

"가능성은 충분히 있습니다. 놈들은 아침 일찍 배를 채우러 나오는데, 운이 좋으면 넓은 들판에서 만날 수도 있습니다."

"난 그 사자 사건으로 인한 수치심을 씻어버리고 싶소" 하고 매코머가 말했다. "그런 짓을 하는 꼴을 아내에게 보인다는 건 그리 유쾌한 일이 아니잖소."

나 같으면 아내가 보든 안 보든 그런 짓을 하는 것 자체가, 또는 그런 짓을 하고서 그 이야기를 하는 것이 훨씬 더 불쾌할 텐데, 하고 윌슨은 생각했다. 그러나 그는 입으로는 이렇게 말했다. "난 그 일에 대해선 더 이상 생각하고 싶지 않습니다. 누구든지 처음으로 사자를 만나면 당황하기 마련입니다. 이제 다 끝난 일이에요."

그러나 그날 저녁 식사를 마치고 나서 잠자리에 들기 전에 모닥불가에서 위스키 소다를 마신 다음 모기장을 친 간이침대에 누워 있는 프란시스 매코머로서는 그것은 결코 완전히 끝난 일이 아니었다. 다 끝난 것도, 이제부터 시작되려는 것도 아니었다. 그것은 일어난 그대로 거기 있었고, 어떤 부분은 지울 수 없을 만큼 뚜렷해서 그는 비참할 정도로 수치스러웠다. 아니, 수치심 이상으로 온몸에 싸늘하고 공허한 두려움을 느꼈다. 한때는 자신감으로 꽉 차 있던 곳이 텅텅 비어버리고 차디차고 미끄러운 공동(空洞)과 같은 공포가 아직도 남아 있어서 그를 괴롭히는 것이었다. 그것은 아직도 그와 더불어 여전히 남아 있었다.

그 사건의 발단은, 그 전날 밤 그가 잠에서 깨어 개울 위쪽 어디선가 포효하는 사자 소리를 들었을 때 시작되었다. 그것은 아주 우렁찬 소리였고 나중에는 기침 비슷한 신음소리로 바뀌더니 바로 텐트 밖에 와 있는 것처럼 들렸다. 밤중에 잠을 깬 프란시스 매코머는 그 소리를 듣자 너무도 무서웠다. 그의 아내는 조용히 숨을 내쉬며 자고 있었다. 그는 무섭다는 말을 할 상대도 없고, 함께 무서움을 나눌 사람도 없이 혼자 누워 있었다. 소말리족(동아프리카의 한 종족. 흑인, 아라비아인, 기타의 혼혈종) 속담에 의하면 어떤 용감한 사나이라도 사자에게 세 번 놀라기 마련인데, 처음 사자의 발자국을 보았을 때, 처음 포효하는 소리를 들었을 때, 처음 마주쳤을 때가 그 세 번의 경우라는 것이다. 그러나 그는 이 속담을 모르고 있었다. 그들이 해가 뜨기 전에 식당용 텐트에서 등잔불을 켜놓고 아침 식사를 할 때 사자가 또다시 포효했다. 프란시스는 사자가 야영지 가까이에 와 있는 줄 알았다.

"늙은 놈의 울음소리로군요" 하면서 로버트 윌슨은 훈제 청어와 커피에서 눈을 들었다. "저 기침소릴 좀 들어보세요."

"아주 가까이에 와 있소?"

"1마일 가량 위쪽입니다."

"볼 수 있을까요?"

"보러 가시죠."

"포효하는 소리가 이렇게 멀리까지 들립니까? 꼭 야영지

안에 있는 것 같군요."

"상당히 멀리까지 들립니다" 하고 로버트 윌슨이 말했다. "어떻게 그토록 멀리까지 들리는지 신기할 정돕니다. 쏘기 좋은 놈이었으면 좋겠군요. 보이들 말로는 이 근처에 아주 큰 놈이 있다고 하더군요."

"쏜다면 어딜 맞춰야 합니까?" 하고 매코머가 물었다. "놈을 쓰러뜨리려면 말입니다."

"어깨지요" 하고 윌슨이 말했다. "할 수만 있다면 목이 더 좋죠. 단번에 쓰러지게끔 쏘세요. 놈이 벌렁 나자빠지게끔 말입니다."

"명중시킬 수 있었으면 좋겠는데" 하고 매코머가 말했다.

"사격 솜씨가 아주 훌륭하신데요 뭘" 하고 윌슨이 그에게 말했다. "서두르지 마세요. 확실한 곳을 쏘도록 하세요. 첫 발이 중요하니까요."

"거리는 어느 정도여야 하나요?"

"그건 뭐라 말할 수가 없습니다. 그건 사자에게 달려 있어요. 아주 가까워져서 확실한 곳을 쏠 수 있을 때까지는 쏴선 안 됩니다."

"90미터 이내에서?" 하고 매코머가 물었다.

윌슨은 그를 흘끗 쳐다보았다.

"90미터 정도면 괜찮겠죠. 좀더 가까이 끌어들이면 더 좋구요. 그보다 먼 데선 절대로 쏘지 마십시오. 90미터 정도면 적당한 거리죠. 그 정도면 어디든 맞출 수 있으니까요. 부인께서 오시는군요."

"안녕히 주무셨어요?" 하고 그녀가 말했다. "사자를 잡으러 갈 건가요?"

"부인께서 식사를 마치시는 대로 곧 떠날 겁니다" 하고 윌슨이 말했다. "기분은 어떠십니까?"

"아주 좋아요" 하고 그녀가 말했다. "난 아주 들떠 있어요."

"준비가 다 되었는지 잠깐 가보겠습니다." 윌슨은 자리에서 일어났다. 그가 나가려 할 때 사자가 다시 울부짖었다.

"시끄러운 놈이로군" 하고 윌슨이 말했다. "곧 끽 소리도 못 하게 해주마."

"왜 그래요, 프란시스?" 하고 아내가 매코머에게 물었다.

"아무것도 아니야" 하고 매코머가 대꾸했다.

"아니에요, 뭔가 이상해요" 하고 그녀가 말했다. "왜 그리 당황해하는 거죠?"

"아무것도 아니라니까" 하고 그가 말했다.

"말해봐요" 그녀는 그를 쳐다보았다. "어디가 불편하세요?"

"저 망할 놈의 울음소리 때문이야" 하고 그가 말했다. "밤새도록 저렇게 울부짖고 있었거든."

"왜 날 깨우지 그랬어요" 하고 그녀가 말했다. "난 그 소릴 듣고 싶었는데."

"저 망할 놈을 꼭 잡아야겠는데" 하고 매코머가 힘없이 말했다.

"그럼요, 그래서 여기까지 온 거잖아요. 안 그래요?"

"그렇지. 그런데 왠지 초조해. 놈이 우는 소릴 들으니 신경이 곤두선다니까."

"그렇다면 윌슨이 말한 것처럼 놈을 쏴죽여서 못 울게 하면 되잖아요."

"그야 그렇지" 하고 프란시스 매코머가 말했다. "말이야 쉽지, 안 그래?"

"무서워하는 건 아니겠죠?"

"물론 그렇진 않아. 하지만 밤새도록 놈의 울음소릴 들었더니 신경이 곤두서서 말이야."

"당신은 저놈을 멋지게 죽일 거예요" 하고 그녀가 말했다. "꼭 그럴 거예요. 난 그 광경이 보고 싶어요."

"아침 식사를 마치고 곧 떠납시다."

"아직 날이 밝지도 않았는데요. 이런 시간에 떠나다니, 어째 좀 이상하군요."

바로 그때 사자는 가슴속 깊은 곳에서 우러나오는 듯한 신음소리를 내면서 울부짖었다. 갑자기 목구멍을 울리며 떨리는 소리가 점점 높아져 공기를 뒤흔드는 듯하더니 한숨과도 비슷한 가슴속에서 우러나오는 묵직한 신음소리로 바뀌어버렸다.

"거의 바로 옆에 와 있는 것처럼 들리네요" 하고 매코머의 아내가 말했다.

"제기랄!" 하고 매코머가 말했다. "저 지긋지긋한 소리에 속이 뒤집히는군."

"아주 인상적인데요."

"인상적이지. 몸서리쳐질 정도로 말이야."

그때 로버트 윌슨이 총신이 짧고 구경(口徑)이 무지하게 큰, 보기 흉하게 생긴 .505 깁스총을 들고 싱글싱글 웃으면서 나타났다.
"자, 가시죠" 하고 그가 말했다. "엽총 운반인이 당신의 스프링필드총(미국에서 한때 사용되었던 구식 단발 소총)과 장총을 실었습니다. 총탄은 갖고 계시죠?"
"네."
"난 준비가 다 됐어요" 하고 매코머 부인이 말했다.
"놈의 저 시끄러운 소릴 뚝 멈추게 해줘야지" 하고 윌슨이 말했다. "당신은 앞에 타세요. 부인은 저와 함께 뒤에 타시면 됩니다."

그들은 자동차에 올라타고 희끄무레한 아침 햇살을 받으며 숲을 지나 개울을 거슬러 올라갔다. 매코머는 총의 탄창을 열고서 금속 케이스 속에 들어 있는 탄환을 확인한 다음 덮개를 닫고 안전 장치를 했다. 그는 자신의 손이 떨리는 것을 느꼈다. 그는 호주머니를 더듬어 탄약통이 더 있나 만져보고, 또 웃옷 앞의 혁대에 걸린 탄약통을 손가락으로 더듬어보았다. 그리고 고개를 돌려 자동차 뒷좌석의 자기 아내 옆에 앉아 있는 윌슨을 쳐다보았다. 그들은 둘 다 흥분된 얼굴로 싱글싱글 웃고 있었다. 윌슨이 앞으로 몸을 숙이며 속삭였다.

"새들이 내려앉는 걸 보십시오. 그놈이 먹이로 잡은 짐승을 버리고 가버린 모양입니다."

매코머는 개울 건너편 둑 근처에서 독수리가 숲 위를 빙빙 돌다가 쏜살같이 내려오는 것을 볼 수 있었다.

"어쩌면 그놈이 물을 마시러 이리로 올지도 모르겠군요" 하고 윌슨이 속삭였다. "그런 다음 어디 가서 누워 있을 겁"

니다. 잘 감시하세요."

 그들은 여기서부터 자갈투성이의 개울 밑바닥 위로 깎아지른 듯이 우뚝 솟은 높은 둑을 따라 천천히 차를 몰았다. 그리고 큰 나무들 사이로 구부러져 들어갔다. 매코머는 건너편 둑을 감시하고 있었다. 그때 윌슨이 그의 팔을 잡아당겼다.
 "저기 있군요" 하고 윌슨은 속삭이듯 말했다. "전방 우측입니다. 어서 내려서 잡으세요. 아주 멋진 놈인데요."
 매코머는 그제서야 사자를 보았다. 사자는 커다란 머리를 이쪽을 향해 쳐들고 옆구리를 거의 다 드러낸 채 서 있었다. 그들 쪽을 향해 불어오는 이른 아침의 미풍이 사자의 검은 갈기를 보기 좋게 일으켜세우고 있었다. 희끄무레한 아침 햇살을 받은 경사진 둑에 그림자를 드리운 튼튼한 두 어깨와 미끈하게 빠진 몸뚱이는 아주 거대해 보였다.
 "거리는 얼마나 되죠?" 하고 매코머는 총을 들면서 물었다.
 "68미터쯤 됩니다. 내려서 쏘십시오."
 "여기서 쏘면 안 됩니까?"
 "차 안에서 쏘면 안 됩니다." 그는 윌슨이 자기 귀에다 대고 말하는 소리를 들었다. "어서 내리세요. 놈은 하루 종일 저기에 서 있지 않아요."
 매코머는 앞좌석에서 일어나 발걸이판을 딛고 땅으로 뛰어내렸다. 사자의 눈에는 큰 물소 같은 거대한 물체가 그림자로밖에는 보이지 않는 듯 이쪽을 향해서 여전히 위풍당당하게 냉랭한 눈초리로 서 있었다. 아직 사람 냄새를 맡지 못한 모양이었다. 사자는 거대한 머리를 좌우로 약간 움직이면서 이쪽을 지켜보고만 있었는데, 겁이 나서가 아니라 무엇인가 자기 앞에 버티고 있으니까 물을 마시러 둑으로 내려가려다 망설이며 이쪽의 물체를 지켜보고 있는 것이었다. 그 물체에서 사람이 뛰어내리자 사자는 거대한 머리를 돌려 수풀 쪽으로 몸을 날렸다. 그 순간 날카로운 총성과 함께 .30-06의 220 그레인 탄환이 사자의 옆구리를 맞추었다. 그러자 사자는 총탄에 맞은 거대한 배를 흔들면서 발을 무거운 듯이 질질 끌며 수목 사이로 뛰어갔다. 또다시 공기를 찌르는 듯한 총성이 울리며 두 번째 탄환이 사자 옆을 스쳐갔다. 또 총성이 나고 탄환이 사자의 아래쪽 갈빗대를 맞추었고 뜨거운 화상의 느낌과 함께 배를 찢어놓았다. 사자는 파고드는 충격과 함께 갑자기 입 안에서 뜨거운 피거품이 솟구치는 것을 느꼈다. 사자는 더 깊이 풀숲을 향해 뛰어갔다. 거기서 웅크리고 숨어 있다가 그 굉음을 내는 물건을 아주 가까이 끌어들인 다음 왈칵 덤벼들어 그것을 가진 사람을 해치울 생각이었던 것이다.

　차에서 내릴 때 매코머는 사자가 무엇을 느끼고 있을지에 관해서는 조금도 생각하지 않았다. 그는 다만 자기 손이 떨리고 있다는 것만 알 수 있었다. 차에서 내릴 때 다리가 제대로 말을 들어주지 않았다. 넓적다리가 뻣뻣했다. 그러나 근육은 꿈틀꿈틀 움직이는 것을 느낄 수 있었다. 그는 총을 들고 사자의 머리와 어깨가 연결된 부분을 겨누어 방아쇠를 당겼다. 손가락이 부러질 만큼 당겼지만 아무 일도 일어나지 않았다. 그제서야 안전 장치를 풀지 않았다는 것을 깨달았다. 그래서 총을 내려서 안전 장치를 풀고 얼어붙은 것 같은 발을 떼어 한 걸음 앞으로 내디뎠다. 그러자 사자는 그의 그림자가 자동차의 그림자로부터 완전히 떨어져나온 것을 보고 몸을 획 돌려 뛰기 시작했다. 그때 매코머는 총을 쏘았고, 총탄이 명중한 것 같은 퍽 하는 소리를 들었다. 그러나 사자는 계속 달리고 있었다. 매코머는 또 쏘았다. 그러나 총탄이 달리는 사자를 지나쳐 땅에 먼지를 일으키는 것을 보았다. 그는 좀더 낮은 데를 겨누어야 한다고 생각하면서 또 쏘았다. 그리고 총탄이 맞는 소리를 들었다. 사자는 힘껏 달려, 그가 다시 장전을 하기도 전에 풀숲으로 들어가버렸다.

매코머는 속이 메스꺼웠고, 아직 격발 장치가 되어 있는 총을 든 두 손이 부들부들 떨리는 것을 느끼며 거기에 그대로 서 있었다. 그의 아내와 로버트 윌슨이 옆에 서 있었고, 두 명의 엽총 운반인도 와캄바말(아프리카 케냐 원주민의 말)로 뭐라 지껄이며 옆에 서 있었다.

"맞았어" 하고 매코머가 말했다. "두 번이나 맞았어."

"맞긴 맞았는데 너무 앞쪽인 것 같군요" 하고 윌슨이 신통치 않다는 듯이 말했다. 엽총 운반인들은 아무 말 없이 몹시 침울한 표정을 짓고 있었다.

"어쩌면 죽었을지도 모르지요" 하고 윌슨이 말을 이었다. "하지만 좀 기다렸다가 찾으러 가는 게 좋겠습니다."

"그게 무슨 말이오?"

"놈이 고통을 겪을 대로 겪고 난 다음 뒤쫓자는 말이죠."

"아, 그렇군" 하고 매코머가 말했다.

"기가 막히게 멋진 사자던데요" 하고 윌슨이 유쾌하게 말했다. "그런데 이놈이 고약한 곳으로 들어가버렸으니."

"고약한 곳이라니, 무슨 말이오?"
"마주칠 때까지는 어디 있는지 알 수가 없으니 말입니다."
"아, 그렇군요" 하고 매코머가 말했다.
"자, 갑시다" 하고 윌슨이 말했다. " 부인은 차 안에 그대로 계시면 됩니다. 우린 핏자국을 따라가야 하니까요."
"여기 있어요, 마고트" 하고 매코머가 말했다. 입이 바싹 말라서 말이 잘 나오지 않았다.
"왜요?" 하고 그녀가 물었다.
"윌슨 씨가 그렇게 하라잖아."
"우린 그저 어떻게 됐나 가보려는 겁니다" 하고 윌슨이 말했다. "부인은 여기 계세요. 여기 계시는 편이 더 잘 보일 겁니다."
"그럼 좋아요."
윌슨은 운전사에게 스와힐리어로 뭐라고 말했다. 그러자 그는 고개를 끄덕이며 말했다.
"네, 나리."
이윽고 그들은 험한 둑을 내려가 개울을 건너서 자갈밭을 지나 삐죽이 나와 있는 나무뿌리를 붙들고 건너편 둑으로 올라갔다. 드디어 그들은 매코머가 처음 총을 쏘았을 때 사자가 맞고 달아난 지점을 발견했다. 엽총 운반인들이 가리키는 곳에 시커먼 피가 묻어 있었고, 그것은 강둑을 따라 숲 쪽으로 이어져 있었다.
"이제 어떻게 해야 합니까?" 하고 매코머가 물었다.
"별 수 없습니다" 하고 윌슨이 말했다. "차를 이리로 몰고 올 수는 없어요. 둑이 너무 가파르니까요. 놈의 몸이 좀더 굳어지길 기다렸다가 당신과 내가 들어가 찾아보는 겁니다."
 "풀에다 불을 지를 순 없소?" 하고 매코머가 물었다.
 "아직 너무 파래서요."
 "몰이꾼을 들여보낼 순 없소?"
 윌슨은 그의 속셈을 재보려는 듯한 눈으로 그를 쳐다보았다. "물론 그럴 수도 있겠죠" 하고 윌슨은 말했다. "하지만 그건 좀 잔혹한 짓입니다. 우린 사자가 상처를 입었다는 걸 알고 있으니까요. 상처를 입지 않은 사자라면 쫓을 수도 있겠죠 —— 소리만 들어도 달아나니까요 —— 하지만 상처를 입은 사자는 덤벼들게 되어 있어요. 놈은 딱 마주칠 때까진 그림자조차 볼 수 없습니다. 토끼 한 마리도 숨었으리라고는 생각되지 않는 곳에 몸을 감추고 납작 엎드려 있거든요. 차마 그런 곳에 몰이꾼을 들여보낼 순 없잖습니까? 그건 벌을 받아 마땅한 짓이지요."
 "엽총 운반인들은 어떻게 되는 겁니까?"
 "아, 그들은 우리와 함께 갑니다. 그건 그들의 임무니까요. 아시겠지만, 그러기로 계약했거든요. 그래도 그리 유쾌한 얼굴은 아니잖습니까, 안 그런가요?"
 "난 거기 들어가고 싶지 않은데" 하고 매코머가 말했다. 무의식중에 그만 그런 말이 불쑥 튀어나오고 말았다.
 "나도 그렇습니다" 하고 윌슨이 매우 명랑한 말투로 말했다. "하지만 정말이지 달리 방법이 없습니다." 잠시 후 돌이켜 생각한 그는 매코머를 흘끗 쳐다보았다. 그리고 갑자기 매코머가 떨고 있다는 것과 다 죽어가는 얼굴을 하고 있다는 것을 알았다.

"물론 꼭 들어가실 필요는 없습니다" 하고 그는 말했다. "그 때문에 내가 고용된 거니까요. 내 보수가 비싼 것도 그 때문 아닙니까."

"그럼 당신 혼자서 들어가겠단 말이오? 그냥 내버려둬도 되잖소."

로버트 윌슨은 그때까지 사자에 대한 일과 자기가 끄집어 낸 문제에만 정신이 쏠려 있었기 때문에 매코머에 대해서는 다소 겁쟁이라는 것밖에는 생각해보지 않았는데, 그 말을 듣자 갑자기 호텔에서 방문을 잘못 열어 보아선 안 될 것을 본 것 같은 느낌에 사로잡혔다.

"그게 무슨 말입니까?"

"그냥 내버려두면 안 될 거라도 있소?"

"총을 안 맞은 것으로 생각하고 넘어가자는 말입니까?"

"아니오, 그냥 이대로 내버려두자는 거요."

"그건 안 됩니다."

"왜요?"

"하나는 놈이 분명히 고통을 당하고 있기 때문이고, 또 하나는 누군가 다른 사람이 놈과 마주칠지도 모르니까요."

"무슨 말인지 알겠소."

"하지만 당신은 이 일에 전혀 관여하지 않아도 됩니다."

"아니오" 하고 매코머가 말했다. "그저 좀 떨려서 말이오."

"들어갈 땐 내가 앞장서겠습니다" 하고 윌슨이 말했다. "콩고니를 시켜 핏자국을 따라가게 하고 말입니다. 당신은 내 뒤에 약간 비켜서서 따라오세요. 놈이 앓는 소리만 나면 일은 다 된 겁니다. 놈이 보이기만 하면 우리 둘이 함께 쏘는 겁니다. 걱정하지 마세요. 내가 막아드릴 테니까요. 실은, 당신은 안 가는 게 더 좋을 것 같군요. 그 편이 훨씬 더 낫겠어요. 내가 해치워버릴 동안 부인이 있는 데로 가 계시렵니까?"

"아니오, 나도 가겠소."

"좋습니다" 하고 윌슨은 말했다. "하지만 마음이 내키지 않으면 그만두세요. 이건 이제 내 의무니까 말입니다."

"난 가겠소" 하고 매코머가 말했다.

그들은 나무 밑에 앉아서 담배를 피웠다.

"기다리는 동안 부인에게 돌아가서 말을 해두고 오시지 그러십니까?" 하고 윌슨이 말했다.

"아니오."

"그럼 내가 가서 좀 기다리시라고 하겠습니다."

"그러시오" 하고 매코머가 말했다. 그는 겨드랑 밑에 땀이 나고 입 안은 바싹 마른 데다 뱃속은 텅 빈 것 같았다. 그래서 윌슨에게 혼자 가서 사자를 해치우라고 말할 수 있는 용기가 있었으면 싶었다. 그는 윌슨이 그가 아직까지 어떤 상황을 만들어 놓았는지 알아차리지 못했을 뿐만 아니라 자신을 그의 아내에게 보낸 일로 해서 화가 나 있다는 것도 모르고 있었다.

잠시 후에 윌슨이 돌아왔다. "당신의 장총을 갖고 왔습니다" 하고 그가 말했다. "받으시죠. 놈에게 충분히 시간을 주었다고 생각되는군요. 자, 갑시다."

매코머가 장총을 받아들자 윌슨이 말했다.

"내 뒤로 45미터 정도 거리를 두고 오른쪽으로 비켜서서 따라오세요. 그리고 꼭 내가 말하는 대로 하십시오." 그러고 나서 그는 울상을 하고 있는 두 명의 엽총 운반인에게 스와힐리어로 무슨 말인가를 했다.
"자, 갑시다" 하고 그가 말했다.
"물 한 모금 마실 수 있겠소?" 하고 매코머가 물었다. 윌슨이 나이 많은 엽총 운반인에게 뭐라고 말을 했다. 그러자 그는 혁대에 차고 있던 물통을 풀어 마개를 빼고 매코머에게 건네주었다. 매코머는 그것을 받아들면서 매우 무겁겠다고 생각했다. 모직 커버에 털이 많아 손에 쥔 물통의 감촉이 아주 좋았다. 그는 물을 마시려고 물병을 들어올렸지만, 눈은 꼭대기가 평평한 나무들을 배경으로 한 전방의 키 큰 풀숲을 향하고 있었다. 미풍이 그쪽으로 불었기 때문에 풀숲이 바람에 가볍게 물결쳤다. 그는 엽총 운반인을 보았고, 그 엽총 운반인 역시 공포에 떨고 있다는 것을 알 수 있었다.
그 커다란 사자는 풀숲으로 32미터쯤 들어간 곳에서 땅에 납작하게 엎드려 있었다. 두 귀를 뒤로 젖힌 채 길고 검은 술이 달린 꼬리만이 위아래로 약간 흔들릴 뿐 꼼짝도 하지 않고 있었다. 사자는 은신처에 이르자마자 그대로 쓰러졌고, 불룩한 배를 관통한 상처가 몹시 아팠다. 그리고 폐를 관통한 상처 때문에 숨을 쉴 때마다 거품과 같은 핏덩이가 입으로 올라와서 힘이 빠져가고 있었다. 양 옆구리는 피에 젖어 있었고, 황갈색 가죽 위의 총탄이 뚫어놓은 구멍에는 파리가 꾀어들고 있었다. 증오심으로 가늘어진 크고 누런 눈은 정면을 노려보면서 숨을 쉴 때마다 느끼는 고통으로 간신히 깜박

거릴 뿐이었다. 발톱은 햇살을 받아 뜨겁게 달아오른 흙 속에 파묻혀 있었다. 그의 모든 것, 고통과 구역질과 증오와, 그리고 남아 있는 힘 전부가 마지막 단 한 번의 돌진을 위해 한데 뭉쳐져 있었다. 사자는 사람들의 말소리를 들었고, 그들이 풀숲으로 들어오자마자 덤벼들려고 만반의 준비를 갖추고 있었다. 사람의 목소리가 들리자 위아래로 흔들던 꼬리 동작을 딱 그쳤다. 그리고 그들이 풀숲 끝에 이르렀을 때 기침소리와 같은 신음소리를 지르며 돌진해갔다.

나이 많은 엽총 운반인 콩고니는 핏자국을 조사하면서 앞장을 섰고, 윌슨은 장총을 언제라도 쏠 수 있게 앞을 겨눈 채 풀이 조금이라도 움직이지 않나 하고 살피고 있었다. 또 다른 엽총 운반인은 전방을 살피며 귀를 기울였고, 매코머는 총을 장전한 채 윌슨의 바로 뒤를 따랐다. 그들이 풀숲으로 막 들어섰을 때, 매코머는 피로 목구멍이 메인 듯한 기침소리 같은 신음소리를 들었고 획획 소리를 내며 풀숲을 돌진해 오는 사자를 보았다. 다음 순간 그는 자기가 뛰고 있다는 것을 알았다. 겁에 질려서 개울 쪽을 향해 들판을 미친 듯이 달리고 있었다.

그는 윌슨의 장총이 꽈꽝! 하고 울리는 소리를 들었다. 그리고 이어서 또다시 꽈꽝! 하고 총성이 울렸다. 뒤를 돌아다보니 사자가 무시무시한 형상을 하고서 머리가 반쯤 날아간 것 같은 모습으로 우거진 풀숲 가장자리에 있는 윌슨을 향해 기어가고 있었다. 한편 그 붉은 얼굴의 사나이는 짧고 모양 없는 소총을 장탄해서 조심스럽게 겨냥했다. 그리고 또 한 번 꽈꽝! 하는 요란한 소리가 났고, 기어가던 사자의 육중하고 누런 몸뚱이는 뻣뻣해지고 거대한 머리는 앞으로 수그러졌다. 매코머는 도망치다가 장전한 소총을 든 채 서 있었는데, 두 흑인과 한 명의 백인이 경멸의 눈빛으로 자기를 돌아다보는 것으로 사자가 죽었다는 것을 알았다. 그는 윌슨을 향해 걸어갔다. 키가 큰 자신의 몸이 노골적인 비난의 대상이 되고 있는 것만 같았다. 윌슨이 그를 쳐다보며 말했다.
"사진이라도 찍으시렵니까?"
"아니오" 하고 그는 말했다.
이것이 자동차 있는 데까지 가면서 그들이 주고받은 말의 전부였다. 그때서야 윌슨이 입을 열었다.
"기가 막히게 멋진 사자로군요. 인부들이 가죽을 벗겨줄 겁니다. 우린 이 그늘에서 기다리는 게 좋겠습니다."
매코머의 아내는 그를 쳐다보지도 않았고 그도 아내를 쳐다보지 않았다. 그는 뒷좌석의 아내 옆에 앉았고 윌슨은 앞좌석에 앉았다. 한 번은 그가 아내를 쳐다보지 않은 채 손을 뻗어 그녀의 손을 잡았지만 그녀는 손을 뿌리치고 말았다. 개울 저편에는 엽총 운반인들이 사자의 가죽을 벗기고 있는 것이 보였다. 그래서 그는 그녀가 처음부터 끝까지 다 볼 수 있었다는 것을 알았다. 거기에 그렇게 앉아 있는 동안 그의 아내는 앞으로 손을 뻗어 윌슨의 어깨에 손을 얹었다. 그가 돌아보자 그녀는 낮은 좌석 너머로 몸을 굽혀서 그의 입에다 키스를 했다.
"아, 이거" 하면서 윌슨은 원래 햇볕에 탄 얼굴이 더 붉어졌다.
"로버트 윌슨 씨" 하고 그녀가 말했다. "붉은 얼굴의 미남

로버트 윌슨 씨."

그러더니 다시 매코머 옆에 앉아서 개울 너머 사자가 놓여 있는 곳을 바라보았다. 가죽을 벗긴 앞다리를 쳐들자 흰 근육의 힘줄이 뚜렷이 보였고, 흑인들이 가죽을 벗겨내려감에 따라 부풀어오른 흰 배가 보였다. 드디어 인부들이 축축하고 무거운 가죽을 갖고 와서 둘둘 말아 자동차 뒤에다 싣고 올라탄 다음 차는 출발했다. 야영지를 돌아올 때까지 누구 한 사람 입을 열지 않았다.

그것이 사자에 얽힌 이야기였다. 사자가 돌진을 시작하기 전에 어떤 느낌을 갖고 있었는지, 또 초속으로 환산하면 2톤에 달하는 .505 구경 총탄의 놀라운 충격을 받으며 돌진해오는 동안의 느낌이 어떠했는지, 뿐만 아니라 두 번째의 총탄으로 하반신이 엉망이 되었는데도 사자가 자기를 박살낸 그 물체를 향해 계속 기어가도록 만든 것은 무엇이었는지, 매코머는 알 수가 없었다. 윌슨은 그 모든 것에 관해 무엇인가 아는 것이 있었지만 그저 "기가 막히게 멋진 사자"라는 말로 표현했을 뿐이었다. 매코머는 윌슨이 이 모든 일들을 어떻게 느끼는지도 알지 못했다. 아내가 자기에게 실망했다는 것 이외에는 그녀의 기분이 어떤지도 몰랐다.

그의 아내는 전에도 그에게 등을 돌린 적이 있었지만 그것은 결코 오래가지 않았다. 그는 굉장한 부자였고 앞으로는 더 큰 부자가 될 것이었다. 따라서 아내가 자기를 버리지 않으리라는 것을 그는 알고 있었다. 그것은 그가 정말 알고 있는 몇 가지 일 중의 하나였다. 그는 그 일과 모터 사이클에 관해서 —— 그것이 첫 번째였다 —— 자동차에 관해서, 오리 사냥에 관해서, 숭어와 연어와 바닷고기 낚시에 관해서, 책에 씌어 있는, 많은 책에, 너무나 많은 책에 씌어 있는 섹스에 관해서, 각종 코트 게임(테니스, 농구, 핸드볼 등 코트에서 하는 구기(球技))에 관해서, 개에 관해서, 많지는 않지만 말(馬)에 관해서, 돈벌이에 관해서, 그의 세계에 관련된 그 밖의 거의 모든 일에 관해서, 그리고 아내가 자기를 버리지는 않으리라는 것에 관해서 알고 있었다. 그의 아내는 굉장한 미인이었고, 아프리카에서 보아도 역시 굉장한 미인이었으나 본국으로 돌아가서 그를 버리고 편안히 더 잘 살 수 있을 만큼의 미인은 아니었다. 그녀는 그것을 알고 있었고 그도 그것을 알고 있었다. 그녀는 그를 버릴 기회를 이제 놓쳐 버렸고 그는 그것도 잘 알고 있었다. 만약 그가 여자를 좀더 잘 다룰 줄 알았더라면, 그녀는 아마 그가 다른 예쁜 새 아내를 얻지나 않을까 하고 걱정했을지도 모른다. 그러나 그녀는 그를 너무나도 잘 알고 있었기 때문에 그런 것을 걱정할 필요가 없었다. 게다가 그는 늘 관대했는데, 악의만 없다면 그것은 그에게 있어 가장 훌륭한 장점이었다.

대체로 그들은 행복한 부부로 알려져 있었다. 가끔 이혼한다는 소문이 나돌긴 했지만 그런 일은 일어나지 않았다. 신문 사교난의 기고가가 쓴 것처럼 그들은 '암흑의 아프리카'로 알려진 곳에서 '수렵 여행'을 함으로써 그들의 선망의 대상인 영원한 '로맨스'에다 약간의 '모험'을 덧붙이고 있었던 것이다. 마틴 존슨 부부가 그들 자신이 사자 '올드 심바', 물소, 코끼리 '템보'를 쫓아다니고 자연 박물관의 표본을 수집하는 수많은 영화로 문명의 빛을 던져주기 전까지 그곳은 정말 암흑에 휩싸인 곳이었다. 신문 사교난의 그 기고가는 그들 부부가 과거에 적어도 세 번은 '헤어지기 직전'에 처했었다고 보도한 바 있는데 실제로 그랬었다. 그러나 그들은 언제나 화해했다. 그들에게는 그들을 결합시키는 튼튼한 고리가 있었다. 매코머에게 있어 마고트는 이혼을 하기에는 너무나 아름다웠고, 마고트에게 있어 매코머는 너무나 많은 돈을 갖고 있었던 것이다.

새벽 3시경, 프란시스 매코머는 사자 생각을 그만둔 후 잠깐 잠이 들었다가 피투성이 머리로 덮쳐오는 사자의 꿈을 꾸고 깜짝 놀라 벌떡 일어났다. 그리고 심장의 고동에 귀를 기울이다가 텐트 안 저쪽 침대에 아내가 없다는 것을 알게 되었다. 그 사실을 알고 그는 두 시간이나 뜬눈으로 누워 있었다.

두 시간쯤 지나자 아내는 텐트로 들어오더니 기분 좋은 얼굴로 침대에 누우려 했다.

"어딜 갔었지?" 하고 매코머가 어둠 속에서 물었다.

"어머나" 하고 그녀가 말했다. "안 주무셨어요?"

"어딜 갔었냐니까?"

"잠깐 바람 좀 쐬러 나갔었어요."

"바람 한번 거창하게 쐬셨군."

"그럼 내가 무슨 말을 하길 바라는 거죠?"

"어딜 갔었느냔 말이야?"

"바람 쐬러 나갔었다니까요."

"그 짓에다 새로운 이름까지 붙이셨군. 이 갈보 같으니."

"그래요, 당신은 겁쟁이고 말이에요."

"맞아" 하고 그는 말했다. "그래서 그게 어쨌다는 거지?"
"내가 알게 뭐예요. 하지만 여보, 이제 얘긴 그만 해요. 난 졸려 죽겠어요."
"내가 뭐든지 참고 있을 남자로 보이나?"
"그렇지 않던가요?"
"천만에, 어림없어."
"제발, 여보, 얘긴 그만둬요. 난 졸려 죽겠단 말이에요."
"다시는 그런 짓 않기로 했잖아? 그런 일 없을 거라고 약속까지 했잖냔 말이야."
"그런데, 지금은 이렇게 됐군요" 하고 그녀는 애교스럽게 말했다.
"이번 여행을 하면 그 따위 짓은 하지 않겠다고 말했잖아? 약속까지 했잖소?"
"그래요, 여보. 정말 그럴 생각이었다구요. 하지만 여행은 어제 일로 엉망진창이 되었어요. 그 일에 대해선 새삼스레 말할 필요 없겠죠, 안 그런가요?"
"당신이란 여잔 기회만 있으면 주저하는 일이 없지, 안 그런가?"
"제발 얘긴 그만둬요, 졸려 죽겠어요."
"난 해야겠어."
"그럼 혼자서 하세요, 난 자야겠으니까." 그리고 그녀는 잠이 들었다.
해가 뜨기도 전에 그들 세 사람은 모두 아침 식탁에 앉았다. 그때 프란시스 매코머는 지금까지 싫은 사람이 많았지만 윌슨만큼 싫은 사람도 없다는 것을 알게 되었다.

"안녕히 주무셨습니까?" 하고 윌슨이 파이프에 담배를 재면서 가라앉은 목소리로 물었다.

"당신은 어떻소?"

"더할 나위 없이 잘 잤습니다" 하고 백인 수렵가가 그에게 말했다.

이 나쁜 놈, 하고 매코머는 속으로 뇌까렸다. 이 뻔뻔스럽기 이를 데 없는 놈 같으니.

그러니까 그녀가 들어가다가 이 친구 잠을 깬 모양이군, 하고 윌슨은 무표정하고 싸늘한 눈으로 그 두 사람을 쳐다보면서 생각했다. 그렇다면 왜 제 마누라 하나 제대로 단속하지 못하는 거지? 이 자식은 날 뭐라고 생각할까. 흉악한 가짜 성자(聖者)? 이 자식아, 마누라나 잘 지키도록 해. 그건 네 잘못이라구.

"물소를 발견할 수 있을까요?" 하고 마고트가 살구 접시를 밀어내면서 물었다.

"가능성이 있어요" 하면서 윌슨은 그녀에게 미소를 던졌다. "부인은 야영지에 남아 계시지 그러세요?"

"절대로 싫어요" 하고 그녀는 그에게 말했다.

"부인께 야영지에 남아 계시라고 명령하시지 그러세요?" 하고 윌슨이 매코머에게 말했다.

"당신이 명령하시지" 하고 매코머가 냉정하게 말했다.

"명령 같은 거 집어치워요" 하고는 매코머에게 몸을 돌리더니 "어리석은 행동도 말이에요, 프란시스" 하고 마고트는 아주 명랑한 말투로 말했다.

"떠날 준비는 다 됐소?" 하고 매코머가 물었다.

"언제든지" 하고 윌슨이 그에게 말했다. "부인도 함께 가시길 원하십니까?"
"내가 원하든 원치 않든 그게 무슨 문제가 되겠소?"
빌어먹을, 하고 로버트 윌슨은 생각했다. 정말 빌어먹을 수작이야. 그러니까 일이 이런 식으로 될 수밖에 없었군. 그래, 그렇다면 결국 이런 식으로 되어갈 수밖에 없지.
"문제될 거야 없죠" 하고 그가 말했다.
"당신이 이 사람과 함께 야영지에 남아 있고 나 혼자 나가서 물소 사냥을 하길 원하는 건 아니오?" 하고 매코머가 물었다.
"그럴 수야 있나요" 하고 윌슨이 말했다. "내가 당신이라면 그런 농담은 하지 않을 겁니다."
"난 농담을 하는 게 아니오. 그저 역겨울 뿐이오."
"역겹다, 거 아름답지 못한 말인데요."
"프란시스, 제발 이치에 닿는 말 좀 할 수 없어요?" 하고 그의 아내가 말했다.
"난 지나칠 정도로 이치에 닿는 말을 하고 있어" 하고 매코머가 말했다. "당신은 이렇게 지저분한 걸 먹어본 적이 있소?"
"뭐 음식이 잘못됐나요?" 하고 윌슨이 조용히 물었다.
"다른 것들보다 더 잘못됐다고 할 순 없겠지."
"진정하십시오" 하고 윌슨이 아주 조용히 말했다. "영어를 좀 알아듣는 소년이 식탁 시중을 들고 있습니다."
"그까짓 녀석이 문제요?"
윌슨은 자리에서 일어나 파이프를 빨며 천천히 걸어가더

니 그를 기다리고 서 있던 엽총 운반인 한 명에게 스와힐리어로 몇 마디 했다. 매코머와 그의 아내는 식탁에 그대로 앉아 있었다. 그는 자기 커피잔을 물끄러미 쳐다보고 있었다.

"당신이 소동을 일으킬 경우, 난 당신과 헤어지겠어요" 하고 마고트가 조용히 말했다.

"천만에, 당신은 그러지 못할걸."

"어디 못하나 두고 보시죠."

"당신은 날 떠나지 못해."

"그래요" 하고 그녀가 말했다. "안 떠날 테니 좀 점잖게 구세요."

"점잖게 굴라구? 별소릴 다 듣겠군. 점잖게 굴라."

"그래요. 점잖게 구세요."

"그런데 왜 당신은 얌전하게 굴려고 하지 않지?"

"오랫동안 노력했어요, 아주 오랫동안."

"난 저 얼굴이 뻘건 돼지가 싫다구" 하고 매코머가 말했다. "꼴도 보기 싫을 정도야."

"저 사람은 정말 멋진 사람이에요."

"아, 입 닥쳐!" 하고 매코머는 거의 고함을 지르다시피했다. 바로 그때 자동차가 와서 식당용 텐트 앞에 멈추더니 운전사와 두 명의 엽총 운반인이 내렸다. 윌슨이 걸어오더니 식탁에 앉아 있는 그들 부부를 쳐다보았다.

"사냥하러 가시렵니까?" 하고 그가 물었다.

"그럼요" 하면서 매코머가 일어섰다. "가야죠."

"털옷을 가져가는 게 좋을 겁니다. 차 안이 추울 테니까요" 하고 윌슨이 말했다.

"가죽 자켓을 가지고 오겠어요" 하고 마고트가 말했다.
"그거라면 벌써 보이가 가지고 왔습니다" 하고 윌슨이 그녀에게 말했다. 그는 운전사와 함께 앞좌석에 올라탔다. 프란시스 매코머와 그의 아내는 아무 말 없이 뒷좌석에 앉았다.

이 바보 같은 자식이 뒤에서 내 뒤통수를 날려버릴 생각이나 안 했으면 좋겠는데, 하고 윌슨은 속으로 생각했다. 수렵여행에서 여자란 정말 귀찮은 존재란 말이야.

자동차는 희미한 새벽을 가르며 조약돌이 깔린 개울을 건너 각이 진 듯한 험한 강기슭을 기어 올라갔다. 거기는 전날 삽으로 길을 만들도록 윌슨이 일러두었던 길이었다. 그래서 그들은 저 멀리 공원처럼 숲이 울창하고 기복이 심한 데까지 차로 갈 수 있었다.

상쾌한 아침이로군, 하고 윌슨은 생각했다. 이슬이 흠뻑 내려서 스쳐 지나갈 때마다 식물들의 싱그러운 냄새를 맡을 수 있었다. 그것은 마편초(약재로 쓰이는 풀로 들이나 길가에 남)와 같은 냄새였다. 그는 이런 이른 아침의 이슬과 고사리 냄새, 그리고 길이 없는 공원 같은 곳을 자동차로 지나갈 때 이른 아침 안개 속에 거무스름하게 보이는 나무 둥치의 모습을 좋아했다. 이제 그는 뒷좌석에 있는 두 사람은 까맣게 잊은 채 물소에 대해 생각하고 있었다. 그가 쫓는 물소는 낮에는 도저히 총을 쏠 수 없는 수풀에 뒤덮인 늪지대에 머물지만 밤이 되면 넓은 들판으로 나와서 먹이를 구하기 때문에, 만약 차를 몰고 놈들과 놈들이 돌아가고 있을 늪지대 사이로 들어갈 수만 있다면 매코머는 넓은 들판에서 놈들과 겨룰 수 있는 좋은 기회를 갖게 될 것이다. 그는 울창한 숲 속으로 들어가서 매코머와 함께 물소 사냥을 하고 싶지는 않았다. 그는 물소 사냥이든 다른 무슨 사냥이든 간에 도무지 매코머와는 사냥을 하고 싶지 않았지만, 그는 전문 수렵가였고 전에도 별의별 사람과 사냥을 한 적이 있었던 것이다. 만일 오늘 물소를 잡는다면 다음은 코뿔소 사냥을 할 것이고, 그렇게 되면 이 가엾은 친구는 이 위험한 놀이를 다 마치게 될 테고, 사태도 수습될 것이다. 자기도 이 여자와는 더 이상 관계를 갖지 않을 것이고 매코머 역시 그 일을 잊어버리게 될 것이다. 보아하니 이 친구는 전에도 이런 일을 여러 번 당했음이 틀림없다. 가엾은 자식. 그래도 자기 나름대로 이겨내는 방법이 있겠지. 어쨌든 그런 일은 가엾은 놈팡이 제 잘못이지 뭐람.

이 로버트 윌슨이라는 자는 언제 굴러들어올지 모르는 횡재에 대비해서 수렵 여행 중엔 2인용 간이침대를 갖고 다녔다. 전에도 여러 국적의 사람들로 이루어진 방탕하고 스포츠를 좋아하는 어떤 손님들을 위해 사냥을 나간 적이 있었는데, 그 일행 속의 여자들은 이 백인 수렵가와 잠자리를 같이 하는 것을 너무도 당연하게 생각하는 것 같았다. 그 당시엔 썩 마음에 드는 여자도 몇 명 있었지만 헤어지고 나면 경멸감만 남았다. 그렇지만 그는 그런 사람들에 의해 생계를 유지해온 터였고, 그들에게 고용되어 있는 동안은 그들의 기준이 그의 기준일 수밖에 없었다.

그러나 사냥에 있어서만은 예외였다. 그는 사냥에 있어서만은 자기의 기준이 있었기 때문에 그들은 그 기준을 따르든지 그것이 싫으면 다른 수렵가를 고용해서 사냥을 해야만 했다. 그 점 때문에 그들 모두가 자기를 존경한다는 것을 그 역시 잘 알고 있었다. 그런데 매코머라는 작자는 희한한 자식이 아닐 수 없다. 정말이지 그렇게밖엔 생각되지 않는다. 그리고 그 아내. 그래, 아내지. 그렇지, 아내야. 흠, 아내? 정말이지 그는 그것을 까맣게 잊고 있었다. 그는 고개를 돌려 그들을 쳐다보았다. 매코머는 험상궂고 잔뜩 화가 난 얼굴로 앉아 있었다. 마고트는 그에게 미소를 지었다. 오늘따라 그녀는 더 젊어 보이고 더 순진하고 더 신선해 보였으며, 창녀의 아름다움과는 완연히 다른 아름다움을 갖고 있는 것처럼 보였다. 저 가슴속에서 무슨 생각을 하고 있는지 누가 알겠는가, 하고 윌슨은 생각했다. 그녀는 어젯밤에 그다지 말이 많지 않았다. 그 생각을 하면서 이 여자의 얼굴을 보는 것은 즐거운 일이었다.

자동차는 완만한 오르막을 올라가서 나무들 사이를 지나 풀이 우거진 대초원과 같은 공터로 나왔다. 거기서부터 운전사는 속도를 늦추어 들판 가장자리를 따라 나무 그늘 밑으로 차를 몰았고, 윌슨은 초원 너머 그 일대를 조심스럽게 살피고 있었다. 그는 차를 멈추게 하고 쌍안경으로 들판을 샅샅이 살폈다. 그런 다음 운전사에게 앞으로 나가라는 손짓을 하자 운전사는 천천히 차를 몰고 나갔다. 그때 들판 너머를 살피던 윌슨이 갑자기 뒤돌아보며 말했다.

"아, 저기 있습니다!"

자동차는 나는 듯이 앞으로 달렸고, 윌슨이 스와힐리어로 운전사에게 빠르게 뭐라 말하는데 윌슨이 가리키는 곳을 바라보니 매코머의 눈에도 거대한 몸집의 검은 동물 세 마리가 보였다. 그 길고 육중해 보이는 몸뚱이는 거의 원통형이라 마치 검고 커다란 장갑차 같은 것이 넓은 초원의 저쪽 끝을 가로질러 질주하고 있는 것 같았다. 그놈들은 목을 빳빳이 쳐들고 뛰었는데, 쑥 내밀고 뛰는 그 머리에는 위로 휘어져 올라간 널따랗고 검은 뿔이 보였다. 머리는 거의 움직이지 않는 듯했다.

"늙은 물소 세 마리군요" 하고 윌슨이 말했다. "놈들이 늪지대로 들어가기 전에 가로막아야겠습니다."

차는 시속 45마일의 속력으로 들판을 질주하고 있었다. 매코머의 눈에도 물소는 점점 더 크게 보이더니 마침내 잿빛의 털 없는 꺼칠꺼칠한 모양을 한 거대한 물소 한 마리를 아주 똑똑히 볼 수 있었다. 어깨의 일부를 이룬 목과 윤이 나는 검은 뿔이 달린 그 물소는 앞서가는 두 마리보다 약간 처졌으나 줄기차게 달리고 있었다. 자동차가 길을 뛰어넘기라도 한 것처럼 흔들리더니 물소 가까이 바싹 다가섰다. 돌진하는 물소의 엄청난 몸집, 띄엄띄엄 털이 난 가죽에 묻은 흙탕, 넓적하게 벌어진 뿔, 길게 늘어진 콧등과 커다란 콧구멍이 눈에 들어오자 매코머가 총을 들었다. 그때 윌슨이 소리쳤다. "차에서 쏴선 안 돼요, 이 바보 양반아!" 그러나 그는 윌슨이 밉다는 생각뿐, 아무것도 무섭지 않았다. 갑자기 브레이크가 걸리면서 차는 옆으로 미끄러지며 거의 정지했고, 윌슨과 그는 서로 반대쪽으로 뛰어내리면서 약간 비틀거렸다. 그러나 그는 곧 달려가는 물소를 향해 총을 쏘았다. 총탄이 몸뚱이에 박히는 소리를 들으면서 그는 줄기차게 달리는 놈을 향해 총탄을 계속 쏴댔다. 마침내 어깨 앞쪽을 겨냥해서 쏴야 한 다는 생각이 나자 다시 장전하려고 하는데 물소가 무릎을 꿇고 커다란 머리를 내저으며 쓰러지는 것이 보였다. 그는 나머지 두 마리가 여전히 달리고 있는 것을 보자 앞장선 놈을 쏴 맞추었다. 또 쐈으나 이번에는 맞지 않았는데 윌슨이 쏜 총탄에 앞선 물소가 코를 박고 쓰러지는 것이 보였다.
 "저기 또 한 놈을 어서!" 하고 윌슨이 말했다. "지금처럼 그렇게 말이오!"
 그러나 또 한 놈은 여전히 줄기차게 달리고 있었고, 그가 쏜 총탄은 맞지 않고 흙먼지만 푹 일으켰다. 윌슨도 실패하여 먼지만 구름처럼 일었다. 그러자 윌슨이 소리쳤다. "자, 차에 타세요. 거리가 너무 멀어요!" 하면서 그의 팔을 잡았고, 그들은 다시 차에 올랐다. 매코머와 윌슨은 차 발판에 매달린 채 울퉁불퉁한 땅에 흔들리면서 돌진하여 아까와 똑같은 속력으로, 육중한 목덜미를 꼿꼿이 하고 저돌적으로 달려가는 놈의 꽁무니를 바싹 따랐다.
 그들은 놈의 바로 뒤로 다가섰다. 매코머가 총탄을 재다가 땅에 떨어뜨리기도 하고 제대로 재기도 하고 잘못 잰 것을 빼내기도 하는 동안 그들은 물소를 거의 따라잡기에 이르렀다. 그때 윌슨이 외쳤다. "서!" 그러자 차는 거의 뒤집힐 정도로 급정거했다. 매코머는 앞으로 쓰러질 듯 뛰어내려 노리쇠를 앞으로 쳐내면서 질주하는 물소의 둥글고 검은 등을 되도록 앞쪽을 겨누어 쐈다. 다시 겨누어 쏘고 또 쐈다. 총탄 세례를 받고도 물소는 까딱도 하지 않았다. 그때 윌슨이 쏜 총소리에 귀가 멍멍한 듯싶더니 물소가 비틀거리는 것이 보였다. 매코머가 조심스럽게 겨누어 또 한 방 쏘자 물소는 쓰러지면서 무릎을 꿇었다.

"훌륭합니다" 하고 윌슨이 말했다. "정말 멋졌어요. 세 마리 다 잡았습니다."

매코머는 기쁨에 취해 있었다.

"당신은 몇 번 쐈소?" 하고 그가 물었다.

"딱 세 번입니다" 하고 윌슨이 말했다. "첫 번째 물소는 당신이 죽인 거예요. 제일 큰 놈 말입니다. 다른 두 놈도 난 그저 도왔을 뿐이에요. 숨어버리면 어쩌나 해서 말입니다. 어디까지나 당신이 잡은 거예요. 난 그저 약간 마무리를 한 셈입니다. 기가 막히게 잘 쏘셨어요."

"차로 돌아갑시다" 하고 매코머가 말했다. "한잔 해야겠소."

"그보다도 먼저 저 물소를 처치해야 합니다" 하고 윌슨이 그에게 말했다. 물소는 무릎을 꿇은 채 머리를 사납게 쳐들고는 돼지 같은 눈을 부릅뜨고 울부짖다가 그들이 가까이 가자 노기를 띠고 으르렁거렸다.

"놈이 일어설지도 모르니 조심하시오" 하고 윌슨이 말했다. "약간 옆으로 비켜서서 바로 놈의 귀퉁이를 쏘세요."

매코머는 잔뜩 화가 나서 머리를 쳐들고 있는 물소의 거대한 목덜미 한복판을 조심스럽게 겨누어 쐈다. 그 한 방에 물소의 머리가 앞으로 푹 꺾였다.

"이제 됐어요" 하고 윌슨이 말했다. "척추를 맞았군요. 정말 꼴사납게 생긴 놈들이죠, 안 그렇습니까?"

"한잔 하러 갑시다" 하고 매코머가 말했다. 그는 평생에 그렇게 기분이 좋아본 일이 없었다.
 차 안에는 매코머의 아내가 하얗게 질린 얼굴로 앉아 있었다. "정말 훌륭했어요, 여보" 하고 그녀는 매코머에게 말했다. "그렇게 지독하게 몰다니!"
 "너무 거칠었나요?" 하고 윌슨이 물었다.
 "정말 무서웠어요. 평생 이렇게 무서워해본 적은 처음이에요."
 "모두 한잔 합시다" 하고 매코머가 말했다.
 "좋다마다요" 하고 윌슨이 말했다. "먼저 부인부터."
 그녀는 위스키를 휴대용 술병째 그냥 들이켜면서 약간 몸을 떨었다. 그녀는 술병을 매코머에게 건네주었고, 그는 다시 윌슨에게 건네주었다.
 "가슴이 그렇게 뛸 수가 없었어요" 하고 그녀가 말했다. "머리도 무척 아프고 말예요. 그런데 차에서 쏴도 되는 줄은 몰랐군요."
 "차에서 쏜 사람은 없어요" 하고 윌슨이 냉정하게 말했다.
 "내 말은 차를 타고 뒤쫓았다는 거예요."
 "보통은 그렇게 하지 않죠" 하고 윌슨이 말했다. "하지만 뒤쫓는 동안 난 참 재미있던데요. 도보로 사냥을 하는 것보다 여기저기 구멍이니 뭐니 하는 것이 있는 들판을 차로 달리는 게 훨씬 더 모험적이죠. 물소는 생각만 있으면 우리가 쏠 때마다 덤벼들 수도 있었거든요. 놈들에게도 기회는 모두 준 셈이죠. 그렇지만 다른 사람들한테는 얘기하지 마십시오. 당신 식으로 생각하면 그건 위법 행위니까요."
 "내가 보기엔 그건 너무 비겁한 것 같아요" 하고 마고트가 말했다. "저렇게 무력한 것들을 자동차로 쫓다니 말예요."

"그래요?" 하고 윌슨이 말했다.

"나이로비(케냐의 수도)에서 이 사실을 알면 어떻게 되죠?"

"우선 난 면허증을 뺏기게 되겠죠. 그 밖에 여러 가지 불쾌한 일이 있을 겁니다" 하면서 윌슨은 휴대용 술병에서 술을 한 모금 마셨다. "난 실직하게 되는 거죠."

"정말이에요?"

"네, 정말입니다."

"그렇다면" 하면서 매코머는 이날 처음으로 미소를 지었다. "내 아내가 당신 약점을 잡은 셈이군."

"당신도 그런 재치 있는 말을 다 할 줄 아는군요, 프란시스" 하고 마고트 매코머가 말했다.

윌슨는 그 두 사람을 쳐다보았다. 호색가와 그보다 더한 여자가 결혼하면 그 사이에서 대체 어떤 자식이 나올까, 하고 윌슨은 생각하고 있었다. 그러나 입으로는 이렇게 말했다. "엽총 운반인 하나가 보이지 않는군요. 그 친구 보셨습니까?"

"큰일났군, 못 봤소" 하고 매코머가 말했다.

"저기 오는군요" 하고 윌슨이 말했다. "무사하군요. 아마 우리가 첫 번째 물소를 내버려두고 올 때 뒤처졌을 겁니다."

그들 쪽으로 절름거리면서 다가오는 중년의 엽총 운반인은 털실로 뜬 모자에 카키색 튜닉을 입고 반바지에 고무샌들을 신은 차림이었다. 어두운 얼굴에 못마땅한 표정이었고 오자마자 윌슨에게 스와힐리어로 뭐라 지껄였다. 그들 모두는 백인 수렵가의 안색이 변하는 것을 보았다.
"뭐라고 하는 거죠?" 하고 마고트가 물었다.
"첫 번째 물소가 일어나서 숲 속으로 들어갔다는군요" 하고 윌슨은 담담한 어조로 말했다.
"저런!" 하고 매코머는 당황한 듯이 말했다.
"그럼 사자 때와 똑같은 꼴이 되겠네" 하고 마고트는 앞으로의 일이 예상된다는 말투로 끼어들었다.
"사자 때처럼 될 염려는 조금도 없습니다" 하고 윌슨이 그녀에게 말했다. "한 잔 더 하시겠습니까, 매코머 씨?"
"고맙소, 그럽시다" 하고 매코머가 말했다. 그는 그 사자 사건으로 느꼈던 감정이 되살아나는 것이 아닐까 생각했으나 그렇지는 않았다. 난생 처음으로 그는 전혀 두려움을 느끼지 않았다. 두려움 대신 가눌 수 없는 기쁨이 솟구쳤다.
"두 번째 물소를 보러 가시죠" 하고 윌슨이 말했다. "운전사한테 자동차를 그늘 아래에 대놓으라고 이르겠습니다."
"뭘 하려는 거죠?" 하고 마고트 매코머가 물었다.
"물소를 보러 가려는 겁니다" 하고 윌슨이 말했다.
"나도 가겠어요."
"그러시죠."
그들 세 사람은 두 번째 물소가 들판에 시커먼 덩어리처럼 나둥그러져 있는 곳으로 걸어갔다. 머리는 풀밭에 처박힌 채였고, 그 어마어마한 뿔은 널따랗게 뻗쳐 있었다.
"아주 근사한 머리로군" 하고 윌슨이 말했다. "폭이 120센티미터는 되겠는데."
매코머는 기쁨에 넘치는 표정으로 물소를 쳐다보고 있었

다.

"끔찍스런 꼴이로군요" 하고 마고트가 말했다. "그늘로 가면 안 될까요?"

"되고말고요" 하고 윌슨이 말했다. "저길 보세요" 하고 매코머에게 말하면서 그는 손가락으로 가리켰다. "저 덤불숲이 보입니까?"

"네."

"저기가 첫 번째 놈이 들어간 곳이에요. 엽총 운반인 말이, 그가 우리와 떨어졌을 때 물소는 쓰러져 있었대요. 그는 우리가 다른 두 놈을 맹렬히 뒤쫓는 것을 지켜보고 있다가 눈을 들어 올려다보니 그 물소가 일어나서 자기를 쳐다보고 있었다지 뭡니까. 그래서 그는 죽어라고 뛰었는데 물소는 유유히 저 덤불숲으로 들어갔다는 거예요."

"지금 당장 뒤쫓아갈 수 있소?" 하고 매코머가 열을 내며 물었다.

윌슨은 기특하다는 듯이 그를 쳐다보았다. 정말이지 희한한 친구로군, 하고 그는 생각했다. 어제는 형편없던 겁쟁이가 오늘은 물불을 가리지 않는 용자가 되다니.

"아닙니다. 놈에게 시간을 좀 주기로 하죠."

"제발 그늘로 좀 들어가요" 하고 마고트가 말했다. 그녀는 얼굴이 창백하고 어딘가 불편한 표정이었다.

그들은 가지가 넓게 퍼진 나무 밑에 세워둔 자동차를 향해 걸어가서 모두 올라탔다.

"어쩌면 저 속에 죽어 있을지도 모릅니다" 하고 윌슨이 말했다. "좀 있다 보러 갑시다."

매코머는 이제껏 경험하지 못한 까닭 모를 격렬한 행복감에 휩싸였다.

"정말이지, 멋진 사냥이로군" 하고 그는 말했다. "여태까지 이런 기분을 느껴본 적이 없을 정도야. 근사하지 않아, 마고트?"

"난 싫어요."

"왜?"

"싫다니까요" 하고 그녀는 쏘아붙였다. "너무너무 싫어요."

"이제 난 뭐든지 무서워할 것 같지 않소" 하고 매코머가 윌슨에게 말했다. "처음 물소를 보고 뒤쫓기 시작한 후로 내게 뭔가 변화가 일어났소. 마치 뭔가 폭발한 것처럼 말이오. 순수한 흥분이라고나 할까요."

"겁에 질린 당신의 오장 육부가 깨끗이 씻겨진 모양이군요" 하고 윌슨이 말했다. "사람에겐 별 희한한 일이 다 일어나는 법입니다."

매코머의 얼굴은 빛나고 있었다. "정말 내게 무슨 일이 일어난 거요" 하고 그는 말했다. "난 완전히 다른 사람이 된 느낌이오."

그의 아내는 뒷좌석 깊숙이 앉아 아무 말도 하지 않고 이상하다는 듯이 그를 쳐다보았다. 매코머는 앞으로 다가앉아 몸을 비스듬히 돌려 앞좌석 등받이 너머로 대꾸하는 윌슨과 이야기를 하고 있었다.

"저, 사자 사냥을 한 번 더 해보고 싶소" 하고 매코머가 말했다. "정말이지 이젠 그까짓 사자쯤은 조금도 무섭지 않소.

제놈이 결국 뭘 어쩌겠소?"

"그렇고말고요" 하고 윌슨이 말했다. "기껏해야 사람을 죽이는 일이겠죠. 어떻게 되더라? 셰익스피어의 시구 말입니다. 참 근사한 시구가 있죠. 가만, 생각날 것 같군. 정말 멋있는 시구죠. 한때는 늘 혼자 중얼중얼 했는데. 가만 있자. '결코 난 걱정하지 않는다. 사람은 단 한 번밖에 죽지 않아. 죽음이란 하느님의 손에 달린 것, 올해 죽는 자는 내년에 다시 죽지 않나니《헨리 4세》제2부 제3막 제2장에 나오는 말).' 정말 멋진 시구죠, 그렇죠?"

윌슨은 자기가 생활 신조로 삼고 있는 이 말을 꺼내고는 몹시 당황해했다. 그러나 그는 전에도 남자가 정말 진정한 성인(成人)이 되는 것을 지켜본 적이 있었고, 그때마다 감동을 받곤 했다. 그것은 단순히 스물한 번째의 생일을 맞는 것 따위와는 달랐던 것이다.

이런 변화가 매코머에게 일어난 것은, 미리 걱정을 할 사이도 없이 갑자기 행동으로 돌입하는 사냥이라는 기묘한 기회를 통해서였다. 그러나 그것이 어떻게 일어났든, 아무튼 그것이 일어난 것만은 틀림없는 사실이었다. 저 거지 같은 녀석의 지금 모습을 좀 보라구, 하고 윌슨은 속으로 생각했다. 오래도록 어린애 티를 못 벗는 녀석들이 더러 있긴 하지, 하고 윌슨은 생각했다. 평생 그러는 놈도 있지. 쉰 살이 되어도 어린애 같은 놈도 있고 말이야. 저 위대한 미국의 애어른들 말야. 정말이지 이상한 국민이야. 그러나 그는 이제 이 매코머가 좋아졌다. 정말 이상한 친구야. 아마 마누라를 뺏기는 것도 이것으로 끝이 나겠지. 그래, 거 기가 막히게 좋은 일이지. 정말 좋은 일이야. 저 거지 같은 놈은 아마 평생 걱정 속에서 살아왔을 거야. 어떻게 해서 그런 게 시작됐는지는 알 수 없지만 말이야. 하지만 이젠 끝났어. 물소를 무서워할 시간적 여유도 없었지. 그것과 또 화를 낸 것이 이 일에는 다소 도움이 되었거든. 게다가 자동차도. 자동차가 있었기 때문에 그런 기분을 맛보게 되었는지도 모르지. 지금은 아주 기세가 당당한데. 그는 전쟁터에서도 이와 똑같은 일을 본 적이 있었다. 처녀성을 잃는 것보다도 더 큰 변화였다. 수술을 해서 떼어낸 것처럼 공포가 사라져버렸다. 그리고 그 자리에 무엇인가가 대신 생겼다. 남자가 갖는 중요한 것이. 남자를 어른으로 만드는 것이. 여자들도 그런 것은 알고 있다. 공포가 없어진 것이다.

뒷좌석에 앉은 마가레트 매코머는 그 두 사람을 쳐다보고 있었다. 윌슨에게는 아무 변화가 없었다. 그 전날 그녀가 그의 뛰어난 능력을 처음으로 인식했을 때의 그와 조금도 다름이 없었다. 그러나 프란시스 매코머에게는 이제 분명 어떤 변화가 있다는 것을 알 수 있었다.

"앞으로 일어날 일에 대해 행복감 같은 것이 느껴지지 않소?" 하고 매코머는 새로 얻은 귀중한 감정을 여전히 느끼면서 물어보았다.

"그런 말씀 마십시오" 하고 윌슨은 상대의 얼굴을 빤히 쳐다보면서 말했다. "겁이 난다고 말하는 것이 훨씬 더 격에 맞을 겁니다. 잘 알아두세요, 앞으로도 얼마든지 겁이 날 때가 있을 테니까요."

"하지만 당신도 앞으로 일어날 일에 대해 행복감 같은 것은 느낄 것 아니오?"

"그럼요" 하고 윌슨이 말했다. "그런 거야 느끼죠. 하지만 이런 일에 대해선 말을 너무 많이 하는 게 아닙니다. 말해버리면 모두 없어지니까요. 뭐든 너무 많이 입에 오르면 즐거움이 사라져버리는 법입니다."

"두 분 다 말 같지도 않은 얘길 하고 계시군요" 하고 마고트가 말했다. "그 무력한 짐승을 자동차로 뒤쫓은 걸 가지고 마치 영웅이나 된 것처럼 떠들어대다니 말예요."

"미안합니다" 하고 윌슨이 말했다. "내가 너무 떠벌린 모양이군요." 이 여자는 벌써 그 일로 속을 태우고 있군, 하고 그는 생각했다.

"우리 얘길 알아듣지도 못하면서 왜 끼어드는 거지?" 하고 매코머가 아내에게 물었다.

"당신은 너무나 갑자기, 너무나 용감해졌군요" 하고 그의 아내는 경멸조로 말했으나 그 경멸은 확고하지 못했다. 그녀는 무엇인가를 몹시 두려워하고 있었다.

매코머는 웃었다. 그 웃음은 가식적이지 않고 극히 자연스러웠다. "그러게 말이야" 하고 그는 말했다. "정말 그렇게 됐어."

"좀 늦지 않았을까요?" 하고 마고트가 쌀쌀맞게 말했다. 왜냐하면 그녀는 지난 오랜 세월 동안 자신이 할 수 있는 한 최선을 다해왔고, 지금 그들이 이렇게 되어버린 것도 사실 어느 한 사람의 잘못은 아니기 때문이었다.

"내겐 늦지 않았어" 하고 매코머가 말했다.

마고트는 아무 말도 하지 않고 자리 한구석에 등을 기대버렸다.

"이제 놈에게 충분히 시간을 준 게 아니오?" 하고 매코머는 한껏 들뜬 어조로 윌슨에게 물었다.

"가봐도 될 겁니다" 하고 윌슨이 말했다. "총알은 아직 남아 있나요?"

"엽총 운반인이 좀 갖고 있을 겁니다."

윌슨이 스와힐리어로 부르자, 물소 머리 가죽을 벗기고 있던 나이 많은 엽총 운반인이 벌떡 일어나 호주머니에서 총알갑을 꺼내더니 그것을 매코머에게 가져왔다. 매코머는 탄창을 채우고 나머지는 호주머니에 넣었다.

"당신은 스프링필드총으로 쏘는 게 좋을 겁니다" 하고 윌슨이 말했다. "그게 손에 익었을 테니까요. 만리커(사냥용 라이플총)는 부인께 맡겨두고 갑시다. 엽총 운반인에게 당신의 장총을 지고 가게 하고 말입니다. 난 이 큰 총을 들고 가겠습니다. 이제 물소에 대해 얘기해드리죠." 그는 매코머가 불안해할까봐 그 이야기는 마지막 순간까지 말하지 않았던 것이다. "물소는 덤벼들 때 머리를 높이 쳐들고 똑바로 돌진해옵니다. 뿔이 커서 머리통에 대한 어떤 사격도 다 막아내죠. 유일한 급소는 바로 콧잔등입니다. 또 하나는 가슴팍이고, 놈이 약간 옆에 있을 땐 목이나 어깨를 쏴야 합니다. 놈들은 한 방 맞기만 하면 마구 발광을 하죠. 엉뚱한 행동을 해선 안 됩니다. 가능한 한 제일 쉬운 곳을 사격하십시오. 이제 저 사람들이 머리 가죽을 다 벗겼군요. 자, 이제 출발할까요?"

그는 엽총 운반인들을 불렀다. 그들은 손을 닦으면서 걸어왔다. 나이가 많은 사람이 차 뒤로 올라탔다.

"콩고니만 데리고 가겠습니다" 하고 윌슨이 말했다. "한 사람은 새들을 쫓아야 하니까요."

자동차는 넓은 들판을 가로질러 섬 모양으로 된 덤불숲을 향해 천천히 움직였다. 그 숲은 넓은 늪지대를 가로지르는 바싹 마른 개울을 따라 혀 모양으로 뻗쳐 있었다. 매코머는 다시 가슴이 마구 뛰고 입이 바싹 타는 것을 느꼈다. 그러나 그것은 공포심 때문이 아니라 흥분 때문이었다.

"여기가 놈이 들어간 곳입니다" 하고 윌슨이 말했다. 그러더니 엽총 운반인에게 스와힐리어로 말했다. "핏자국을 따라 가."

차는 덤불숲과 평행이 되게 세웠다. 매코머와 윌슨과 엽총 운반인은 차에서 내렸다. 매코머가 뒤돌아보니 그의 아내는 총을 옆에다 두고 그를 쳐다보고 있었다. 그는 그녀에게 손을 흔들었으나 그녀는 아무 응답도 하지 않았다.

덤불숲은 들어갈수록 더 무성하고, 땅은 바싹 말라 있었다. 중년의 엽총 운반인은 땀을 몹시 흘리고 있었다. 윌슨은 모자를 눈 위까지 눌러썼고 그의 붉은 목덜미가 매코머 바로 눈앞에 보였다. 갑자기 엽총 운반인이 스와힐리어로 윌슨에게 뭐라 말하더니 앞으로 달려갔다.

"놈이 저기 죽어 있군요" 하고 윌슨이 말했다. "잘하셨습니다" 하면서 그는 몸을 돌려 매코머의 손을 덥석 잡았다. 서로 빙그레 웃으면서 악수를 하고 있는데, 엽총 운반인이 미친 듯이 소리를 지르며 덤불숲에서 쏜살같이 뛰어나오는 것이 보였다. 그리고 물소가 코를 쳐들고 입을 꽉 다문 채 피를 흘리면서 그 커다란 머리를 앞으로 쑥 내밀고 공격해오는

데, 그들을 쳐다보는 돼지 눈 같은 작은 눈에는 핏발이 서 있었다. 앞섰던 윌슨이 무릎을 꿇으면서 총을 쏘았다. 매코머도 총을 쏘았지만 윌슨의 총성 때문에 자기의 총소리는 듣지 못한 채 그 커다란 뿔에서 슬레이트 같은 뼛조각이 튀고 머리가 움찔 하는 것을 보았다. 그는 다시 넓은 콧구멍을 향해 총을 쏘았고, 뿔이 또 몹시 흔들리면서 뼛조각이 튀는 것이 보였다. 이제 윌슨의 모습은 눈에 들어오지도 않았고, 그는 거의 그를 덮칠 듯한 물소의 거대한 몸뚱이를 향해 주의 깊게 또 쏘았다. 그의 총은 코를 쳐들고 덤벼드는 물소의 머리와 거의 같은 높이를 유지하고 있었다. 그는 악에 찬 그 작은 눈을 보았고, 그 머리가 숙여지기 시작하는 것을 볼 수 있었는데, 그 순간 자기의 머릿속에서 갑자기 눈앞을 가리는 섬광이 터지는 것을 느꼈다. 그것이 그가 마지막으로 느낀 모든 것이었다.

윌슨은 물소의 어깨를 쏘려고 한쪽으로 비켰었고, 매코머는 정면으로 대결한 채 코를 향해 쏘고 있었다. 그러나 번번이 약간 위쪽을 쏘는 바람에 그 육중한 뿔에 맞아 슬레이트 지붕을 쏜 것처럼 뼛조각이 떨어져 튀어나갔다. 차 안에 있던 매코머 부인은 물소가 금방 매코머를 뿔로 받을 것만 같아 6.5구경 만리커를 들어 물소를 향해 쐈는데, 그것이 그만 남편의 두개골 밑으로 5센티미터쯤 떨어진 곳에 맞았던 것이다.

이제 프란시스 매코머는 물소가 옆으로 쓰러져 있는 곳에서 2미터도 채 안 되는 곳에 쓰러져 있었다. 그의 아내는 남편의 시체 옆에 꿇어 앉아 있었고 윌슨은 그 옆에 서 있었다.

"몸을 뒤집어선 안 됩니다" 하고 윌슨이 말했다.
그녀는 정신이 나간 것처럼 울고 있었다.
"난 차로 돌아가겠어요" 하고 윌슨이 말했다. "총은 어디 있죠?"
그녀는 고개를 가로저었다. 그녀의 얼굴은 일그러져 있었다. 엽총 운반인이 총을 집어들었다.
"그대로 둬" 하고 윌슨이 말했다. "가서 압둘라를 데리고 와서 사고 현장의 증인이 되어달라고 해."
그는 무릎을 꿇더니 호주머니에서 손수건을 꺼내서 프란시스 매코머의 짧게 깎은 머리 위에 펴놓았다. 마르고 푸석푸석한 땅바닥으로 피가 스며들고 있었다.
윌슨은 일어서면서 사지를 쭉 뻗은 채 배를 드러내고 옆으로 쓰러져 있는 물소를 보았다. 털이 엉성하게 난 배에는 진드기가 기어다니고 있었다. '정말 멋진 물소군.' 그의 머릿속에는 기계적으로 그런 생각이 스쳐갔다. '130센티미터는 되겠는데, 아니, 더 될지도 모르지. 더 되겠어.' 그는 운전사를 불러 시체 위에 담요를 덮고 그 옆에 남아 있으라고 했다. 그러고 나서 그는 마고트가 울고 있는 자동차로 걸어갔다.
"참 대단한 일을 하셨군요" 하고 그는 억양이 없는 말투로 말했다. "그 친구 역시 당신 곁을 떠나고 싶었겠지만 말입니다."
"닥쳐요" 하고 그녀가 말했다.
"물론 그건 사고죠" 하고 그가 말했다. "다 압니다."
"닥치라니까요" 하고 그녀가 말했다.
"걱정 마세요" 하고 그가 말했다. "좀 불편하겠지만 심문

할 때 아주 도움이 될 만한 사진을 몇 장 찍어두겠소. 게다가 엽총 운반인들과 운전사도 증언을 할 거요. 당신은 전혀 걱정할 필요 없어요."

"닥쳐요" 하고 그녀가 말했다.

"해야 할 일이 태산 같아요" 하고 그가 말했다. "트럭을 호수까지 보내서 우리 셋을 비행기로 나이로비까지 데려다달라고 무전을 쳐야겠소. 그런데 왜 그를 독살하지 않았소? 영국에선 그렇게들 하는데."

"닥쳐요, 닥쳐요, 닥쳐요" 하고 여자는 울부짖었다.

윌슨은 무표정한 파란 눈으로 그녀를 쳐다보았다.

"나도 이젠 시원섭섭하군" 하고 그는 말했다. "난 좀 화가 났소. 당신의 남편이 좋아지기 시작했는데."

"아, 제발 닥쳐요" 하고 그녀가 말했다. "제발, 제발 닥쳐요."

"그 편이 낫군" 하고 윌슨이 말했다. "제발이라는 말을 붙이는 편이 훨씬 낫군요. 그럼 이젠 나도 입을 다물겠소."*

□ 연 보

1899년   7월 21일 일리노이주(州) 시카고 서부 오크파크에서 장남으로 태어남. 부친은 의사로서 사냥과 낚시에 취미를 가짐.

1909년   이 무렵부터 가끔 미시간주 북부의 월룬 호반으로 피서. 부친과 함께 사냥, 낚시 등 야외 운동에 몰두함.

1917년   오크파크 고등학교 졸업. 4월에 미국이 제1차 세계대전에 참전함에 따라, 졸업 직전 군에 지원했으나 왼쪽 눈이 나빠 불합격됨. 졸업 후 캔자스 시티의 《스타》지 기자가 되어 문장의 간결성과 역동적 표현을 익힘.

1918년   4월 신문사 퇴사. 이탈리아군의 적십자 요원으로 유럽 전선에 종군. 7월 북이탈리아 전선에서 중상을 입어 밀라노 육군병원에서 3개월간 요양함. 퇴원 후 다시 이탈리아 보병 부대에 배속됨. 이때의 체험이 〈무기여 잘 있거라〉의 배경이 됨.

1920년   제대. 정양 후 캐나다 토론토의 신문기자가 됨. 가을, 시카고에 가서 셔우드 앤더슨과 만나 강렬한 자극을 받고 시카고 그룹의 예술가들과 교우.

1921년   봄, 다시 《토론토 스타》(주간)지의 서명 집필자가

|       | 됨. 9월 해들리 리처드슨과 결혼, 토론토에서 살았으며, 12월에는 《토론토 스타》지 유럽 특파원이 되어 파리에 정착함. |
|-------|---|
| 1922년 | 앤더슨의 소개로 거트루드 스타인과 만났고, 에즈라 파운드와 알게 됨. 3월엔 이탈리아, 독일, 스위스 등 유럽 각지를 여행함. 이 해에 단편과 시를 처음으로 발표함. |
| 1923년 | 첫 작품집 《세 단편과 열 편의 시(Three Stories and Ten Poems)》 출판. 9월에는 파리 거주 생활비를 구하러 토론토로 돌아옴. |
| 1924년 | 파리에 머물면서 본격적인 문학 수업을 시작함. 여름에 스페인을 여행함. 이때의 견문이 〈해는 또다시 떠오른다〉의 배경이 됨. 파리에서 단편집 《우리들 시대에(In Our Time)》 출판. |
| 1925년 | 《우리들 시대에》의 증보판을 미국에서 출판. |
| 1926년 | 〈해는 또다시 떠오른다〉의 원고를 4월에 완성함. 발라드풍의 소설 《봄의 분류(The Torrents of Spring)》 출판. 《해는 또다시 떠오른다(The Sun Also Rises)》를 10월에 출판, 작가로서의 지위를 확립함. 아내 해들리와 이혼함. |
| 1927년 | 두 번째 단편집 《남자만의 세계(Men without Women)》 출판. 《보그》지 파리 주재원이자 패션 비평가인 폴린 파이퍼와 재혼. |
| 1928년 | 〈무기여 잘 있거라〉 집필을 시작. 귀국하여 플로리다주 최남단 키웨스트에 거주. 8월 말 와이오밍 |

주 빅혼에서 〈무기여 잘 있거라〉 탈고. 부친이 엽총 오발로 사망함.

1929년 《무기여 잘 있거라(A Farewell to Arms)》를 잡지에 연재, 출판. 4개월 동안 8만 부가 팔려 일약 문명(文名)을 높임.

1930년 자동차 사고로 몬태나주에서 입원 가료.

1931년 스페인을 여행, 투우에 관한 상세한 연구서 〈오후의 죽음〉 집필 시작.

1932년 《오후의 죽음(Death in the Afternoon)》 출판.

1933년 세 번째 단편집 《승자는 허무하다(Winner Take Nothing)》 출판. 부인과 함께 동아프리카로 수렵 여행.

1934년 〈아프리카 여행기〉 집필 시작. 〈부자와 빈자〉 제1부를 잡지에 발표.

1935년 여행기를 잡지에 연재. 10월 《아프리카의 푸른 언덕(The Green Hills of Africa)》 출판.

1936년 7월에 스페인 내란이 일어나 정부군 원조 자금 조달에 노력함. 단편 〈킬리만자로의 눈〉, 〈프란시스 매코머의 짧고도 행복한 생애〉 발표.

1937년 《나나》지 특파원으로 스페인 내란에 종군. 스페인 정부군 원조를 위해 적극적인 활동을 전개함. 스페인에 가서 영화 《스페인의 땅(The Spanish Earth)》 제작에 협력함. 6월 뉴욕으로 돌아와 전미작가회의(全美作家會議)에서 처음으로 공식 연설을 함. 10월 《부자와 빈자(To Have and Have Not)》

| | 출판. |
|---|---|
| 1938년 | 종군기 및 《스페인의 땅》, 《제5열 및 최초의 49 단편(The Fifth Column and the First 49 Stories)》 출판. |
| 1939년 | 3월 마드리드 함락, 스페인 내전은 프랑코측의 승리로 끝남. 〈누구를 위하여 종은 울리나〉 집필에 착수. |
| 1940년 | 《누구를 위하여 종은 울리나(For Whom the Bell Tolls)》 출판. 두 번째 부인과 이혼, 여류 작가 마더 겔혼과 결혼함. |
| 1941년 | 중일전쟁의 특파원으로 중국 방면을 여행한 후 아바나 근교에 거주. |
| 1942년 | 작품 《싸우는 사람들(Men at War)》 출판. |
| 1945년 | 제2차 대전이 끝나 귀국함. 12월 마더 겔혼과 이혼. |
| 1946년 | 《타임》지 특파원 메리 웰시와 네 번째 결혼. |
| 1949년 | 이탈리아에 체재. 이 무렵 눈을 다침. |
| 1950년 | 《강 건너 숲 속으로(Across the River and into the Trees)》 출판. |
| 1951년 | 〈노인과 바다〉 집필. |
| 1952년 | 《노인과 바다(The Old Man and the Sea)》 출판. |
| 1953년 | 퓰리처상 수상. 부인과 함께 아프리카 여행. |
| 1954년 | 1월 23일 영령(英領) 우간다에서 비행기 사고로 추락, 무사히 탈출함. 노벨문학상 수상. |
| 1958년 | 아프리카 여행. |
| 1960년 | 《라이프》지에 〈위험한 여름(The Dangerous |

Summer)〉 발표.

1961년  고혈압과 당뇨병으로 아이다호주의 자택에서 요양하던 중, 7월 2일 아침 의문의 엽총 자살.

1964년  파리 시대 청춘 회상기인 유작(遺作) 《움직이는 향연(A Movable Feast)》이 간행됨.

1970년  유작 《만류(灣流)의 섬들(Islands in the Stream)》 간행됨.

▨ 옮긴이 소개

서울 출생.
성신여대 영문과 졸업.
범우사 편집부 근무.
현재 번역 문학가로 활동 중임.

킬리만자로의 눈(외)

1991년   4월 30일   초판 1쇄 발행
1994년   4월 20일   초판 3쇄 발행
1999년  11월 20일   2판 1쇄 발행
2011년   4월 10일   2판 3쇄 발행

지은이   E. 헤밍웨이
옮긴이   오 미 애
펴낸이   윤 형 두
펴낸데   범 우 사

등 록   1966. 8. 3.   제 406-2003-048호
413-756   경기도 파주시 교하읍 문발리 525-2
전 화   (031)955-6900, 팩스 (031)955-6905

\* 파본은 교환해 드립니다.          교정·편집 | 조윤정·김지선

ISBN 89-08-03268-1  04840    (인터넷) www.bumwoosa.co.kr
     89-08-03202-9 (세트)    (이메일) bumwoosa@chol.com

작가별 작품론을 함께 실어 만든
# 범우비평판 세계문학선

❶ 토마스 불핀치
- 1-1 그리스·로마 신화 최혁순 값 10,000원
- 1-2 원탁의 기사 한영환 값 10,000원
- 1-3 샤를마뉴 황제의 전설 이성규 값 8,000원

❷ 도스토예프스키
- 2-1.2 죄와 벌 (상)(하) 이철 (외대 교수) 각권 8,000원
- 2-3.4.5 카라마조프의 형제 (상)(중)(하)
  김학수 (전 고려대 교수) 각권 9,000원
- 2-6.7.8 백치 (상)(중)(하) 박형규 각권 7,000원
- 2-9.10,11 악령 (상)(중)(하) 이철 각권 9,000원

❸ W. 셰익스피어
- 3-1 셰익스피어 4대 비극 이태주 (단국대 교수) 값 10,000원
- 3-2 셰익스피어 4대 희극 이태주 값 10,000원
- 3-3 셰익스피어 4대 사극 이태주 값 12,000원
- 3-4 셰익스피어 명언집 이태주 값 10,000원

❹ 토마스 하디
- 4-1 테스 김회진 (서울시립대 교수) 값 10,000원

❺ 호메로스
- 5-1 일리아스 유영 (연세대 명예교수) 값 9,000원
- 5-2 오디세이아 유영 값 8,000원

❻ 밀턴
- 6-1 실낙원 이창배 (동국대 교수) 값 9,000원

❼ L. 톨스토이
- 7-1.2 부활 (상)(하) 이철 (외대 교수) 값 7,000원
- 7-3.4 안나 카레니나 (상)(하) 이철 각권 12,000원
- 7-5.6.7.8 전쟁과 평화 1.2.3.4 박형규 각권 10,000원

❽ 토마스 만
- 8-1 마의 산 (상) 홍경호 (한양대 교수) 값 9,000원
- 8-2 마의 산 (하) 홍경호 값 10,000원

❾ 제임스 조이스
- 9-1 더블린 사람들 김종건 (고려대 교수) 값 10,000원
- 9-2.3.4.5 율리시즈 1.2.3.4 김종건 각권 10,000원
- 9-6 젊은 예술가의 초상 김종건 값 10,000원
- 9-7 피네간의 경야(抄)·詩·에피파니 김종건 값 10,000원

❿ 생 텍쥐페리
- 10-1 전시 조종사 (외) 조규철 값 8,000원
- 10-2 젊은이의 편지 (외) 조규철·이정림 값 7,000원
- 10-3 인생의 의미 (외) 조규철 (외대 교수) 값 7,000원
- 10-4.5 성채 (상)(하) 염기용 값 8,000원
- 10-6 야간비행 (외) 전채린·신경자 값 8,000원

⓫ 단테
- 11-1.2 신곡 (상)(하) 최현 값 9,000원

⓬ J. W. 괴테
- 12-1.2 파우스트 (상)(하) 박환덕 값 7,000원

⓭ J. 오스틴
- 13-1 오만과 편견 오화섭 (전 연세대 교수) 값 9,000원

⓮ V. 위고
- 14-1.2.3.4.5 레 미제라블 1.2.3.4.5 방곤 각권 8,000원

⓯ 임어당
- 15-1 생활의 발견 김병철 값 12,000원

⓰ 루이제 린저
- 16-1 생의 한가운데 강두식 (전 서울대 교수) 값 7,000원

⓱ 게르만 서사시
- 17 니벨룽겐의 노래 허창운 (서울대 교수) 값 13,000원

## 출판 36년이 일궈낸 세계문학의 보고

대학입시생에게 논리적 사고를 길러주고 대학생에게는 사회진출의 길을 열어주며,
일반 독자에게는 생활의 지혜를 듬뿍 심어주는 문학시리즈로서
범우비평판은 이제 독자여러분의 서가에서 오랜 친구로 늘 함께 할 것입니다.

( 全冊 새로운 편집·장정 / 크라운변형판 )

⑱ E. 헤밍웨이
 18-1 누구를 위하여 종은 울리나 김병철(중앙대 교수) 값 10,000원
 18-2 무기여 잘 있거라 (외) 김병철 값 12,000원

⑲ F. 카프카
 19-1 성(城) 박환덕(서울대 교수) 값 10,000원
 19-2 변신 박환덕 값 10,000원
 19-3 심판 박환덕 값 8,000원
 19-4 실종자 박환덕 값 9,000원

⑳ 에밀리 브론테
 20-1 폭풍의 언덕 안동민 값 8,000원

㉑ 마가렛 미첼
 21-1.2.3 바람과 함께 사라지다(상)(중)(하) 송관식·이병규 각권 10,000원

㉒ 스탕달
 22-1 적과 흑 김붕구 값 10,000원

㉓ B. 파스테르나크
 23-1 닥터 지바고 오재국(전 육사교수) 값 10,000원

㉔ 마크 트웨인
 24-1 톰 소여의 모험 김병철 값 7,000원
 24-2 허클베리 핀의 모험 김병철 값 9,000원
 24-3.4 마크 트웨인 여행기(상)(하) 박미선 각권 10,000원

㉕ 조지 오웰
 25-1 동물농장·1984년 김회진 값 10,000원

㉖ 존 스타인벡
 26-1.2 분노의 포도(상)(하) 전형기 각권 7,000원
 26-3.4 에덴의 동쪽(상)(하) 이성호(한양대 교수) 각권 9,000~10,000원

㉗ 우나무노
 27-1 안개 김현창(서울대 교수) 값 6,000원

㉘ C. 브론테
 28-1.2 제인 에어(상)(하) 배영원 각권 8,000원

㉙ 헤르만 헤세
 29-1 知와 사랑·싯다르타 홍경호 값 8,000원
 29-2 데미안·크눌프·로스할데 홍경호 값 9,000원
 29-3 페터 카멘친트·게르트루트 박환덕(서울대 교수) 값 8,000원
 29-4 유리알 유희 박환덕 값 12,000원

㉚ 알베르 카뮈
 30-1 페스트·이방인 방 곤(경희수) 값 9,000원

㉛ 올더스 헉슬리
 31-1 멋진 신세계(외) 이성규·허정애 값 10,000원

㉜ 기 드 모파상
 32-1 여자의 일생·단편선 이장림 값 9,000원

㉝ 투르게네프
 33-1 아버지와 아들 이정림 값 9,000원
 33-2 처녀지·루딘 김학수 값 10,000원

㉞ 이미륵
 34-1 압록강은 흐른다(외) 정규화(성신여대 교수) 값 10,000원

㉟ T. 드라이저
 35-1 시스터 캐리 전형기(한양대 교수) 값 12,000원
 35-2.3 미국의 비극(상)(하) 김병철 각권 9,000원

㊱ 세르반떼스
 36-1 돈 끼호떼 김현창(서울대 교수) 값 12,000원
 36-2 (속)돈 끼호떼 김현창(서울대 교수) 값 13,000원

㊲ 나쓰메 소세키
 37-1 마음·그 후 서석연 값 12,000원

㊳ 플루타르코스
 38-1~8 플루타르크 영웅전 1~8 김병철 각권 8,000원

㊴ 안네 프랑크
 39-1 안네의 일기(외) 김남석·서석연(전 동국대 교수) 값 9,000원

㊵ 강용흘
 40-1 초당 장문평(문학평론가) 값 9,000원
 40-2 동양선비 서양에 가시다 유영(연세대 교수) 값 10,000원

㊶ 나관중
 41-1~5 원본 三國志 1~5 황병국(중국문학가) 각권 10,000원

㊷ 귄터 그라스
 42-1 양철북 박환덕(서울대 교수) 값 10,000원

㊸ 아쿠타가와 류노스케
 43-1 아쿠타가와 작품선 진웅기·김진욱(번역문학가) 값 8,000원

㊹ F. 모리악
 44-1 떼레즈 데께루·밤의 종말(외) 전채린(충북대 교수) 값 8,000원

㊺ 에리히 M. 레마르크
 45-1 개선문 홍경호(한양대 교수·문학박사) 값 12,000원
 45-2 그늘진 낙원 홍경호·박상배(한양대 교수) 값 8,000원
 45-3 서부전선 이상없다(외) 박환덕(서울대 교수) 값 12,000원

㊻ 앙드레 말로
 46-1 희망 이가형(국민대 대우교수) 값 9,000원

㊼ A. J. 크로닌
 47-1 성채 공문혜(번역문학가) 값 9,000원

㊽ 하인리히 뵐
 48-1 아담 너는 어디 있었느냐(외) 홍경호(한양대 교수) 값 8,000원

㊾ 시몬느 드 보봐르
 49-1 타인의 피 전채린(충북대 교수) 값 8,000원

㊿ 보카치오
 50-1,2 데카메론(상)(하) 한형곤(외국어대 교수) 각권 11,000원

㊼ R. 타고르
 51-1, 고라 유영(연세대 명예교수) 값 13,000원

범우사
서울시 마포구 구수동 21-1호
TEL 717-2121, FAX 717-0429
http://www.bumwoosa.co.kr
(E-mail) bumwoosa@chollian.net

**주머니 속에 친구를!**

# 범우문고

| | |
|---|---|
| 1 수필 피천득 | 43 사노라면 잊을 날이 윤형두 |
| 2 무소유 법정 | 44 김삿갓 시집 김병연/황병국 |
| 3 바다의 침묵(외) 베르코르/조규철·이정림 | 45 소크라테스의 변명(외) 플라톤/최현 |
| 4 살며 생각하며 미우라 아야코/진웅기 | 46 서정주 시집 서정주 |
| 5 오, 고독이여 F. 니체/최혁순 | 47 사람은 무엇으로 사는가 L. 톨스토이/김진욱 |
| 6 어린 왕자 A. 생 텍쥐페리/이정림 | 48 불가능은 없다 R. 슐러/박호순 |
| 7 톨스토이 인생론 L. 톨스토이/박형규 | 49 바다의 선물 A. 린드버그/신상웅 |
| 8 이 조용한 시간에 김우종 | 50 잠 못 이루는 밤을 위하여 C. 힐티/홍경호 |
| 9 시지프의 신화 A. 카뮈/이정림 | 51 딸깍발이 이희승 |
| 10 목마른 계절 전혜린 | 52 몽테뉴 수상록 M. 몽테뉴/손석린 |
| 11 젊은이여 인생을… A. 모르아/방곤 | 53 박재삼 시집 박재삼 |
| 12 채근담 홍자성/최현 | 54 노인과 바다 E. 헤밍웨이/김회진 |
| 13 무진기행 김승옥 | 55 향연·뤼시스 플라톤/최현 |
| 14 공자의 생애 최현 엮음 | 56 젊은 시인에게 보내는 편지 R. 릴케/홍경호 |
| 15 고독한 당신을 위하여 L. 린저/곽복록 | 57 피천득 시집 피천득 |
| 16 김소월 시집 김소월 | 58 아버지의 뒷모습(외) 주자청(외)/허세욱(외) |
| 17 장자 장자/허세욱 | 59 현대의 신 N. 쿠치키(편)/진철승 |
| 18 예언자 K. 지브란/유제하 | 60 별·마지막 수업 A. 도데/정봉구 |
| 19 윤동주 시집 윤동주 | 61 인생의 선용 J. 러보크/한영환 |
| 20 명정 40년 변영로 | 62 브람스를 좋아하세요… F. 사강/이정림 |
| 21 산사에 심은 뜻은 이청담 | 63 이동주 시집 이동주 |
| 22 날개 이상 | 64 고독한 산보자의 꿈 J. 루소/염기용 |
| 23 메밀꽃 필 무렵 이효석 | 65 파이돈 플라톤/최현 |
| 24 애정은 기도처럼 이영도 | 66 백장미의 수기 I. 숄/홍경호 |
| 25 이브의 천형 김남조 | 67 소년 시절 H. 헤세/홍경호 |
| 26 탈무드 M. 토케이어/정진태 | 68 어떤 사람이기에 김동길 |
| 27 노자도덕경 노자/황병국 | 69 가난한 밤의 산책 C. 힐티/송영택 |
| 28 갈매기의 꿈 R. 바크/김용직 | 70 근원수필 김용준 |
| 29 우정론 A. 보나르/이정림 | 71 이방인 A. 카뮈/이정림 |
| 30 명상록 M. 아우렐리우스/황문수 | 72 롱펠로 시집 L. 롱펠로/윤삼하 |
| 31 젊은 여성을 위한 인생론 P. 벅/김진욱 | 73 명사십리 한용운 |
| 32 B사감과 러브레터 현진건 | 74 왼손잡이 여인 P. 한트케/홍경호 |
| 33 조병화 시집 조병화 | 75 시민의 반항 H. 소로/황문수 |
| 34 느티의 일월 모윤숙 | 76 민중조선사 전석담 |
| 35 지금은 어디서 무엇을 김형석 | 77 동문서답 조지훈 |
| 36 박인환 시집 박인환 | 78 프로타고라스 플라톤/최현 |
| 37 모래톱 이야기 김정한 | 79 표본실의 청개구리 염상섭 |
| 38 창문 김태길 | 80 문주반생기 양주동 |
| 39 방랑 H. 헤세/홍경호 | 81 신조선혁명론 박열/서석연 |
| 40 손자병법 손무/황병국 | 82 조선과 예술 야나기 무네요시/박재삼 |
| 41 소설·알렉산드리아 이병주 | 83 중국혁명론 모택동(외)/박광종 엮음 |
| 42 전락 A. 카뮈/이정림 | 84 탈출기 최서해 |

문고판 / 각권 값 2,000원 ▶ 계속 펴냅니다

## 온고지신(溫故知新)으로 21세기를!

- 85 바보네 가게 박연구
- 86 도왜실기 김구/엄항섭 엮음
- 87 슬픔이여 안녕 F. 사강/이정림·방곤
- 88 공산당 선언 K. 마르크스·F. 엥겔스/서석연
- 89 조선문학사 이명선
- 90 권태 이상
- 91 갈망의 노래 한승헌
- 92 노동자강령 F. 라살레/서석연
- 93 장씨 일가 유주현
- 94 백설부 김진섭
- 95 에코스파즘 A. 토플러/김진욱
- 96 가난한 농민에게 바란다 N. 레닌/이정일
- 97 고리키 단편선 M. 고리키/김영국
- 98 러시아의 조선침략사 송정환
- 99 기재기이 신광한/박헌순
- 100 홍경래전 이명선
- 101 인간만사 새옹지마 리영희
- 102 청춘을 불사르고 김일엽
- 103 모범경작생(외) 박영준
- 104 방망이 깎던 노인 윤오영
- 105 찰스 램 수필선 C. 램/양병석
- 106 구도자 고은
- 107 표해록 장한철/정병욱
- 108 월광곡 홍난파
- 109 무서록 이태준
- 110 나생문(외) 아쿠타가와 류노스케/진웅기
- 111 해변의 시 김동석
- 112 발자크와 스탕달의 예술논쟁 김진욱
- 113 파한집 이인로/이상보
- 114 역사소품 곽말약/김승일
- 115 체스·아내의 불안 S. 츠바이크/오영옥
- 116 복덕방 이태준
- 117 실천론(외) 모택동/김승일
- 118 순오지 홍만종/전규태
- 119 직업으로서의 학문·정치 M. 베버/김진욱(외)
- 120 요재지이 포송령/진기환
- 121 한설야 단편선 한설야
- 122 쇼펜하우어 수상록 쇼펜하우어/최혁순
- 123 유태인의 성공법 M. 토케이어/진웅기
- 124 레디메이드 인생 채만식
- 125 인물 삼국지 모리야 히로시/김승일
- 126 한글 명심보감 장기근 옮김
- 127 조선문화사서설 모리스 쿠랑/김수경
- 128 역옹패설 이제현/이상보
- 129 문장강화 이태준
- 130 중용·대학 차주환
- 131 조선미술사연구 윤희순
- 132 옥중기 오스카 와일드/임헌영
- 133 유태인식 돈벌이 후지다 덴/지방훈
- 134 가난한 날의 행복 김소운
- 135 세계의 기적 박광순
- 136 이퇴계의 활인심방 정숙
- 137 카네기 처세술 데일 카네기/전민식
- 138 요로원야화기 김승일
- 139 푸슈킨 산문 소설집 푸슈킨/김영국
- 140 삼국지의 지혜 황의백
- 141 슬견설 이규보/장덕순
- 142 보리 한흑구
- 143 에머슨 수상록 에머슨/윤삼하
- 144 이사도라 덩컨의 무용에세이 I. 덩컨/최혁순
- 145 북학의 박제가/김승일
- 146 두뇌혁명 T.R. 블랙슬리/최현
- 147 베이컨 수상록 베이컨/최혁순
- 148 동백꽃 김유정
- 149 하루 24시간 어떻게 살 것인가 A. 베넷/이은순
- 150 평민한문학사 허경진
- 151 정선아리랑 김병하·김연갑 공편
- 152 독서요법 황의백 엮음
- 153 나는 왜 기독교인이 아닌가 B. 러셀/이재황
- 154 조선사 연구(草) 신채호
- 155 중국의 신화 장기근
- 156 무병장생 건강법 배기성 엮음
- 157 조선위인전 신채호
- 158 정감록비결 편집부 엮음
- 159 유태인 상술 후지다 덴
- 160 동물농장 조지 오웰
- 161 신록 예찬 이양하
- 162 진도 아리랑 박병훈·김연갑
- 163 책이 좋아 책하고 사네 윤형두
- 164 속담에세이 박연구
- 165 중국의 신화(후편) 장기근
- 166 중국인의 에로스 장기근

범우사
서울시 마포구 구수동 21-1호 TEL 717-2121, FAX 717-0429
http://www.bumwoosa.co.kr (천리안·하이텔 ID) BUMWOOSA

온고지신(溫故知新)으로 21세기를!

# 범우고전선

시대를 초월해 인간성 구현의 모범으로 삼을 만한 책을 엄선

1 유토피아  토마스 모어/황문수
2 오이디푸스 王  소포클레스/황문수
3 명상록·행복론  M.아우렐리우스·L.세네카/황문수·최현
4 깡디드  볼떼르/염기용
5 군주론·전술론(외)  마키아벨리/이상두
6 사회계약론(외)  J.루소/이태일·최현
7 죽음에 이르는 병  키에르케고르/박환덕
8 천로역정  존 버니언/이현주
9 소크라테스 회상  크세노폰/최혁순
10 길가메시 서사시  N.K.샌다즈/이현주
11 독일 국민에게 고함  J.G.피히테/황문수
12 히페리온  F.횔덜린/홍경호
13 수타니파타  김운학 옮김
14 쇼펜하우어 인생론  A.쇼펜하우어/최현
15 톨스토이 참회록  L.N.톨스토이/박형규
16 존 스튜어트 밀 자서전  J.S.밀/배영원
17 비극의 탄생  F.W.니체/곽복록
18-1 에 밀(상)  J.J.루소/정봉구
18-2 에 밀(하)  J.J.루소/정봉구
19 팡세  B.파스칼/최현·이정림
20-1 헤로도토스 歷史(상)  헤로도토스/박광순
20-2 헤로도토스 歷史(하)  헤로도토스/박광순
21 성 아우구스티누스 고백록  A.아우구스티누/김평옥
22 예술이란 무엇인가  L.N.톨스토이/이철
23 나의 투쟁  A.히틀러/서석연
24 論語  황병국 옮김
25 그리스·로마 희곡선  아리스토파네스(외)/최현
26 갈리아 戰記  G.J.카이사르/박광순
27 善의 연구  니시다 기타로/서석연

28 육도·삼략  하재철 옮김
29 국부론(상)  A.스미스/최호진·정해동
30 국부론(하)  A.스미스/최호진·정해동
31 펠로폰네소스 전쟁사(상)  투키디데스/박광순
32 펠로폰네소스 전쟁사(하)  투키디데스/박광순
33 孟子  차주환 옮김
34 아방강역고  정약용/이민수
35 서구의 몰락 ①  슈펭글러/박광순
36 서구의 몰락 ②  슈펭글러/박광순
37 서구의 몰락 ③  슈펭글러/박광순
38 명심보감  장기근
39 월든  H.D.소로/양병석
40 한서열전  반고/홍대표
41 참다운 사랑의 기술과 허튼 사랑의 질책  안드레아스/김영락
42 종합 탈무드  마빈 토케이어(외)/전풍자
43 백운화상어록  백운화상/석찬선사
44 조선복식고  이여성
45 불조직지심체요절  백운선사/박문열
46 마가렛 미드 자서전  M.미드/최혁순·최인옥
47 조선사회경제사  백남운/박광순
48 고전을 보고 세상을 읽는다  모리야 히로시/김승일
49 한국통사  박은식/김승일
50 콜럼버스 항해록  라스 카사스 신부 엮음/박광순
51 삼민주의  쑨원/김승일(외) 옮김
52-1 나의 생애(상)  L.트로츠키/박광순
52-2 나의 생애(하)  L.트로츠키/박광순
53 북한산 역사지리  김윤우

▶ 계속 펴냅니다

범우사  서울시 마포구 구수동 21-1호 TEL 717-2121, FAX 717-0429
http://www.bumwoosa.co.kr (천리안·하이텔 ID) BUMWOOSA